AVI

Salz im Haar

AVI wurde 1937 in New York City geboren und ist in Brooklyn aufgewachsen. Den Namen AVI, den er heute als Pseudonym benutzt, gab ihm seine Zwillingsschwester, als sie beide ungefähr ein Jahr alt waren. AVI bestritt seinen Unterhalt zunächst durch verschiedene handwerkliche Berufe, um seiner Leidenschaft, dem Schreiben, nachgehen zu können. Er begann als Bühnenautor, und als er eigene Kinder hatte, schrieb er auch für jüngere Leser, u. a. so abenteuerliche Erzählungen wie ›Sturmvogel‹ und ›Unter Piraten‹. ›Salz im Haar‹ wurde in die Ehrenliste der Newbery Medal aufgenommen.

Weitere Titel von AVI bei dtv junior: siehe Seite 4

AVI

Salz im Haar

Aus dem Amerikanischen von Josef Pesch

Deutscher Taschenbuch Verlag

Von AVI sind außerdem bei dtv junior lieferbar:
Salz im Haar, dtv junior 70356
Unter Piraten, dtv junior 70407
Sturmvogel, dtv junior 70445

Limitierte Sonderausgabe
In neuer Rechtschreibung
Dezember 2000
1995 Deutscher Taschenbuch Verlag GmbH & Co. KG,
München
www.dtvjunior.de

Titel der amerikanischen Originalausgabe:
›The True Confessions of Charlotte Doyle‹,
1990 erschienen bei Orchard Books, New York

Umschlagkonzept: Balk & Brumshagen
Umschlagbild: Ulrike Heyne
Gesamtherstellung: Ebner Ulm
Printed in Germany · ISBN 3-423-08543-6

EINE WICHTIGE WARNUNG

Nicht jedes dreizehnjährige Mädchen wird des Mordes beschuldigt, vor Gericht gestellt und verurteilt. Doch mir ist es passiert und meine Geschichte verdient erzählt zu werden, auch wenn sie sich vor langer Zeit ereignete. Eine Warnung vorweg: Wenn starke Ideen und Handlungen Sie schockieren, lesen Sie nicht weiter. Suchen Sie sich einen anderen Begleiter für müßige Stunden, denn ich beabsichtige die Wahrheit zu erzählen – wie ich sie erlebt habe.

Aber bevor ich mit meiner Geschichte beginne, muss ich etwas von der Person erzählen, die ich im Jahre 1832 war, als sich diese Ereignisse zutrugen. Damals hieß ich Charlotte Doyle, und obwohl ich diesen Namen behalten habe, bin ich, aus Gründen, die Sie bald erfahren werden, nicht mehr die gleiche Charlotte Doyle.

Wie soll ich die Person beschreiben, die ich einmal war? Mit dreizehn Jahren war ich noch ganz Mädchen. Ich hatte weder die Formen noch das Herz einer Frau. Trotzdem kleidete mich meine Familie wie eine junge Dame: Eine Haube bedeckte mein schönes Haar. Ich trug ein langes Kleid, hoch geknöpfte Schuhe und selbstverständlich weiße Handschuhe. Ich wollte gerne eine junge Dame sein. Dies war nicht nur ein Wunsch; es war auch meine Bestimmung. Ich nahm sie vollkommen und ohne Vorbehalt an, ohne einen ungebührlichen Gedanken an irgendetwas anderes. Mit anderen Worten: Zur Zeit dieser Geschichte war ich nicht mehr und nicht weniger als das, was ich zu sein schien – ein nettes Mädchen aus gutem Hause.

Obwohl ich in Amerika geboren wurde, verbrachte ich die Jahre zwischen meinem sechsten und dreizehnten Geburtstag in England. Mein Vater, der in der Herstellung von Baumwollwaren tätig war, arbeitete dort als Agent für eine amerikanische Firma. Doch zu Beginn des Frühjahrs 1832 wurde er befördert und nach Hause zurückbeordert.

Mein Vater, der fest an Disziplin und Ordnung glaubte, entschied, es sei besser für mich, mein Schuljahr nicht zu unterbrechen, sondern es in England abzuschließen. Meine Mutter, die seinen Entscheidungen nie widersprach, akzeptierte den Beschluss meines Vaters. Ich sollte meinen Eltern und meinen jüngeren Geschwistern später in unsere wahre Heimat nach Providence, Rhode Island, folgen.

Damit Sie nicht denken, dass die Entscheidung meiner Eltern, mich alleine reisen zu lassen, voreilig war, will ich darlegen, wie begründet sie war. Erstens dachten sie, dass ich keine Zeit in der Schule verlieren würde, wenn ich an der Barrington School für höhere Töchter blieb, die von Miss Weed als hervorragender und strenger Direktorin geführt wurde. Zweitens würde ich den Atlantik im Sommer überqueren. Eine derartige Reise konnte ein bis zwei Monate in Anspruch nehmen und fand somit zu einer Zeit statt, in der normalerweise schulfrei war. Drittens würde ich die Reise auf einem Schiff machen, das der Firma meines Vaters gehörte. Viertens war der Kapitän dieses Schiffs bekannt für seine schnellen Atlantiküberquerungen.

Außerdem kam noch hinzu, dass zwei meinen Eltern bekannte Familien ebenfalls eine Passage auf dem Schiff gebucht hatten. Die Erwachsenen hatten versprochen auf mich aufzupassen. Da man mir gesagt hatte, dass diese Familien Kinder hatten (drei hübsche Mädchen und einen liebenswerten Jungen), freute ich mich sehr darauf, sie kennen zu lernen.

Wenn Sie bedenken, dass ich nur vage Erinnerungen an die Überfahrt nach England hatte (ich war damals erst sechs Jahre alt), so werden Sie verstehen, dass mir die bevorstehende Reise wie ein Ausflug erschien. Ein großes, schönes Schiff! Freundliche Matrosen! Keine Schule! Gleichaltrige Spielgefährten!

Und noch etwas. Typisch für meinen Vater: Er schenkte mir ein Buch mit leeren Seiten, das ich als Tagebuch meiner Reise über den Ozean zu führen hatte, um auf diese Weise meine Fertigkeiten im Schreiben zu üben. Mein Vater wollte das Tagebuch nicht nur lesen, sondern dabei auch auf Fehler in der Rechtschreibung achten – und die war nicht meine größte Stärke.

Dieses Tagebuch erlaubt es mir jetzt, aus der Erinnerung genau zu berichten, was sich im Sommer des Jahres 1832 auf jener schicksalhaften Reise über den Atlantik ereignete.

ERSTER TEIL

1

Vor Beginn der Dämmerung befand ich mich am 16. Juni 1832 auf den Docks im englischen Liverpool, wo ich im dichten Gedränge einem Mann folgte, der Mr. Grummage hieß. Mr. Grummage war Geschäftspartner meines Vaters und ein Gentleman wie er. Mein Vater hatte ihn beauftragt die Einzelheiten meiner Überfahrt nach Amerika zu regeln. So war er es, der mich an der Kutsche empfing, die mich von meiner Schule hergebracht hatte. Er sollte mich sicher an Bord des Schiffes bringen, das mein Vater ausgewählt hatte.

Mr. Grummage trug einen schwarzen Ausgehrock mit einem Zylinder, der ihn, einen großen Mann, noch größer machte. Sein nüchternes, bleiches Gesicht zeigte keinerlei Regung. Seine Augen glichen denen eines toten Fisches.

»Miss Doyle?«, fragte er, als ich der Kutsche nach Liverpool entstieg.

»Ja. Sind Sie Mr. Grummage?«

»Der bin ich.«

»Es freut mich, Sie kennen zu lernen«, sagte ich und machte einen Knicks.

»Sehr erfreut«, entgegnete er. »Nun, Miss Doyle, wenn Sie so freundlich sein würden mir zu zeigen, welcher Koffer der Ihre ist; ich habe einen Mann, der ihn tragen wird. Dann darf ich Sie bitten mir zu folgen. Es wird alles seinen rechten Lauf gehen.«

»Darf ich mich von meiner Begleitung verabschieden?«

»Halten Sie das für notwendig?«

»Sie war sehr nett zu mir.«

»Nun gut, aber beeilen Sie sich.«

Ich zeigte ihm meinen Seekoffer, umarmte meine liebenswürdige Reisebegleiterin, Miss Emerson, und nahm tränenreich Abschied. Dann eilte ich hinter Mr. Grummage her. Ein grobschlächtiger Träger folgte uns mit meinem Seekoffer auf dem Rücken.

Unsere kleine Prozession erreichte die Docks in ordentlicher Formation. Neugierig betrachtete ich die vielen Schiffe, die vor uns lagen – Masten und Spieren, dicht an dicht wie die Borsten einer Bürste. Wo auch immer ich hinsah, erblickte ich Berge von kostbaren Waren. Seiden- und Tabakballen! Kisten mit Tee! Ein Papagei! Ein Affe!

Der Geruch der See wirkte berauschend auf mich, die ich kaum mehr kannte als den Geruch des gepflegten Rasens und der Felder der Barrington School. Dann war da noch die Menge der Arbeiter, Matrosen und Händler – alles kräftige Männer. Auch wenn das bunte Gewimmel etwas bedrohlich aussah, war es deswegen kaum weniger aufregend. Tatsächlich hatte ich das Gefühl, alles sei nur für mich inszeniert.

»Mr. Grummage, Sir«, rief ich durch das Getöse. »Wie heißt das Schiff, auf dem ich reisen soll?«

Mr. Grummage hielt kurz an um mich anzuschauen – als ob er überrascht wäre, dass ich zugegen sei, und noch mehr, dass ich Fragen stellte. Dann zog er ein Stück Papier aus einer seiner Taschen. Er warf einen kurzen Blick darauf und verkündete: »Die *Seahawk*.«

»Ist es ein britisches oder ein amerikanisches Schiff?«

»Ein amerikanisches.«

»Ein Handelsschiff?«

»Selbstverständlich.«

»Wie viele Masten hat es?«

»Ich weiß es nicht.«

»Sind die anderen schon an Bord?«

»Ich denke schon«, antwortete er mit Verärgerung in der Stimme. »Zu Ihrer Information, Miss Doyle: Ich erhielt Nachricht, dass sich die Abfahrt verzögert, aber als ich beim Kapitän nachfragte, sagte er mir, dass es sich dabei um ein Missverständnis handeln müsse. Das Schiff soll mit der ersten Flut morgen früh auslaufen. Also haben wir keine Zeit zu verschwenden.«

Und um dies zu unterstreichen drehte er sich um und ging weiter. Doch ich konnte meine Neugierde nicht länger unterdrücken und es gelang mir, noch eine weitere Frage zu stellen.

»Mr. Grummage, bitte, wie heißt der Kapitän?«

Mr. Grummage hielt erneut inne und zog irritiert die Brauen hoch, sah aber in seine Unterlagen. »Kapitän Jaggery«, verkündete er und wandte sich erneut zum Gehen.

»He! Halt mal!«, rief der Träger plötzlich aus. Er ging dicht hinter uns und hatte unser Gespräch belauscht.

»Sagten Sie Kapitän Jaggery?«, wollte der Träger wissen.

»Sprechen Sie mit mir?«, fragte Mr. Grummage und machte sehr deutlich, dass, sollte dies der Fall sein, der Träger eindeutig gegen die Regeln guten Benehmens verstoßen hatte.

»Genau«, sagte der Mann und sprach über meinen Kopf hinweg. »Und ich will wissen, ob ich richtig gehört habe, dass Sie sagten, wir sind auf dem Weg zu einem Schiff, das von einem gewissen Kapitän Jaggery kommandiert wird.« Er sprach den Namen Jaggery wie etwas zutiefst Abscheuliches aus.

»Ich habe nicht mit Ihnen gesprochen«, ließ Mr. Grummage den Mann wissen.

»Aber ich hör es trotzdem«, antwortete der Träger und ließ meinen Seekoffer mit einem derart lauten Krachen auf das Dock fallen, dass ich fürchtete, er würde auseinander brechen. »Ich denk nicht dran, noch einen Schritt näher an was ranzugehen, das mit einem Mr. Jaggery zu tun hat. Nicht für Gold. Nicht einen Schritt.«

»Sie wurden beauftragt!«, rief Mr. Grummage entrüstet.

»Völlig egal, womit Sie mich beauftragt haben«, erwiderte der Mann. »Es ist mir wichtiger, dem Mann aus dem Weg zu gehen, als von Ihnen bezahlt zu werden.« Und ohne ein weiteres Wort zu verlieren marschierte er davon.

»Halt! Bleiben Sie stehen!«, rief Mr. Grummage. Aber der Träger war verschwunden, und zwar sehr schnell.

Mr. Grummage und ich sahen einander an. Ich wusste nicht, was ich davon halten sollte. Er wusste es offenbar auch nicht. Aber er tat, was zu tun war: Er sah sich auf dem Dock nach einem Ersatz um.

»Sie da, junger Mann!«, rief er dem Ersten zu, der vorbeiging – ein kräftiger junger Arbeiter in blauem Überzeug. »Sie bekommen einen Schilling, wenn Sie den Seekoffer dieser jungen Dame tragen!«

Der Mann hielt inne, sah Mr. Grummage an, dann mich, dann den Koffer. »Den?«, fragte er verächtlich.

»Ich biete Ihnen gerne einen zweiten Schilling«, sagte ich schnell, denn ich dachte, das Angebot wäre ihm zu niedrig.

»Miss Doyle«, sagte Mr. Grummage scharf, »überlassen Sie das mir.«

»Zwei Schillinge«, sagte der junge Arbeiter schnell.

»Einen«, entgegnete Mr. Grummage.

»Zwei«, wiederholte der Mann und hielt Mr. Grummage seine Hand hin, der ihm aber nur eine Münze gab. Dann wandte sich der Mann mir zu und hielt mir seine Hand hin. Eilig machte ich mich daran, in meinem Portemonnaie eine Münze zu suchen.

»Miss Doyle!«, protestierte Mr. Grummage.

»Ich habe es versprochen«, flüsterte ich und ließ die Münze in die Hand des Mannes fallen.

»Richtig, Miss«, sagte der Träger und nickte. »Wenn nur die ganze Welt Ihrem Beispiel folgen würde.«

Dieses Lob meiner Prinzipien moralischer Güte ließ mich erröten, ohne dass ich etwas dagegen tun konnte. Mr. Grummage räusperte sich um seinen Unmut anzuzeigen.

»Also dann«, fragte der Träger, »wohin hätte die junge Dame diesen Koffer denn gerne?«

»Völlig gleich, wohin!«, sagte Mr. Grummage knapp. »Hier an den Kais entlang. Ich gebe Ihnen Bescheid, wenn wir da sind.«

Nachdem er das Geld eingesteckt hatte, ging der

Mann zu meinem Seekoffer, hob ihn angesichts des Gewichts und der Größe mit erstaunlicher Leichtigkeit auf seine Schultern und sagte: »Nach Ihnen!«

Mr. Grummage wollte keine Zeit mehr verlieren; vielleicht hatte er auch Angst vor den Konsequenzen weiteren Redens. Er machte sich wieder auf den Weg. Nachdem er uns durch ein Labyrinth von Docks und Kais geführt hatte, hielt er an: »Dort liegt sie.« Er deutete auf ein Schiff, das an dem Kai vor uns festgemacht war. Ich hatte kaum gesehen, worauf er deutete, als ich einen dumpfen Aufschlag hinter mir vernahm. Erschrocken wandte ich mich um und sah, dass der neue Mann, den wir gerade bezahlt hatten, der *Seahawk* nur einen kurzen Blick zugeworfen, dann meinen Koffer hastig abgesetzt hatte und ohne ein Wort der Erklärung davongerannt war.

Mr. Grummage schaute ihm nur kurz über die Schulter nach. Entgeistert sagte er: »Miss Doyle, Sie warten hier auf mich!« Und mit schnellen Schritten ging er über die Gangway an Bord der *Seahawk*.

Ich blieb an meinem Platz, obwohl ich mehr denn je an Bord wollte um die netten Kinder kennen zu lernen, die meine Reisebegleiter sein sollten. Aber während ich etwa eine halbe Stunde beinahe regungslos im schwächer werdenden Licht des Tages auf dem Kai wartete, konnte ich nur das Schiff betrachten.

Es wäre Unsinn zu behaupten, dass mich der Anblick der *Seahawk* damals beunruhigte. Ich hatte nicht die geringste Ahnung von dem, was kommen würde.

Die *Seahawk* war ein Schiff wie viele andere, die ich zuvor gesehen hatte oder seither gesehen habe. Nun, vielleicht war sie etwas kleiner und etwas älter, als ich erwartet hatte. Sie dümpelte leicht in der Dünung. Sie hatte normale Takelage, die zum Schutz gegen das Salzwasser schwarz geteert war und die wie dunkle Leitern in den dunkler werdenden Himmel hoch über mich hinausragte. Ihre Royalrah schien beinahe in der hereinbrechenden Nacht zu verschwinden*. Ihre Segel, die fest gezurrt, also gerefft waren, sahen aus wie frisch gefallener Schnee an hohen Bäumen.

Die *Seahawk* war eine Brigg, ein Zweimaster (mit einem Stützmast hinter dem Großmast), von etwa 700 Tonnen Gewicht, 107 Fuß von Bug zu Heck und 130 Fuß von der Mastspitze zum Deck. Sie wurde etwa gegen Ende des 18. oder zu Beginn des 19. Jahrhunderts gebaut. Ihr Rumpf war schwarz gestrichen, ihr Schanzkleid weiß; dabei handelte es sich um die üblichen Farben. Ihre beiden Masten wiesen leichten Mastfall nach hinten auf und hatten Rahtakelung. Außerdem hatte sie ein Bugspriet, das wie das Horn eines Einhorns nach vorn ragte. Die einzige Besonderheit des Schiffes war wohl eine geschnitzte Galionsfigur, ein weißer Seefalke unter dem Bugspriet. Seine Flügel waren geöffnet und lehnten sich an den Bug; sein Kopf ragte weit hervor. Der Schnabel war aufgerissen

* Ich werde notwendigerweise in meinem Bericht gewisse Worte verwenden, die nicht unbedingt geläufig sind – wie »Takelage«, »Royalrah« oder »gerefft«. Ich kannte diese Begriffe noch nicht, als ich das Schiff betrat. Ich lernte sie während meiner Reise. Da heutzutage viele Menschen keine derartigen Kenntnisse besitzen, habe ich dem Ende dieses Berichts eine Skizze der *Seahawk* beigefügt. Diese kann beim Lesen zu Rate gezogen werden, damit man besser versteht, wovon ich spreche. Sie wird mir außerdem unnötige Erklärungen ersparen und meine Geschichte verkürzen.

und zeigte seine rote Zunge, als würde er schreien. Im Zwielicht, das das Aussehen des Vogels verzerrte und veränderte, schien es mir, als hätte diese Figur etwas von einem bösen, rachsüchtigen Engel.

Die Docks waren verlassen und es wurde dunkler. Ich dachte schon daran, die Gangway hinaufzugehen um nach Mr. Grummage zu suchen. Aber meine guten Manieren siegten. Ich blieb, wo ich war, und träumte gedankenverloren vor mich hin.

Aber allmählich wurde mir klar, dass ich etwas beobachtete. Das Ding hing an einer der Trossen, die am Heck des Schiffes festgemacht waren. Es erinnerte mich an das Bild eines Faultiers, das ich einmal gesehen hatte; eines Tieres, das verkehrt herum an Urwaldpflanzen hängt. Doch dies, so erkannte ich allmählich, war ein Mann! Es schien, als hangele er sich von den Kais an Bord der *Seahawk*. Als ich erkannte, was ich da sah, kletterte der Mann gerade an Bord und verschwand.

Ich hatte kaum Zeit diese Erscheinung richtig wahrzunehmen, als ich aufgebrachte Stimmen vernahm. Ich sah Mr. Grummage an der oberen Reling auftauchen und mit jemandem streiten, den ich nicht sehen konnte. Er sah wiederholt zu mir herunter und deutete in meine Richtung, als wäre ich der Gegenstand dieser hitzigen Auseinandersetzung.

Endlich kam Mr. Grummage auf das Dock hinunter. Sein Gesicht war rot angelaufen und der Zorn in seinen Augen erschreckte mich.

»Stimmt irgendetwas nicht?«, fragte ich flüsternd.

»Alles in Ordnung!«, gab er kurz zurück. »Es ist alles wie geplant. Sie wurden erwartet. Die Ladung ist verstaut. Der Kapitän ist bereit auszulaufen.

Aber . . .« Er brach ab, sah auf das Schiff zurück. Dann wandte er sich mir wieder zu. »Wissen Sie, die beiden Familien, mit denen Sie reisen sollten, Ihre Reisebegleiter . . . sie sind noch nicht eingetroffen.«

»Aber sie werden doch noch kommen«, sagte ich – vor allem um mich selbst zu beruhigen.

»Das ist nicht ganz sicher«, gestand Mr. Grummage. »Der Zweite Steuermann sagte mir, dass eine Familie Nachricht geschickt habe, sie könne Liverpool nicht rechtzeitig erreichen. Die andere Familie hat ein krankes Kind. Es sieht so aus, als dürfe es das Bett nicht verlassen.« Wieder blickte Mr. Grummage über seine Schulter auf die *Seahawk*, als sei das Schiff an diesen Ereignissen schuld.

»Es scheint, als wolle Kapitän Jaggery pünktlich auslaufen, wie es sich gehört. Er hat seine Befehle.«

»Aber Mr. Grummage«, fragte ich verstört, »was soll ich jetzt tun?«

»Tun? Miss Doyle, Ihr Vater hat angeordnet, dass Sie auf diesem Schiff und zu dieser Zeit reisen sollen. Ich habe genaue schriftliche Anweisung in dieser Sache. Er hat kein Geld für andere Pläne hinterlegt. Und was mich betrifft – ich reise noch heute Abend in dringenden Geschäften nach Schottland.«

»Aber sicherlich«, rief ich, ebenso verstört über die Art und Weise, in der Mr. Grummage redete, wie über die Neuigkeiten, »sicherlich soll ich nicht alleine reisen!«

»Miss Doyle«, erwiderte er, »wenn man auf einem Schiff reist, das vollständig mit Kapitän und Mannschaft besetzt ist, kann man kaum von alleine reisen sprechen.«

»Aber das sind alles Männer, Mr. Grummage!

Und . . . ich bin ein Mädchen. Es wäre nicht richtig!«, rief ich, vollkommen davon überzeugt, damit die Meinung meiner lieben Eltern wiederzugeben.

Mr. Grummage richtete sich auf. »Miss Doyle«, sagte er von oben herab, »in meiner Welt wird das Urteil über Richtiges und Falsches unserem Schöpfer überlassen und nicht Kindern. Und jetzt darf ich Sie bitten sich an Bord der *Seahawk* zu begeben. Sofort!«

2

Mr. Grummage ging voran, als ich zögernd meinen Fuß auf das Deck der *Seahawk* setzte. Ein Mann erwartete uns.

Es war ein kleiner Mann – die meisten Männer, die zur See fahren, sind klein. Er war kaum größer als ich und trug eine zerschlissene grüne Jacke über einem weißen Hemd, das nicht allzu sauber war. Sein Gesicht war wettergegerbt und er war schlecht rasiert. Er lächelte nicht. Seine Finger zuckten nervös und er trat von einem Fuß auf den anderen. Seine unruhigen Augen lagen tief in einem Gesicht, das an ein Frettchen erinnerte – die Augen eines Mannes, der immer auf der Hut vor möglichen Gefahren war.

»Da sich Kapitän Jaggery und sein Obersteuermann an Land befinden, darf ich Ihnen den Zweiten Steuermann, Mr. Keetch, vorstellen«, sagte Mr. Grummage.

»Miss Doyle«, sagte dieser Mr. Keetch mit unnötig lauter Stimme zu mir, »da Kapitän Jaggery nicht an

Bord ist, bleibt mir nichts anderes übrig als seinen Platz einzunehmen. Aber ich bin doch sehr der Meinung, Miss, dass Sie für Ihre Reise nach Amerika ein anderes Schiff nehmen sollten.«

»Und ich«, entgegnete Mr. Grummage, bevor ich antworten konnte, »kann dies nicht gestatten!«

Das war nicht der Empfang, den ich mir vorgestellt hatte.

»Aber Mr. Grummage«, sagte ich, »ich bin sicher, dass mein Vater nicht will, dass ich ohne –«

Mr. Grummage bot meinem Protest mit erhobener Hand Einhalt. »Miss Doyle«, sagte er, »meine Anweisungen sind eindeutig und lassen mir keine andere Wahl. Ich habe Sie abgeholt. Ich habe Sie hierher gebracht. Ich habe Sie diesem Mann hier anvertraut, der, da Kapitän Jaggery und der Erste Offizier zur Zeit abwesend sind, seine Pflicht getan und mir bescheinigt hat, dass ich Sie übergeben habe.«

Um seine Worte zu bestätigen hielt Mr. Grummage mir ein Schriftstück hin. Ich hätte genauso gut ein Baumwollballen sein können.

»Also bleibt mir nichts weiter, Miss Doyle«, fuhr er eilig fort, »als Ihnen eine schöne Reise nach Amerika zu wünschen.« Er tippte kurz an seinen Hut, und bevor ich auch nur eine Silbe herausbringen konnte, ging er schon die Gangway hinunter an Land.

»Aber Mr. Grummage!«, rief ich verzweifelt.

Ob Mr. Grummage mich hörte oder ob er es vorzog, mich nicht zu hören, weiß ich nicht. Jedenfalls ging er weiter den Kai entlang ohne auch nur einen Blick zurückzuwerfen. Ich sollte ihn nie wieder sehen.

Ein leises Schlurfen ließ mich herumfahren. Unter

der Laterne auf dem Deck der Back sah ich ein paar zerlumpte Matrosen, die dort affenähnlich hockten und Hanf zwischen die Deckplanken klopften. Ohne Zweifel hatten sie alles mitgehört. Jetzt warfen sie mir über die Schulter feindselige Blicke zu.

Jemand berührte meinen Ellenbogen. Erschrocken drehte ich mich um. Mr. Keetch schien noch nervöser als vorher.

»Entschuldigen Sie bitte, Miss Doyle«, sagte er in seinem seltsamen Ton, »jetzt lässt sich nichts mehr machen, oder? Ich zeige Ihnen besser Ihre Kajüte.«

Erst jetzt erinnerte ich mich an den Seekoffer mit meinen Kleidern, als ob dieses Festhalten an Äußerlichkeiten mir wichtiger war als das Schiff. Und da mein Koffer noch an Land war, wollte ich auch dort sein. »Mein Koffer . . .«, murmelte ich und wandte mich halbwegs dem Kai zu.

»Keine Sorge, Miss. Wir holen ihn«, sagte Mr. Keetch und beraubte mich somit meiner letzten Entschuldigung von Bord zu gehen. Im Gegenteil, er leuchtete mit der Laterne und deutete auf einen Eingang in der Wand des Schanzdecks, der nach unten zu führen schien.

Was konnte ich tun? Mein ganzes Leben lang war mir beigebracht worden Anweisungen zu folgen. Ich hatte gelernt sie zu akzeptieren. Ich konnte dies alles nicht in einem Moment vergessen. »Bitte gehen Sie voran«, sagte ich tonlos und fühlte mich einer Ohnmacht nahe.

»Wie Sie wünschen, Miss«, sagte er und führte mich über das Deck und eine kurze Treppe hinunter.

Ich betrat einen engen, dunklen Flur mit niedriger Decke. Das Zwischendeck, wie dieser Teil des

Schiffs genannt wird, war kaum mehr als sechs Fuß breit und vielleicht 30 Fuß lang. Im schwachen Licht konnte ich eine Tür an jeder Seite erkennen und eine weitere am hinteren Ende. Wie ein großer Baum kam der Großmast aus dem Boden hervor und verschwand in der Decke. Ein kleiner Tisch war in der Mitte des Raums am Boden befestigt. Es gab keine Stühle.

Der ganze Raum wirkte schrecklich eng und bot keinerlei Annehmlichkeit. Ein modriger Geruch hing in der Luft.

»Hier entlang«, hörte ich Mr. Keetch erneut sagen. Er hatte eine Tür zu meiner Linken geöffnet. »Ihre Kajüte, Miss. Die, die gebucht wurde.« Eine Handbewegung lud mich ein näher zu treten.

Ich rang um Atem. Die Kajüte war kaum sechs Fuß lang, vier Fuß breit und viereinhalb Fuß hoch. Obwohl ich nicht groß war, musste ich mich bücken um einzutreten.

»Normale Passagiere zahlen sechs Pfund dafür, Miss«, ließ Mr. Keetch mich mit jetzt ruhigerer Stimme wissen.

Ich zwang mich einen Schritt in die Kajüte zu tun. An der gegenüberliegenden Wand konnte ich ein enges Regal erkennen, das teilweise von Brettern eingefasst war. Dann sah ich etwas, das aussah wie ein Kissen und eine Decke. Ich erkannte, dass dies ein Bett sein sollte. Als Mr. Keetch die Laterne hochhielt, sah ich etwas darüber krabbeln.

»Was ist das?«, rief ich.

»Eine Schabe, Miss. Die sind auf jedem Schiff.«

Das restliche Mobiliar bestand aus einem kleinen Einbauschrank im Schott, dessen Tür zu einem

Schreibtisch heruntergeklappt werden konnte. Sonst gab es nichts. Kein Bullauge, kein Stuhl, nicht eine einzige winzige, freundliche Verzierung. Die Kajüte war hässlich, und so gebückt, wie ich stehen musste, einfach unmöglich.

In Panik wandte ich mich Mr. Keetch zu um zu protestieren. Leider war er verschwunden und hatte die Tür hinter sich geschlossen – gerade so, als sei die Falle zugeschnappt.

Wie lange ich in diesem engen, dunklen Loch eingepfercht blieb, weiß ich nicht. Erst ein Klopfen an der Tür schreckte mich auf. »Herein!«, rief ich verwirrt.

Die Tür öffnete sich. Ein erschreckend heruntergekommener Matrose stand dort, mit einem zerschlissenen, teerverschmierten Hut in den zitternden und knotigen Händen, den er beinahe zerdrückte. Seine Kleidung war erbärmlich und sein Verhalten kriecherisch.

»Ja?«, brachte ich heraus.

»Miss, hier ist Ihr Koffer.«

Ich blickte durch die Tür auf die wuchtigen Umrisse des Seekoffers. Ich erkannte sofort, wie verrückt es gewesen war, auch nur daran zu denken, den Koffer in meinem kleinen Raum unterzubringen.

Der Matrose verstand: »Er ist zu groß, nicht wahr?«

»Ich glaube schon«, stammelte ich.

»Am besten aufs obere Frachtdeck«, schlug er vor. »Gleich unten. Sie können dort immer Dinge holen gehen, Miss.«

»Ja, oberes Frachtdeck«, gab ich zurück ohne zu wissen, was ich sagte.

»Jawohl, Miss«, sagte der Mann und zog an seiner Stirnlocke. Aber anstatt zu gehen blieb er stehen.

»Ja?«, fragte ich kläglich.

»Bitte um Entschuldigung, Miss«, murmelte der Mann mit einem noch niedergeschlageneren Blick als zuvor. »Barlow heiß ich, und auch wenn's mich nichts angeht und es mir nicht zusteht, was zu sagen, Miss; doch ein paar der anderen hier, Teer-Hannesen wie ich, haben mich geschickt zu sagen, Sie sollten nicht an Bord sein. Nicht allein, wie Sie es sind. Nicht auf diesem Schiff. Nicht auf dieser Fahrt, Miss.«

»Was wollen Sie damit sagen?«, fragte ich, von neuem beunruhigt. »Warum sagen Sie so etwas?«

»Dass Sie hier sind, kann nichts Gutes bringen, Miss. Gar nichts Gutes. Sie sind weit weg von der *Seahawk* besser aufgehoben.«

Obwohl ihm mein Gefühl sofort zustimmte, behielt meine Erziehung die Oberhand: Es war falsch, dass es sich ein Mann seines niedrigen Standes herausnahm, mir in irgendeiner Angelegenheit Ratschläge zu erteilen. Ich richtete mich auf. »Mr. Barlow«, sagte ich fest, »mein Vater hat alles für mich arrangiert.«

»Jawohl, Miss«, sagte er und zog wieder an seiner Stirnlocke. »Ich hab meine Pflicht getan, für die ich geschickt wurde.« Und bevor ich ein weiteres Wort verlieren konnte, eilte er davon.

Am liebsten wäre ich ihm nachgelaufen und hätte gerufen: »Ja, um Gottes willen, bringen Sie mich fort von hier!«

So blieb ich mit dem verzweifelten Entschluss zurück meine Kajüte nicht zu verlassen, bis wir in Amerika ankamen. Ich schloss die Tür. Aber dadurch wurde es stockdunkel. So öffnete ich sie schleunigst wieder und ließ sie einen Spalt offen.

Ich war erschöpft und musste mich dringend setzen. Aber es gab nichts, worauf man hätte sitzen können. Als Nächstes dachte ich ans Hinlegen. Ich versuchte den Gedanken an die Schaben zu verdrängen und ging auf das Bett zu, musste aber erkennen, dass es für mich im Kleid zu hoch war. Dann musste ich plötzlich dringend zur Toilette! Aber wo musste ich hingehen? Ich hatte nicht die geringste Ahnung.

Man muss sich bei alldem vor Augen halten, dass ich noch nie in meinem Leben – nicht einmal für einen Moment – ohne die Unterstützung, die Führung und den Schutz meiner Erzieher gewesen war. Dann wird man verstehen, dass ich in diesem Moment sicher war in einen Sarg gelegt worden zu sein. Meinen Sarg. Es darf also nicht überraschen, dass ich verstört in Tränen ausbrach – Tränen der Furcht, der Wut und der Demütigung.

Ich stand noch weinend da, als es wieder an der Kajütentür klopfte. Ich versuchte meine Tränen zu unterdrücken, wandte mich um und sah einen alten, schwarzen Mann, der im Licht der kleinen Laterne, die er hielt, so aussah wie der Leibhaftige auf der Suche nach Seelen.

Soweit ich sehen konnte, war seine Kleidung in noch erbärmlicherem Zustand als die des vorherigen Matrosen: Sie bestand fast nur aus zerfetzten Lumpen. Seine Arme und Beine waren so dünn wie ein Marlspieker. Sein Gesicht sah aus wie eine zerknitterte Serviette und war mit weißen Bartstoppeln bedeckt. Sein fein gelocktes Haar war dünn, seine Lippen schlaff. Die Hälfte seiner Zähne fehlte. Wenn er lächelte – und das, nahm ich an, versuchte er –, bot er Stümpfe und Lücken dar. Aber seine Augen schienen vor Neugier zu glühen und wirkten deshalb noch bedrohlicher.

»Ja?«, brachte ich heraus.

»Zu Ihren Diensten, Miss Doyle.« Der Mann sprach mit einer erstaunlich sanften, freundlichen Stimme. »Ich frage mich, ob Sie nicht ein wenig Tee gebrauchen könnten. Ich habe eigene, besondere Vorräte und wollte Ihnen davon anbieten.«

Das hatte ich nicht erwartet. »Das ist sehr nett von Ihnen«, stotterte ich erstaunt. »Könnten Sie ihn hierher bringen?«

Der alte Mann schüttelte sanft den Kopf. »Wenn Miss Doyle Tee wünscht, muss sie in die Kombüse kommen. Befehl des Kapitäns.«

»Kombüse?«

»Was Sie Küche nennen, Miss.«

»Wer sind Sie?«, wollte ich wissen.

»Zacharias«, gab er zurück. »Koch, Arzt, Zimmermann und Prediger der Männer und des Schiffs. Und«, fügte er hinzu, »alles dies für Sie, Miss, in dieser vollständigen Reihenfolge, wenn es notwendig werden sollte. Und nun, möchten Sie Tee?«

In der Tat war der Gedanke an Tee unendlich beruhigend – eine Erinnerung daran, dass die Welt, die ich kannte, nicht vollkommen verschwunden war. Ich konnte nicht widerstehen. »Nun gut«, sagte ich, »würden Sie mich zur . . . Kombüse führen?«

»Aber sicher«, gab der alte Mann zurück. Er trat zurück und hielt die Laterne hoch.

Wir gingen die Passage rechts entlang, dann die kurze Treppe hinauf, die nach mittschiffs führte –

zum tief liegenden Teil des Decks, der zwischen Back- und Schanzdeck liegt. Hier und dort glühten andere Laternen; Masten, Spieren und Takelage deuteten das grobe Netz an, in dem ich mich gefangen fühlte. Mir schauderte.

Der Mann, der sich Zacharias nannte, führte mich eine andere Treppe hinunter, in etwas, das aussah wie ein ziemlich großer Raum. Im schwachen Licht konnte ich Berge von Segeln erkennen sowie weitere Takelage – alles völlig durcheinander und unglaublich schmutzig. Dann sah ich an einer Seite einen kleinen Raum. Der alte Mann ging darauf zu, hielt aber inne und zeigte auf eine kleine Tür daneben, die mir nicht aufgefallen war.

»Das Galion, Miss.«

»Das was?«

»Die Toilette.«

Meine Wangen brannten vor Scham. Doch insgeheim war ich ihm unendlich dankbar. Ohne ein Wort eilte ich hin. Zacharias wartete geduldig. Ohne weitere Umstände ging er in die Kombüse. Ich folgte ihm beklommen, blieb auf der Schwelle stehen und sah mich um.

Im Lichte seiner Laterne sah ich, dass es eine kleine, aber vollständige Küche war, mit Schränken, einem Holzherd, sogar einem Tisch und einem Schemel. Auch wenn er schmal war, hatte der Raum etwas Ordentliches; mit Küchenutensilien, die in ihren besonderen Nischen und Ecken Platz fanden. Messer lagen ordentlich aufgereiht neben der gleichen Anzahl von Löffeln und Gabeln. Ich sah Becher, Gläser, Töpfe, Tassen, Pfannen – alles, was man brauchte.

Der alte Mann ging zum Herd, auf dem bereits eine Teekanne stand, so heiß, dass Dampf entwich.

Er zog eine Tasse aus einer Nische, füllte sie mit duftendem Tee und bot sie mir an. Gleichzeitig deutete er auf den Schemel.

Nichts hätte mich jedoch dazu bewegen können, näher zu treten. Obgleich ich müde war, zog ich es vor, stehen zu bleiben, wo ich war. Ich trank den Tee und fühlte mich gleich viel besser.

Während ich trank, sah Zacharias mich an. »Es könnte sein«, sagte er leise, »dass Miss Doyle einen Freund brauchen wird.«

Mir gefiel dieses Angebot (von Seiten eines Schiffkochs!) nicht und ich beschloss es zu ignorieren.

»Ich versichere Ihnen«, sagte er mit einem schwachen Lächeln, »Zacharias kann ein guter Freund sein.«

»Und ich versichere Ihnen«, gab ich zurück, »dass der Kapitän schon für meine gesellschaftlichen Bedürfnisse Sorge tragen wird.«

»Ah, aber Sie und ich haben viel gemeinsam.«

»Das glaube ich nicht.«

»Aber sicher. Miss Doyle ist so jung! Ich bin so alt! Sicherlich ist das eine Ähnlichkeit. Und Sie, das einzige Mädchen, und ich, der einzige Schwarze, wir sind etwas Besonderes auf diesem Schiff. Wir fangen mit zwei Gemeinsamkeiten an, genug um eine Freundschaft zu beginnen.«

Ich schaute weg. »Ich brauche keinen Freund.«

»Man braucht immer einen letzten Freund.«

»Einen letzten Freund?«

»Jemanden, der die Hängematte zusammennäht«, erwiderte er.

»Ich verstehe nicht.«

»Wenn ein Matrose auf der Fahrt stirbt, Miss, so erreicht er den Ort seiner letzten Ruhe in seiner Hängematte, in die ihn sein Freund eingenäht hat.«

Eilig trank ich meinen Tee, reichte die Tasse zurück und wollte gehen.

»Miss Doyle, bitte«, sagte er ruhig, nahm die Tasse, hielt mich jedoch mit den Augen fest, »ich möchte Ihnen noch etwas anbieten.«

»Ich möchte keinen Tee mehr, danke.«

»Nein, Miss. Bitte.« Er hielt mir ein Messer hin.

Mit einem Schrei fuhr ich zurück.

»Nein, nein! Miss Doyle. Verstehen Sie mich nicht falsch! Ich möchte Ihnen das Messer nur zum Schutz anbieten – falls Sie es brauchen.« Er steckte es in eine hölzerne Scheide und hielt es mir hin.

Das Messer war, wie man mir später erklärte, eine Art Dolch mit einer schmalen Klinge, kaum mehr als sechs Zoll lang zwischen seinem weißen, mit geschnitzten Sternen verzierten Griff und seiner nadelscharfen Spitze. Entsetzt konnte ich nur den Kopf schütteln.

»Miss Doyle weiß nicht, was passieren kann«, beharrte er – in einem Ton, als würde er sagen, es könne beim Picknick regnen und er habe einen Regenschirm anzubieten.

»Ich kann nicht mit Messern umgehen«, flüsterte ich.

»Ein Schiff segelt mit jedem Wind, der weht«, flüsterte er.

»Nehmen Sie es, Miss. Bewahren Sie es in Reichweite auf.«

Während er dies sagte, nahm er meine Hand und

schloss meine Finger um das Messer. Widerwillig behielt ich es.

»Ja«, sagte er mit einem Lächeln und strich mir über die Finger. »Jetzt kann Miss Doyle in ihre Kajüte zurückkehren. Wissen Sie den Weg?«

»Ich bin mir nicht sicher . . .«

»Ich werde Sie führen.«

Er brachte mich bis zur Tür meiner Kajüte. Drinnen versteckte ich das Messer eilig unter der dünnen Matratze. Ich nahm mir vor es nie wieder anzusehen und kletterte irgendwie ins Bett. Vollkommen bekleidet versuchte ich dort Ruhe zu finden. Ich war auch schon eingenickt, als ich von einem Geräusch geweckt wurde: Meine Kajütentür schlug durch das sanfte Schwanken des Schiffs auf und zu und die rostigen Angeln knarrten. Dann hörte ich: »Die Einzige, die ich dazu bringen konnte, zu kommen, Sir, ist das Doyle-Mädchen. Und mit denen als Zuschauern musste ich ein bisschen Theater machen und versuchen sie abzuhalten.«

»Schon gut, Mr. Keetch. Wenn wir nur eine Passagierin haben, ist sie die Trumpfkarte. Mit ihr als Zeugin an Bord werden sie es nicht wagen, sich zu rühren. Ich bin sehr zufrieden.«

»Danke, Sir.«

Eine Zeit lang versuchte ich zu deuten, was ich gehört hatte, hielt es aber für unverständlich und gab auf. Dann lag ich für eine wie mir schien endlose Zeit und hörte, wie sich die *Seahawk*, von der unermüdlichen Dünung bewegt, hob und stöhnte wie ein Schläfer, der von bösen Träumen geplagt wird.

Schließlich schlief ich ein und die Träume des Schiffs wurden zu den meinen.

3

Ich erwachte am nächsten Morgen in meinem engen Bett, vollständig bekleidet, und die schreckliche Wahrheit dämmerte mir: Ich war an einem Ort, wo keine junge Dame sein sollte. Ich musste nur meine Augen schließen um diese oft gebrauchten Worte meines Vaters zu hören.

Während ich so dalag und die gleiche rollende Bewegung spürte, die ich gespürt hatte, als ich einschlief – ich glaubte, es wäre die eines am Kai vertäuten Schiffs –, erinnerte ich mich daran, dass Mr. Grummage gesagt hatte, dass die *Seahawk* mit der ersten Flut des Tages auslaufen sollte. Es war also noch nicht zu spät. Ich würde darum bitten, an Land gebracht zu werden, und irgendwie – es war mir gleichgültig, wie – würde ich den Weg zurück zur Schule schon finden. Dort, bei Miss Weed, wäre ich sicher. Sie würde die notwendigen Entscheidungen fällen.

Nachdem ich meine Gedanken geordnet hatte, setzte ich mich voller Schwung auf und stieß mir prompt den Kopf an der niedrigen Decke. Benommen ließ ich mich auf den Boden der Kajüte herab. Jetzt stellte ich fest, dass meine Beine so schwach geworden waren, dass ich fast auf die Knie fiel. Trotzdem war meine Verzweiflung so groß, dass mich nichts aufhalten konnte. Ich hielt mich zuerst an einer, dann an einer anderen Stelle der Wand fest und legte so den Weg von meiner Kajüte bis zum düsteren, geschlossenen Zwischendeck zurück. Dann stieg ich die Stufen zum Hauptdeck des Schiffes herauf. Dort erhielt ich den Schock meines Lebens.

Wo ich auch hinschaute, vom Großsegel zum Groß-Royal, vom Außenklüver bis zum Besansegel, blähten sich große, graue Flächen Segeltuch. Über den Segeln erstreckte sich der blaue Himmel, während die von weißen, samtigen Mützen aus schäumendem Weiß bedeckte grünliche See unaufhörlich vorbeirauschte. Die *Seahawk* war auf hoher See. Wir mussten Liverpool schon vor Stunden verlassen haben!

Während diese Erkenntnis von mir Besitz ergriff, stampfte und rollte die *Seahawk*, als wolle sie den endgültigen Beweis dafür erbringen. Übelkeit befiel mich. Mein Kopf dröhnte.

Schwächer als zuvor drehte ich mich um etwas zu finden, woran ich mich festhalten konnte. Für einen kurzen, aber schrecklichen Moment hatte ich den Eindruck alleine an Bord zu sein. Dann wurde mir klar, dass ich mit unverhohlener Neugierde betrachtet wurde. Auf dem Schanzdeck stand ein Mann mit rotem Gesicht, dessen leicht nach vorne gebeugte breite Schultern den Eindruck misstrauischer Wachsamkeit erweckten. Dieser Eindruck wurde durch dunkle, tief liegende Augen verstärkt, die teilweise durch buschige Brauen verdeckt waren.

»Sir . . .«, rief ich schwach. »Wo sind wir?«

»Wir segeln in Küstennähe durch die Irische See, Miss Doyle«, erwiderte der Mann mit rauer Stimme.

»Ich . . . ich sollte nicht hier sein«, brachte ich heraus.

Aber dem Mann schienen meine Worte gleichgültig, denn er drehte sich nur um und griff mit einer kurzen Handbewegung nach einer Glocke, die vorne am Schanzdeck an einer Art Galgen hing. Er zog dreimal am Klöppel.

Während ich mich noch bemühte nicht auf das Deck niederzusinken, erschienen plötzlich neun Männer auf Deck, von oben und unten, von vorne wie von achtern. Alle trugen Matrosenkleidung mit Hosen und Hemden aus Segeltuch. Einige hatten Stiefel, andere überhaupt keine Schuhe. Einer oder zwei trugen teerverschmierte Mützen, andere Mützen aus rotem Stoff. Zwei hatten Bärte. Ein Mann hatte langes Haar und einen Ohrring im linken Ohr. Ihre Gesichter waren von Sonne und Teer gegerbt.

Alles in allem waren sie ein so erbärmlicher Haufen, wie ich ihn noch nie gesehen hatte: niedergeschlagener Gesichtsausdruck, Körperhaltung von Verlierern. Sie sahen aus wie Männer, die man aus dem Vorhof der Hölle angeheuert hatte.

Ich erkannte den Matrosen, der mich am Vorabend gewarnt hatte. Aber er schenkte mir keine Beachtung. Dann suchte ich den Mann, der sich Zacharias nannte. Ich sah ihn schließlich unter dem Backdeck hervorschauen, aber er kümmerte sich genauso wenig um mich wie die anderen. Sie sahen woanders hin. Ich drehte mich um ihren Blicken zu folgen.

Der breitschultrige Mann stand jetzt in Gesellschaft eines zweiten. Ihn zu sehen ließ mein Herz vor Freude und Erleichterung höher schlagen. An seinem eleganten Rock, an seinem Zylinder, an seinen polierten schwarzen Stiefeln, an seinen klassischen Gesichtszügen und an der stolzen Haltung seines Körpers erkannte ich sofort, dass dies Kapitän Jaggery sein musste. Und der, das sah ich auf den ersten

Blick, war ein Gentleman; ein Mann wie die Männer, die ich kannte. Ein Mann, dem man vertrauen konnte. Kurz, ein Mann, mit dem ich reden und auf den ich mich verlassen konnte.

Aber bevor ich mich gefasst hatte und näher treten konnte, wandte sich Kapitän Jaggery dem Mann zu, der die Glocke geläutet hatte, und ich hörte, dass er sagte: »Mr. Hollybrass, wir haben einen Mann zu wenig.«

Mr. Hollybrass – er war der Obersteuermann, wie ich bald erfahren sollte – sah verächtlich auf die unter ihm versammelten Männer herab. Dann sagte er: »Der Zweite Steuermann hat sein Bestes getan, Sir. Kein anderer Mann war bereit den Vertrag zu unterschreiben. Um keinen Preis der Welt.«

Der Kapitän zog die Brauen hoch. Dann sagte er: »Die anderen werden dafür einspringen müssen. Das ist das Mindeste, was ich erwarte. Sagen Sie den Männern, sie sollen ihre Namen nennen.«

Hollybrass nickte kurz, machte dann einen Schritt nach vorne und wandte sich der versammelten Mannschaft zu. »Nennt eure Namen!«, bellte er. Einer nach dem anderen machten die Matrosen einen schlurfenden Schritt nach vorne, nahmen ihre Mützen ab, nannten ihre Namen und versanken wieder in ihre erbärmliche Haltung, sobald sie in die Reihe zurückkehrten.

»Dillingham.«

»Grimes.«

»Morgan.«

»Barlow.«

»Foley.«

»Ewing.«

»Fisk.«

»Johnson.«

»Zacharias.«

Nachdem alle gesprochen hatten, sagte Hollybrass: »Ihre Mannschaft, Kapitän Jaggery.«

Zunächst sagte der Kapitän nichts. Er betrachtete die Männer lediglich mit Verachtung. Da ich diese Einschätzung teilte, ließ dies meinen Respekt für ihn noch steigen. »Wer ist der Zweite Steuermann?«, hörte ich ihn fragen.

»Mr. Keetch, Sir. Er hat Ruderwache.«

»Ach ja«, erwiderte der Kapitän, »Mr. Keetch. Hätte ich mir denken können.« Er betrachtete die Reihe der Matrosen, lächelte süffisant und sagte: »Aber wo ist denn Mr. Cranick?«

»Sir?«, sagte Hollybrass, völlig verwirrt.

»Cranick.«

»Ich kenne diesen Namen nicht, Sir.«

»Nun, dies ist ja wirklich eine unverdiente Gnade«, sagte der Kapitän, immer noch höflich. Alles dies wurde so laut gesagt, dass die Mannschaft – und ich – es hören konnten.

Kapitän Jaggery machte jetzt einen Schritt nach vorne. »Nun denn«, sagte er mit klarer, fester Stimme. »Es ist ein Vergnügen, Sie alle wieder zu sehen. Ich nehme es mit Freude auf, dass Sie alle wieder bei mir angeheuert haben. Wir kennen uns gut und jeder weiß, was dem anderen gebührt. Das vereinfacht die Sache.«

Sein selbstsicherer Ton war Medizin für mich. Ich fühlte, dass er mich stärkte.

»Ich wünsche nicht, dass ich noch einmal zu einem von Ihnen sprechen muss«, fuhr der Kapitän fort. »Mr. Hollybrass hier, als Erster Steuermann, wird meine Stimme sein. Wie auch Mr. Keetch, als Zweiter Steuermann. Klare Grenzen sind wichtig für eine gute Mannschaft. Eine gute Mannschaft macht gute Fahrt. Gute Fahrt bringt Profite und um Profite, meine sehr verehrten Herren, dreht sich die Welt. Aber«, fuhr Jaggery fort und hob seine Stimme mit dem Wind, »ich möchte Sie warnen.« Er lehnte sich über die Reling nach vorne, so ähnlich, wie ich es bei Lehrern gesehen habe, die zu ungezogenen Schülern sprechen. »Wenn Sie mir weniger – nur einen Finger weniger! – geben, als es der von Ihnen unterschriebene Vertrag festlegt, werde ich mir meinen Teil holen. Glauben Sie nur nicht, dass ich es nicht tue. Sie wissen, dass ich meine, was ich sage, oder nicht? Nein, hier gibt es keine Demokratie. Kein Parlament. Keine Abgeordneten. Es gibt nur einen Herrn auf diesem Schiff und der bin ich.« Nachdem er dies gesagt hatte, wandte er sich dem Ersten Offizier zu. »Mr. Hollybrass.«

»Sir?«

»Eine Extraration Rum als Geste des guten Willens, auf eine angenehme, schnelle Reise. Lassen Sie wissen, dass ich das alte Sprichwort kenne: Kein Schiff segelt zweimal über die gleichen Wasser.«

»Jawohl, Sir.«

»Sie dürfen wegtreten lassen«, sagte der Kapitän.

»Wegtreten«, wiederholte der Obersteuermann.

Für einen Moment regte sich keiner. Der Kapitän sah die Männer weiter mit festem Blick an, dann wandte er ihnen langsam den Rücken zu.

»Wegtreten«, sagte Hollybrass noch einmal.

Nachdem die Mannschaft verschwunden war, murmelte er ein paar Worte zu Kapitän Jaggery, dann schüttelten sie die Hände und der Obersteuermann verschwand nach unten. Jetzt war der Kapitän alleine auf dem Schanzdeck. Er schaute von Zeit zu Zeit nach oben in die Segel und begann mit ruhigem Schritt hin und her zu gehen. Dabei hielt er die Hände hinter seinem Rücken – ein Anblick tiefer Gedankenversunkenheit.

Währenddessen hielt ich mich immer noch an der Reling fest um dem Schlingern des Schiffes standzuhalten. Aber ich hatte neue Hoffnung. Ich war nicht verlassen. Kapitän Jaggery machte mir deutlich, dass es meine vertraute Welt noch gab.

Ich nahm alle mir verbliebene Kraft und allen Mut zusammen und stieg die Treppe zum Schanzdeck hinauf. Als ich das Deck erreicht hatte, wandte der Kapitän mir gerade den Rücken zu. Dankbar für den Moment der Ruhe blieb ich stehen, wo ich war, und kämpfte gegen die aufsteigende Übelkeit an. Ich setzte alle meine weiblichen Fertigkeiten ein um einen möglichst vorteilhaften Eindruck zu machen und ließ mein Haar – das Schönste an mir – trotz der Brise genau richtig über meinen Rücken nach unten fallen.

Schließlich drehte er sich um. Für einen Moment ruhten seine strengen Augen auf mir und dann ... lächelte er. Es war ein so freundliches, natürliches Lächeln, dass mein Herz beinahe dahinschmolz. Ich fühlte, dass ich Tränen der Dankbarkeit weinen würde, und tat dies auch – glaube ich.

»Ah«, sagte er in untadeligem Stil, »Miss Doyle, unsere junge Dame an Bord!« Er lüftete seinen Zylinder zu einem förmlichen Gruß. »Kapitän Jaggery, zu Ihren Diensten.« Er verbeugte sich.

Ich machte einen schwankenden Schritt auf ihn zu und versuchte trotz meiner Schwäche einen Knicks zu machen.

»Bitte, Sir«, flüsterte ich in meinem bescheidensten, damenhaftesten Ton, »mein Vater würde nicht wollen, dass ich auf diesem Schiff in dieser Gesellschaft reise. Ich muss nach Liverpool zu Miss Weed zurück.«

Kapitän Jaggery lächelte strahlend, dann lachte er – ein betörendes, männliches Lachen. »Nach Liverpool zurück, Miss Doyle?«, sagte er. »Völlig unmöglich. Zeit ist, wie man sagt, Geld. Und dies trifft nirgendwo mehr zu als an Bord eines Schiffes. Wir sind ein gutes Stück gefahren und werden die Reise fortsetzen. So Gott will, werden wir kein Land mehr sehen, bevor wir in den Zielhafen einlaufen. Ich bedauere, dass Sie solch ungepflegte Gesellschaft haben. Ich weiß, Sie sind Besseres gewöhnt. Es ließ sich nicht ändern. Aber in einem Monat, oder höchstens zwei, werden wir Sie sicher in Providence abgeliefert haben und abgesehen von etwas Salz in Ihrem schönen Haar werden Sie kaum darunter gelitten haben. In der Zwischenzeit verspreche ich Ihnen, dass ich Sie, sobald es Ihnen besser geht – wie ich an Ihrer Gesichtsfarbe sehe, nimmt die Seekrankheit Sie etwas mit –, zum Tee in meine Kajüte einladen werde. Wir werden Freunde sein, Sie und ich.«

»Sir, ich sollte nicht hier sein.«

»Miss Doyle, ich gebe Ihnen mein Wort. Ihnen wird nichts geschehen. Außerdem sagt man, dass sich ein schönes Kind – eine schöne Frau – vorteilhaft auf die Umgangsformen der Mannschaft auswirkt, und diese Mannschaft kann es wirklich gebrauchen.«

»Mir geht es so schlecht, Sir«, sagte ich.

»Das war nur zu erwarten, Miss Doyle. Es wird in ein paar Tagen vorübergehen. Jetzt entschuldigen Sie mich bitte. Die Pflicht ruft.«

Er drehte sich um und ging nach achtern, wo der Zweite Steuermann beim Ruder stand.

Durch seine freundliche, aber eindeutige Ablehnung meiner Bitte in meine Grenzen gewiesen und schwächer als zuvor, schaffte ich es irgendwie zurück in meine Kajüte. Ich brachte es noch fertig, ins Bett zu kriechen. Und dann muss ich in eine Art Ohnmacht gefallen sein. Auf jeden Fall blieb ich dort – zu krank um irgendetwas zu tun und sicher, dass ich nie wieder aufstehen würde.

Hin und wieder spürte ich eine raue, aber vorsichtige Hand unter meinem Kopf. Dann öffnete ich meine Augen und sah das alte, schwarze Gesicht von Zacharias dicht über mir. Er murmelte leise, beruhigende Worte und flößte mir warmen Haferschleim oder Tee ein – ich konnte kaum sagen, was cs war –, als wäre ich ein Baby.

Und von Zeit zu Zeit sah ich auch das Gesicht von Kapitän Jaggery dicht über mir, ein willkommenes Zeichen seines Mitgefühls. Ich glaube, dass mir vor allen Dingen der Anblick seines Gesichtes sehr geholfen hat. Denn ich hatte wirklich schreckliche Magenschmerzen und furchtbare Kopfschmerzen. Sogar in meinen Träumen wurde ich von abscheulichen Visionen geplagt. Sie waren so wirklich, dass ich einmal zu mir kam und Zacharias' Messer in meiner

Hand hielt. Ich musste es unter meiner Matratze hervorgeholt haben und verteidigte mich damit gegen ein Ungeheuer meiner Fantasie . . . Ich hörte ein Geräusch und sah mich in der Kajüte um. Eine Ratte saß auf meinem Tagebuch und knabberte an seinem Rücken. Entsetzt warf ich das Messer nach ihr, dann vergrub ich mein Gesicht in der Decke, brach in Tränen aus und weinte mich wieder in den Schlaf.

Diese schreckliche Zeit ging vorüber. Schließlich konnte ich wieder ruhig schlafen. Wie lange, weiß ich nicht. Aber endlich wurde ich richtig wach.

4

Als ich beim Schlagen von vier Glasen wieder aufwachte, wusste ich nicht, ob ich einen oder sieben Tage geschlafen hatte. Ich wusste nur, dass ich hungrig war. Außerdem fühlte ich mich schmutzig. Und ich hatte ein unstillbares Verlangen nach frischer Luft.

Ich ließ mich also auf den Boden der Kajüte hinunter und war froh, dass meine Beine mich irgendwie trugen. Aber dann, als ich einen Schritt zur Tür machte, trat mein Fuß auf etwas. Ich fiel beinahe hin. Als ich mich danach bückte, stellte ich fest, dass ich auf das Messer getreten war. Ich erinnerte mich an das Geschehen während meines Alptraums und beschloss die Waffe sofort zurückzugeben.

So verließ ich meine Kajüte mit dem Messer in der

Hand und stieg den Niedergang hinauf an Deck. Ich erwartete selbstverständlich das gleiche strahlende Bild, mit Himmel, Segeln und Meer, das sich mir geboten hatte, als ich zum ersten Mal an Deck kam. Dem war aber nicht so. Obwohl die *Seahawk* stampfte und rollte, ächzte und knarrte, hingen ihre Segel schlaff herab. Sogar der Himmel sah anders aus; er hing tief, voller Feuchtigkeit, die mein Gesicht augenblicklich benetzte, obwohl es kein Regen war, den ich spürte. Und das Meer hatte die gleiche Farbe wie der Himmel, ein drohendes Grau. Dabei war es ständig in Bewegung. Seine Oberfläche hob und senkte sich rhythmisch wie der Brustkorb eines riesigen, unruhig Schlafenden.

Ich sah mich um. Einige der Matrosen arbeiteten an Tauen oder schrubbten das Deck mit schweren Scheuersteinen. Ihr mürrisches Schweigen und ihre schmutzige Kleidung waren wenig Vertrauen erweckend. Dann bemerkte ich, dass einer von ihnen – Dillingham mit Namen – mich unverhohlen anstarrte. Er trug einen Bart, hatte eine Glatze und einen breiten Brustkorb, dazu große, knochige Fäuste und ein beständig mürrisches Gesicht. Plötzlich wurde mir klar, dass er nicht mich anstarrte, sondern die Klinge, die ich in meiner Hand hielt.

Schnell drehte ich mich um und versuchte sie in den Falten meines Kleides zu verstecken. Als ich einen verstohlenen Blick über meine Schulter warf, sah ich, dass Dillingham verschwunden war. Dennoch erinnerte mich der Vorfall daran, dass ich an Deck gekommen war um Zacharias das Messer zurückzugeben.

Sehr darauf bedacht, dass die anderen Matrosen

nicht sahen, was ich in der Hand hielt, begab ich mich schnellstens zur Kombüse. Glücklicherweise war Zacharias dort. Ich blieb am Schottdurchgang stehen und murmelte: »Guten Morgen.«

Der alte Mann wandte sich mir zu. »Ah, Miss Doyle«, rief er. »Schön, Sie zu sehen. Es freut mich sehr, dass Sie jetzt Seebeine haben, wie die Matrosen sagen.«

»Mr. Zacharias«, sagte ich schwach und außer Atem und hielt ihm die Waffe hin. »Nehmen Sie es zurück. Ich möchte es nicht.«

Es war, als hätte er mich nicht gehört. »Möchte Miss Doyle eine Tasse Tee?«

Ich hielt ihm das Messer wieder hin. »Mr. Zacharias, bitte . . .«

»Kommen Sie«, sagte er, »benehmen Sie sich wie in den besseren Häusern. Treten Sie ein, essen und trinken Sie. Auch wenn man Seebeine hat, bleibt noch ein Magen, der zufrieden gestellt sein will. Danach werde ich vielleicht mit Miss Doyle über mein Geschenk sprechen.«

Ich wusste nicht, was ich tun sollte. Der Geruch des Essens gab den Ausschlag. »Ich bin sehr hungrig.«

Augenblicklich griff er in eine Metallkiste und zog etwas heraus, das wie ein flacher Klumpen aus hartem Teig aussah. »Würde Miss Doyle das hier schmecken?«, fragte er, als würde er mir eine edle Delikatesse anbieten.

Ich rümpfte die Nase. »Was ist das?«

»Schiffszwieback. Matrosenbrot. Kommen Sie, Miss Doyle, setzen Sie sich.«

So widerwärtig, wie mir das Essen erschien: Der

Hunger siegte. Ich trat ein, ließ mich auf einen Schemel nieder und nahm den trockenen Zwieback. Inzwischen hatte ich das Messer in eine Tasche meines Kleides gesteckt.

Während ich aß – was nicht sehr einfach war, denn der Zwieback war steinhart und schmeckte nach gar nichts –, war er damit beschäftigt, Tee zu machen. »Wie lange war ich krank?«, fragte ich.

»Es waren fast vier Tage.«

Nach einem kurzen Moment sagte ich: »Ich möchte Ihnen für Ihre freundliche Hilfe während dieser Zeit danken.«

Er drehte sich um und strahlte. »Zacharias und Miss Doyle – zusammen.«

Ich befürchtete, dass er mir zu nahe treten würde, und wechselte das Thema. »Ist es möglich«, fragte ich, »etwas aus meinem Seekoffer zu holen? Ich benötige frische Kleider und meine Bücher.«

»Dafür«, sagte er, »müssen Sie sich an Mr. Hollybrass wenden.« Er bot mir Tee an. Ich nahm die Tasse und nippte an ihr. Dann sagte ich: »Mr. Zacharias, wenn ich meinen Tee getrunken habe, lasse ich Ihnen das Messer hier.«

Der alte Mann sah mich ernst an. Er legte seine Hand auf sein Herz: »Miss Doyle, glauben Sie mir. Sie könnten es brauchen.«

»Brauchen, aber wofür?«, fragte ich bestürzt.

»Ein Schiff ist ein Staat für sich.«

»Mr. Zacharias . . .«

»Die Staaten dieser Erde, Miss Doyle, haben Könige und Kaiser . . .«

»Und Präsidenten«, fügte ich als loyale Amerikanerin hinzu.

»Ja, und Präsidenten. Aber wenn ein Schiff auf See ist, gibt es nur einen, der regiert. Wie ein Gott sein Volk, wie ein König seinen Staat, wie ein Vater seine Familie, so ist ein Kapitän zu seiner Mannschaft. Er ist Ankläger, Geschworener und Richter. Alles in einem.«

»Alles?«, sagte ich.

»Jawohl«, sagte er ernst, »und Henker, wenn es nötig ist. Nun, Miss Doyle, wenn je ein Mann Herrscher seines Schiffes war, ist es unser Kapitän Jaggery. Ich sah Sie am ersten Tag der Reise. Haben Sie seine Worte gehört?«

Ich richtete mich auf. »Mr. Zacharias«, sagte ich, »der Kapitän ist ein großartiger Mann.«

»Glauben Sie das wirklich?«

»Ich weiß es.«

Einen Moment lang sah Zacharias mich nur mit verwundertem Blick an. Dann wandte er sich von mir ab und hantierte mit seinen Töpfen.

»Mr. Zacharias, wozu benötige ich das Messer?«

Er hielt inne und arbeitete nicht weiter. Ich spürte, dass er versuchte eine Entscheidung zu treffen. Nach einem Moment wandte er sich mir wieder zu. »Miss Doyle«, sagte er, »hören Sie mir zu.« Während er noch sprach, warf er einen verstohlenen Blick aus der Tür, lehnte sich zu mir hinüber und sprach mit leiser Stimme.

»Vor einem Jahr gab es auf diesem Schiff, der *Seahawk*, einen armen Matrosen, der den Zorn des Kapitäns auf sich zog, vom Kapitän verurteilt wurde und seine Wut zu spüren bekam.«

»Mr. Zacharias, ich möchte keine persönlichen Angriffe –«

»Miss Doyle hat gefragt«, unterbrach er mich, »jetzt muss sie auch zuhören. Der arme Kerl wurde Mr. Cranick genannt.«

»Cranick?«, fragte ich. »Hat der Kapitän nicht Mr. Hollybrass nach diesem Namen gefragt?«

»Aha, Sie haben also doch zugehört!«

»Was ist mit ihm?«, fragte ich, war aber sofort verärgert, dass ich um diese Erklärung gebeten hatte.

»Mr. Cranick konnte keinen Knoten binden, der Kapitän Jaggery gefallen hätte. Der Kapitän bestrafte Mr. Cranick. Er strafte ihn hart.«

»Ich bin sicher, dieser Mr. Cranick hatte es verdient.«

Zacharias legte seinen Kopf auf eine Schulter. »Miss Doyle, glauben Sie an Gerechtigkeit?«

»Ich bin Amerikanerin, Mr. Zacharias.«

»Ah! Gerechtigkeit für alle?«

»Für diejenigen, die sie verdienen.«

»Kapitän Jaggery sagte, dass der rechte, der Arbeitsarm, von Rechts wegen ihm gehöre. Mr. Cranick hat jetzt nur noch einen Arm. Er wurde von Kapitän Jaggery oft geschlagen, dann, wie er selbst sagte, nahm er sich den Arm. Ich war erst Wundarzt und dann Schreiner für Mr. Cranick.« Entsetzt sprang ich vom Schemel auf. »Ich glaube Ihnen nicht!«, rief ich aus. »Der Gerechtigkeit ist kein guter Dienst erwiesen, wenn Sie geringschätzig über Menschen eines höheren Standes sprechen.« Diesen Satz hatte ich oft aus dem Munde meines Vaters vernommen.

»Ob Sie es glauben oder nicht, es ist wahr«, sagte er und verstellte mir den Weg zum Ausgang.

Jetzt wandte ich ihm den Rücken zu.

»Also, die Mannschaft«, fuhr er trotzdem fort, »jeder Einzelne, der dazugehört, verklagte den Kapitän vor dem Seegericht, sobald wir an Land waren. Es hat nichts genutzt, Miss Doyle. Gar nichts. Jaggery kam damit durch. Alles, was er sagen musste, war, dass Cranick einen ordnungsgemäßen Befehl verweigert hatte, und keiner dachte mehr daran, ihn auch nur zu verwarnen. Es ist eine traurige Tatsache, aber ich habe es noch nie erlebt, dass ein Kapitän bestraft wurde. Aber der Kapitän muss wieder auf See. Die See ist sein Leben. Er muss seinen Ruf als schneller Atlantiküberquerer aufrechterhalten; Geschwindigkeit bringt hohe Profite. Doch um segeln zu können braucht selbst ein Jaggery eine Mannschaft . . .«

»Mr. Zacharias, ich muss Sie bitten . . .«

»Aber Andrew Jaggery konnte nicht einen Hannes finden, der auf der *Seahawk* anheuern wollte. Alle waren gewarnt.«

Als er dies sagte, erinnerte ich mich an die Männer auf den Docks in Liverpool, die geflohen waren: der eine, als er den Namen des Kapitäns hörte, der andere, als er die *Seahawk* erblickte.

»Aber Mr. Zacharias, woher kommen denn diese Männer?«

»Auf diesem Schiff?«

»Ja.«

»Miss Doyle, ich habe nur gesagt, dass keine anderen Männer anheuerten.« Sofort begriff ich.

»Es ist also seine alte Mannschaft?«, fragte ich.

Seine Augen blickten mich fest an, so dass ich mich zu fürchten begann. »Auf der *Seahawk*?«, wollte ich wissen.

Er nickte. »Nur Mr. Hollybrass ist neu.« Dann

fügte er hinzu: »Und Mr. Cranick konnte nicht unterschreiben.«

Ich starrte ihn einen Moment lang an und fragte dann energisch: »Wenn Kapitän Jaggery so brutal war, warum haben die Männer dann wieder angeheuert?«

Zacharias lehnte sich zu mir herüber. »Rache«, flüsterte er.

»Rache?«, gab ich schwach zurück.

Der alte Mann nickte. »Und deshalb habe ich Ihnen das Messer gegeben.«

Unwillkürlich berührte meine Hand die Klinge in meiner Tasche.

Er senkte seine Stimme und deutete mit dem Kopf nach oben an Deck. »Die Männer kennen den Namen Ihres Vaters. Sie wissen, dass der Kapitän für ihn arbeitet. Sie nehmen an, Sie stehen auf der Seite . . .«

»Mr. Zacharias«, unterbrach ich mit der schwach flüsternden Stimme, die mir geblieben war, »ich empfinde nichts als Respekt für den Kapitän.«

»Eben.«

Einen Moment lang schwiegen wir beide.

Dann fragte Zacharias: »Wo haben Sie das Messer aufbewahrt?«

»Unter meiner Matratze.«

»Miss Doyle, ich bitte Sie – lassen Sie es dort.«

In diesem Augenblick wurden wir durch ein Geräusch erschreckt. Wir wandten uns um. Es war Mr. Hollybrass, der uns durch seine buschigen Augenbrauen ansah. Sein finsterer Blick verriet seinen Missmut darüber, dass wir so nahe beieinander standen.

»Miss Doyle«, sagte der Obersteuermann. »Kapitän Jaggery lässt seine besten Grüße ausrichten und fragen, ob Sie die Freundlichkeit besäßen ihm in seiner Kajüte beim Tee Gesellschaft zu leisten?«

5

Noch nie war mir eine derartige Unverfrorenheit untergekommen! Dieser Mr. Zacharias, ein Koch, der gesellschaftlich weit unter mir stand, wagte es, mir eine verleumderische Geschichte über die Brutalität von Kapitän Jaggery zu erzählen – als wäre ich seine Vertraute. Es war mir zutiefst peinlich. Ich wollte und konnte es nicht glauben! Man kann sich meine Erleichterung vorstellen, als Mr. Hollybrass mich rettete.

Mit den Händen richtete ich mein Kleid und mein Haar so gut wie möglich und folgte dem Obersteuermann mit erhobenem Kopf eiligst von der Kombüse zur Kajüte des Kapitäns, die am hinteren Ende des Schanzdecks lag. Dabei wurde ich von den immer wachsamen Augen der Mannschaft verfolgt. Mehr als einmal berührte ich das Messer in meiner Tasche. Ich hatte mich entschlossen es dem Kapitän zu übergeben.

Ob ich dem Kapitän aber erzählen sollte, was ich gerade gehört hatte oder nicht, war eine heikle Frage. Es wäre mir höchst unangenehm gewesen, zugeben zu müssen, dass in solch unverschämter Weise zu mir gesprochen worden war. Es zu verschweigen bedeutete jedoch der Mitwisserschaft schuldig zu werden. Bevor ich mich entschieden hatte, klopfte Mr. Hollybrass schon an die Tür des Kapitäns. Als er ein »Herein!« hörte, öffnete er sie. Ich trat ein.

Jeder andere Raum, den ich an Bord der *Seahawk* gesehen hatte, war grobschlächtig und hässlich, ohne Stil, ohne Kultur. Die Kajüte des Kapitäns war Welten davon entfernt. Sie erstreckte sich über die gesamte Breite der *Seahawk*. Ich stellte fest, dass ich aufrecht in ihr stehen konnte ohne der Decke auch nur nahe zu kommen. Die Wände waren aufwändig mit Holz vertäfelt. An ihnen hingen Miniaturen und wunderbare pastorale Stiche des alten Englands. Die hintere Wand – das Heck des Schiffes – wurde von einer Reihe von Fenstern unterbrochen, unter denen ein gut gepolstertes Sofa stand. Ein hohes Bett war auf der Backbordseite eingebaut. Ein Schreibtisch mit ordentlich ausgebreiteten Seekarten und nautischen Instrumenten in mit Samt ausgeschlagenen Kästen stand ihm gegenüber auf der Steuerbordseite. Neben diesem Schreibtisch stand ein stählerner Schrank, den ich für einen Safe hielt, weil er genauso aussah wie der Safe meines Vaters. In einer Ecke erblickte ich ein Schachbrett mit zum Spiel aufgereihten Figuren. Zudem gab es einen von einigen Stühlen umgebenen Tisch, auf dem ein Silbergedeck für den Tee stand. Hätte man nicht das Stöhnen des Holzes vernommen, das Rasseln der Ketten, das Knarren der Takelage und das Rauschen der Wellen, so hätte man leicht vergessen können, dass wir auf See waren. Das elegante Bild wurde durch Kapitän Jaggery abgerundet, der in vollständiger Uniform mit einem Buch auf den Knien in einem Lehnstuhl saß. Bei dem Buch handelte es sich um die Bibel. Als ich eintrat, erhob er sich und verneigte sich galant. Hätte irgendetwas ein größerer Gegensatz zu meinem Zusammentreffen mit Zacharias sein können? Ich war bezaubert.

»Miss Doyle«, sagte er, »wie schön, dass Sie mich besuchen.«

Da ich mich möglichst freundlich zeigen wollte, ging ich mit ausgestreckter Hand auf ihn zu. Er schüttelte sie freundlich. Dann wandte er sich dem Obersteuermann zu. »Mr. Hollybrass«, sagte er knapp, »das wäre alles.«

Mr. Hollybrass salutierte und zog sich zurück.

»Miss Doyle«, fuhr Kapitän Jaggery mit einem liebenswürdigen Lächeln fort und legte seine Bibel zur Seite, »wenn Sie die Freundlichkeit hätten Platz zu nehmen.« Er bot mir den zweiten gepolsterten Lehnstuhl an.

»Ich danke Ihnen«, sagte ich, erfreut, wie eine wirkliche Dame behandelt zu werden.

»Sie scheinen überrascht«, sagte er, »eine solch schöne Einrichtung in meiner Kajüte vorzufinden.«

Ich errötete, da er meine Reaktion bemerkt hatte. »Sie ist sehr hübsch«, gestand ich.

»Wie liebenswürdig von Ihnen, dass Sie es zu schätzen wissen«, sagte er bescheiden. »Es kommt nicht oft vor, dass ich eine kultivierte Person wie Sie an Bord meines Schiffes habe, die es zu würdigen weiß. Ich fürchte, eine Mannschaft wie die meine findet keinen Gefallen an gutem Geschmack und – leider – auch nicht an Zucht und Ordnung. Die sind ihnen zuwider. Doch zum Glück wissen Menschen unseres Standes die schönen Dinge des Lebens zu schätzen, nicht wahr?«

Wieder errötete ich, diesmal vor Freude.

»Darf ich Ihnen eine Tasse Tee anbieten?«

Obwohl ich schon reichlich Tee getrunken hatte, dachte ich dennoch nicht daran, seine Frage zu verneinen.

»Dürfen es auch Kekse sein?« Er bot mir eine Dose schottischen Gebäcks an. Ich nahm einen und knabberte damenhaft daran. Butterknusprig – ein Genuss!

»Ein Schiff wie die *Seahawk*«, fuhr er fort, »ist nicht komfortabel. Es ist für den Handel gebaut, um Geld zu verdienen. Trotzdem tue ich, was in meiner Macht steht.« Er goss sich eine Tasse Tee ein.

»Mir wurde berichtet«, sagte er und nahm seinen Platz wieder ein, »dass Sie sich erholt haben. Ich habe mich sehr darüber gefreut. Miss Doyle, ich möchte Ihnen raten so viel wie möglich in der frischen Luft an Deck spazieren zu gehen. Dann werden Sie bald schon wieder so gesund sein wie eh und je – wenn nicht gesünder.«

»Vielen Dank, Sir.«

»Es ist bedauerlich, dass die beiden anderen Familien uns nicht begleiten konnten. Sie hätten Ihre Reise viel angenehmer gemacht. Und meine auch.«

»Bestimmt, Sir.«

Er lächelte. »Wissen Sie, ich habe auch eine Tochter.«

»Wirklich?«

Er erhob sich, nahm ein kleines Bild von der Wand und hielt es mir hin. Es war das Gesicht eines netten, kleinen Mädchens mit großen Augen und einem süßen Mund. »Sie heißt Viktoria. Sie ist erst fünf. Ich hoffe, dass sie und ihre Mutter mich eines Tages auf dem Schiff begleiten. Aber dazu ist das Kind jetzt noch zu klein.«

»Sie ist sehr hübsch, Sir«, sagte ich und streckte meine Hand nach dem Bild aus. Er zog es zurück, als wolle er sich nicht einmal für einen Moment davon trennen.

»Wenn ich mir erlauben darf es zu bemerken: Sie und Viktoria könnten liebenswerte Schwestern sein. Ich vermisse sie sehr.« Seine Augen ruhten zärtlich auf dem Bild. Dann hängte er es vorsichtig an seinen Platz an der Wand zurück ohne auch nur für einen Moment seine Augen vom Gesicht des Kindes abzuwenden. Schließlich drehte er sich um. »Ist Ihre Kajüte angenehm?«, fragte er.

»O ja, Sir«, versicherte ich ihm.

»Etwas beengt, nicht wahr?«

»Nur ein wenig.«

»Miss Doyle, ich stelle Ihnen mein Schiff zur freien Verfügung. Was Ihre Mahlzeiten betrifft, so können Sie diese mit mir einnehmen, wann immer es Ihnen beliebt. Natürlich glaube ich nicht, dass Ihnen die Mannschaft sympathisch sein wird, aber es kann nicht schaden, freundlich zu ihr zu sein. Ihr Umgang kann nur von Vorteil für diese Männer sein.«

»Es ist sehr freundlich von Ihnen, das zu sagen«, erwiderte ich und freute mich über das Kompliment. Er sah mich mit einer Ernsthaftigkeit an, die ich unwiderstehlich fand.

»Reden Sie mit ihnen, Miss Doyle«, riet er mir. »Zeigen Sie ihnen etwas Gefühl. Lesen Sie ihnen aus ihren moralischen Büchern. Predigen Sie aus der Bibel, wenn Sie wollen. Ich versichere Ihnen, dass die Männer Ihren schönen Kopf mit den fantastischsten Geschichten füllen werden.«

»Da bin ich sicher, Sir«, sagte ich und dachte an das, was Zacharias mir erzählt hatte. Das Benehmen des Kapitäns war Beweis genug für seine Güte.

»Wie ich höre«, fuhr er fort, »hat Mr. Zacharias bereits Freundschaft mit Ihnen geschlossen.«

Ich richtete mich auf. »Er war ein wenig anmaßend.«

»Diese Matrosen . . .«, sagte der Kapitän langsam. »Sie haben kein Taktgefühl. Man muss sie unterweisen.« Er sah mich einen Moment scharf an. »Wie alt sind Sie, Miss Doyle?«

»Dreizehn, Sir.«

»Und Ihr Vater ist, wie mir gesagt wurde, Vorstandsmitglied in der Gesellschaft, der dieses Schiff gehört.«

»Ja, Sir.«

Er lächelte. »Also gibt es einen weiteren Grund für mich sicherzustellen, dass Sie Ihre Zeit bei uns so angenehm wie möglich verbringen. Ich möchte, dass Sie nur Positives berichten.«

»Oh, Sir«, rief ich, »ich bin sicher, ich werde nicht mit Lob sparen. Sie sind –«

»Ja?«

»Sie erinnern mich sehr an meinen Vater«, sagte ich und errötete ein weiteres Mal.

»Ein hohes Lob, das ich hoffentlich verdiene!«, rief er mit offensichtlichem Vergnügen. Dann stellte er seine Teetasse auf den Tisch und lehnte sich zu mir herüber. »Miss Doyle, vergeben Sie mir meine direkten Worte, aber da wir bald Freunde werden – wir sind doch schon Freunde, nicht wahr?«

»Ich wäre hocherfreut darüber, Sir.«

»Und Sie sagten, ich erinnere Sie an Ihren geschätzten Vater.«

»Das tun Sie, Sir.«

»Darf ich also offen zu Ihnen sprechen?«

»Wenn Sie es wünschen, Sir«, erwiderte ich geschmeichelt.

»Ein Schiff, Miss Doyle, ist nicht der beste Ort für eine junge Dame wie Sie. Ich bin der Erste, der dies eingestehen würde. Und ein Kapitän hat keine leichte Aufgabe, betrachtet man die Art von Mannschaft, über die er befehlen muss. Es sind gottlose Männer, fürchte ich. Das sind Matrosen häufig. Es wird Momente geben«, fuhr er fort, »in denen ich barsch erscheinen werde. Glauben Sie mir, wenn ich die Männer mit Freundlichkeit dazu bringen könnte, ihre Arbeit zu verrichten, so würde ich es tun. Leider würde ich dann nicht respektiert. Sie verstehen es nicht, wenn man freundlich zu ihnen ist. Im Gegenteil, sie fassen es als Schwäche auf. Daher verlangen sie nach einer starken Hand, nach der Peitsche – wie Ochsen, die man ein wenig antreiben muss. Ich muss tun, was für das Schiff, die Firma – Ihren Vater – und auch die Mannschaft das Beste ist. Ich bin ein sehr genauer Mensch, Miss Doyle. Ohne Ordnung herrscht das Chaos. Chaos an Bord eines Schiffes heißt ohne Ruder zu segeln. Und was Gefahr betrifft . . .« Er deutete auf den Safe. »Sehen Sie diesen Schrank?«

Ich nickte.

»Ein Ständer voller Musketen. Alle geladen. Aber

gut verschlossen, und der Schlüssel ist an einem sicheren Ort. Ich gebe Ihnen mein Wort, Miss Doyle, außer diesen gibt es keine anderen Waffen an Bord.«

»Ich bin froh darüber, Sir«, erwiderte ich und ein Schauer überlief mich.

»Also, Sie und ich, Miss Doyle, wir verstehen uns, nicht wahr?«

»O ja, ganz sicher, Sir.«

»Sie tun mir von Herzen gut!«, rief er aus. »Und Sie haben die Erlaubnis jederzeit zu mir zu kommen, wenn Sie irgendetwas bedrückt oder . . . wenn Sie vielleicht . . . wie soll ich sagen . . . etwas ängstigt. Wenn Sie Gerüchte unter den Männern umgehen hören . . . Diese Mannschaft murrt und schimpft, wie alle Mannschaften. Sie gehen zur Schule?«

Ich nickte.

»Und obwohl es Ihnen gefällt und Sie Ihre Lehrerinnen lieben, bin ich sicher, dass auch Sie und Ihre Mitschülerinnen etwas zu kritisieren haben.«

»Ich fürchte schon.«

»Hier ist es genauso, Miss Doyle. Alles Freunde, aber auch ein paar Murrer hier und da. Ich möchte Sie bitten mir zu helfen. Sie können meine Ohren und meine Augen unter der Mannschaft werden, Miss Doyle. Darf ich mich in dieser Sache auf Sie verlassen?«

»Ich werde es versuchen, Sir.«

»Sollten Sie irgendwann einmal so etwas wie das hier sehen . . .«

Er zog einen Zettel aus der Bibel. Zwei Kreise waren auf den Zettel gemalt, der eine innerhalb des anderen. Im Raum zwischen den Kreisen schienen Unterschriften zu stehen.

Ich sah verständnislos hin.

»Ein ›Round Robin‹«, sagte er. »Die Männer unterschreiben auf diese Art, damit kein Name oben oder unten steht. Typisch, dass keiner Verantwortung für seinen eigenen Unfug übernehmen will! Es ist eine Art Pakt.«

»Ich verstehe nicht.«

»Miss Doyle, diejenigen, die ein solches Papier unterzeichnen, sind im Begriff schweren Unfrieden zu stiften. Sollten Sie jemals ein solches Papier an Bord sehen, müssen Sie es mir sofort mitteilen. Sie könnten unser Leben retten. – Nun«, meinte er dann leichthin, während er das Papier weglegte, »ich glaube, Sie und ich werden gute Freunde sein.«

»O ja, Sir«, versicherte ich.

Er trank den Rest seines Tees. »Gibt es sonst noch etwas, das ich für Sie tun kann?«

»Mein Koffer wurde verstaut, Sir. Ich würde mir gerne frische Kleider und etwas zu lesen holen.«

»Wünschen Sie, dass man den Koffer heraufbringt?«, fragte er.

»Meine Kajüte ist zu eng, Sir. Ich dachte, ich könnte hinuntergehen.«

»Ich werde einem der Männer befehlen Sie zu begleiten.«

»Vielen Dank, Sir.«

»Sonst noch etwas?«

»Ja, Sir.«

»Was denn?«

Ich zog das Messer aus meiner Tasche. Er fuhr auf.

»Woher haben Sie das?«

»Ich weiß nicht, ob ich das sagen soll, Sir.«

Sein Gesicht war ernst geworden. »Miss Doyle, war es jemand aus meiner Mannschaft?«

Mir ging Zacharias' Freundlichkeit in jener ersten Nacht an Bord durch den Kopf. Eigentlich lag mir nichts an dem Schwarzen, er hatte sich ungebührlich verhalten. Aber die strengen Augen des Kapitäns ließen mich zögern. Ich wollte Zacharias nicht in Schwierigkeiten bringen. Zweifellos hatte er in guter Absicht gehandelt.

»Miss Doyle«, sagte der Kapitän streng. »Sie müssen es mir sagen.«

»Mr. Grummage, Sir«, platzte ich heraus.

»Ich kenne den Mann nicht.«

»Der Mann, der mich zur *Seahawk* brachte, Sir. Ein Geschäftsfreund meines Vaters.«

»Aus Liverpool?«

»Ich glaube schon, Sir. Ein Ehrenmann.«

»Schon gut!«, sagte er. Er entspannte sich und streckte seine Hand nach dem Messer aus. Ich reichte es ihm. Er prüfte die Spitze. »Eine scharfe Klinge.« Dann wollte er mir zu meinem Erstaunen die Waffe zurückgeben.

»Wenn es Ihnen Sicherheit gibt, legen Sie es unter Ihre Matratze.«

»Dort habe ich es aufbewahrt, Sir. Ich möchte es nicht haben.«

»Sie behalten es besser.«

»Warum?«, fragte ich leise.

»In der Hoffnung, dass Sie es nie benötigen«, entgegnete er. »Ich bestehe darauf.«

So steckte ich das Messer wieder in meine Tasche, beschloss aber es bei nächster Gelegenheit ins Meer zu werfen.

Kapitän Jaggery lachte freundlich und fragte mich nach meiner Familie und nach meiner Schule, so dass ich mich bald wieder wohl fühlte. Ich sprach gerade von Miss Weed, als es fünf Glasen schlug. Der Kapitän erhob sich.

»Verzeihen Sie, ich muss an Deck. Ich werde jemanden finden, der Sie zu Ihrem Koffer bringen kann. Wissen Sie, wo er sich befindet?«

Ich schüttelte den Kopf. »Ein Mr. Barlow hat sich um ihn gekümmert«, erklärte ich.

»Dann kommen Sie mit«, sagte er. »Er wird Sie begleiten.«

An der Tür hielt er inne. Mit großer Geste bot er mir seinen Arm. Freudestrahlend ergriff ich ihn und wir schritten gemeinsam aus seiner Kajüte.

6

Es machte nichts, dass mein Kleid, das ich vier Tage getragen hatte, zerknittert und beschmutzt und meine weißen Handschuhe grau geworden waren. Es machte nichts, dass mein schönes Haar völlig zerzaust herunterhing. Alle Augen ruhten auf uns, als wir das Hauptdeck des Schiffes überquerten und nach vorne gingen, bis wir beim Bugspriet an der Galionsfigur standen. Ich fühlte mich wie eine Prinzessin, die zum Thron geleitet wird. Nicht einmal der immer noch tief hängende Nebel konnte das Hochgefühl dämpfen.

»Kapitän Jaggery, Sir«, sagte ich, »das Schiff scheint sich nur sehr langsam zu bewegen.«

»Das haben Sie richtig bemerkt«, entgegnete er, wie immer ein perfekter Gentleman. »Aber wenn Sie nach oben schauen«, er deutete über den Großmast, »werden Sie eine leichte Bewegung erkennen. Die Wolkendecke wird bald aufreißen und wir werden wieder Fahrt machen. Sehen Sie, dort, die Sonne beginnt schon zu scheinen.«

Wie auf Befehl erschien eine schwache gelbe Scheibe, auch wenn sie schnell wieder hinter Wolken verschwand.

Vom Deck der Back gingen wir zum Schanzdeck und zum Ruder. Foley, ein dünner, bärtiger Mann stand am Steuerrad. Mr. Keetch, wie immer ohne ein Lächeln, stand neben ihm. Das Steuerrad war aus massivem Holz und mit Handspaken versehen, damit es sicher gehalten werden konnte.

Als wir näher kamen, warfen uns die beiden verstohlene Blicke zu, sagten aber nichts.

Kapitän Jaggery gab meinen Arm frei und blickte hinauf in die Segel. Nach einer Weile sagte er: »Mr. Keetch.«

Der Zweite Steuermann wandte sich ihm zu. »Ja, Sir.«

»Ich glaube«, sagte der Kapitän, »dass wir bald eine steife Brise haben werden.«

Mr. Keetch schien überrascht. »Glauben Sie das wirklich, Sir?«

»Sonst hätte ich es wohl kaum gesagt, nicht wahr, Mr. Keetch?«

Der Mann warf mir einen Blick zu, als wüsste ich die Antwort. Er sagte jedoch nur: »Ich glaube nicht, Sir.«

»Vielen Dank, Mr. Keetch. Nun, ich möchte den günstigen Wind nutzen. Lassen Sie alle Brassen durchsetzen und halten Sie sich mit der Besangaffel bereit.«

»Jawohl, Sir.«

»Und halten Sie die Leesegel griffbereit. Vielleicht brauchen wir sie um verlorene Zeit gutzumachen.«

»Jawohl, Sir.« Nach einem weiteren Blick auf mich schritt Mr. Keetch schnell über das Schanzdeck und brüllte von der Reling: »Alle Mann an Deck!«

In kurzer Zeit war die gesamte Mannschaft an Deck versammelt.

»Männer in die Bramsegel und das Groß-Royal!«, schrie er.

Im nächsten Augenblick kletterte die Mannschaft in die Wanten und die stehende Takelage, hoch in die Masten und Spieren. Während sie noch dabei waren, hinaufzusteigen, begann Mr. Keetch eine Litanei von Befehlen herunterzusingen – »Die Bramsegelleinen besetzen! Holt dicht! Holt über und klart auf!« –, die die Matrosen am losen und festen Zeug arbeiten ließ, bis die Segel übergegangen und gesetzt waren. Es war eine eindrucksvolle Vorführung, aber ich konnte keine Änderung der Geschwindigkeit des Schiffes bemerken.

Jetzt wandte sich der Kapitän Foley zu. »Ein Grad südlich«, sagte er.

»Ein Grad südlich«, erwiderte Foley und drehte das Steuerrad mit beiden Händen gegen den Uhrzeigersinn.

»Kurs halten«, sagte der Kapitän.

»Kurs halten«, wiederholte Foley.

Jetzt kam Mr. Hollybrass zum Ruder. Als er sich näherte, rief Kapitän Jaggery ihn zu sich.

»Mr. Hollybrass, sobald es geht, schicken Sie Mr. Barlow zu Miss Doyle, damit er ihr zeigt, wo ihr Koffer verstaut wurde.«

»Jawohl, Sir.«

»Miss Doyle«, sagte der Kapitän zu mir, »sind Sie so freundlich Mr. Hollybrass zu folgen. Ich habe unser Gespräch genossen und hoffe, es werden viele weitere folgen.«

Und dann, vor den Augen der versammelten Mannschaft, nahm er meine Hand, beugte sich über sie und berührte sie mit seinen Lippen. Ich glühte vor Stolz. Schließlich folgte ich Mr. Hollybrass – besser gesagt, ich schwebte hinter ihm her. Er verbarg seine Verachtung für die Art, in der der Kapitän sich von mir verabschiedet hatte, kaum. Er überquerte das Schanzdeck, blieb an der Reling stehen und blickte auf das Hauptdeck. Dort beobachtete er die Männer, die immer noch dabei waren, die Takelage zu trimmen, und brüllte hin und wieder einen Befehl das eine oder andere Tau durchzusetzen.

»Mr. Barlow«, rief er zu guter Letzt.

»Hier, Sir!«, antwortete es von hoch oben.

Etwa sechzig Fuß über mir sah ich den Mann.

»Kommen Sie her!«, schrie Mr. Hollybrass.

Trotz seines heruntergekommenen Aussehens war Barlow flink wie ein Wiesel. Er kletterte über die Rahe, auf der er gesessen hatte, erreichte den Mast, dann die Takelage und schien beinahe auf den dünnen Tauen hinabzulaufen. Schließlich sprang er fast ohne ein Geräusch auf Deck.

»Zu Befehl, Sir«, sagte er. Dabei war er kaum mehr außer Atem als ich – um genau zu sein, sogar weniger als ich, denn mir hatte sein flinkes Klettern in so großer Höhe den Atem genommen.

»Miss Doyle benötigt ihren Koffer. Ich höre, Sie wissen, wo er sich befindet«, sagte Mr. Hollybrass.

»Ich habe ihn ins obere Frachtdeck gebracht.«

»Wenn Sie Miss Doyle dorthin führen würden.«

»Jawohl, Sir.« Barlow hatte mich bisher nicht angesehen. Jetzt tat er dies mit einem schüchternen Nicken und indem er die Hand an seine Schläfe hob. Ich verstand und folgte ihm.

Normalerweise gelangt man durch die Ladeluke mitten auf dem Deck des Schiffes zu den Frachtdecks. Da die Luke aber auf See fest verschlossen war, schlug Barlow einen anderen Weg ein, zu einer Leiter unter dem Tisch in der Messe des Zwischendecks – genau gegenüber meiner Kajütentür.

Nachdem er die mitgebrachte Kerze zur Seite gestellt hatte, stieg er unter den Tisch der Messe und zog die Flügel einer Falltür auf, die mit dem Boden abschloss. Sobald er die Kerze angezündet hatte, drehte er sich um und verschwand halb in der Öffnung.

»Wenn es Ihnen beliebt, Miss«, bedeutete er mir.

Obwohl es mir zuwider war, blieb mir in diesem Fall keine andere Wahl. Ich kroch auf Händen und Knien rückwärts in das Loch und stieg zwölf Sprossen hinab – etwa acht oder neun Fuß tief.

»Bis hier, Miss«, sagte Barlow, der neben mir stand und die Leiter hielt. »Sie wollen doch nicht bis auf die unteren Frachtdecks hinunterklettern.«

Ich blickte nach unten und sah, dass die Leiter dort in einem schwarzen Loch verschwand.

»Mehr Ladung«, erklärte er lakonisch. »Ratten und Schaben. Und die stinkende Bilge. Dann ist da noch die Zelle.«

»Zelle?«

»Das Schiffsgefängnis.«

»Ein Gefängnis an Bord?«

»Kapitän Jaggery würde niemals darauf verzichten, Miss.«

Ich erschauderte vor Abscheu.

Barlow bot mir eine seiner harten, knotigen Hände. Widerwillig ergriff ich sie und machte einen kleinen Sprung auf das obere Frachtdeck. Erst dann sah ich mich um.

Ich befand mich in einer großen, holzgerippten Höhle, die nach vorne und achtern in der Dunkelheit verschwand, da das Licht von Barlows Kerze nicht besonders weit reichte. Ich erinnere mich, dass ich das Gefühl hatte, wie Jonas im Bauch eines Wales zu sein. Die Luft war schwer und von einem penetranten Modergeruch durchzogen, der mir fast den Atem nahm.

»Was ist das?«, fragte ich und deutete auf einen Zylinder, aus dem Rohre herausragten und an dem Griffe befestigt waren.

»Die Lenzpumpe«, sagte er. »Falls wir Wasser übernehmen.«

Überall lagen Ballen, Tonnen und Kisten, wie ich sie in Liverpool auf den Docks gesehen hatte. Diese Waren waren kreuz und quer aufeinander gestapelt, hier und da mit Leinen festgezurrt und durch Keile gesichert, aber meist durch ihr Eigengewicht an ihrem Platz gehalten. Das Ganze erinnerte mich an ein großes Durcheinander von Bauklötzchen, die in einen Kasten geworfen worden waren.

»Es ist noch mehr da unten«, sagte Barlow. »Aber Ihr Koffer ist da hinten.« Und richtig, ich sah ihn am Ende eines Ganges stehen, der von zwei Stapeln Ladung gebildet wurde.

»Würden Sie ihn bitte öffnen?«, bat ich.

Barlow löste die Verschlüsse und öffnete den Deckel.

Da lagen meine Kleider, in Papier gehüllt und ordentlich ausgebreitet. Das Dienstmädchen der Schule hatte gute Arbeit geleistet. Ein Seufzer entfuhr mir bei diesem Blick in eine andere Welt.

»Ich kann nicht alles auf einmal mitnehmen«, sagte ich.

»Nun ja, Miss«, sagte Barlow, »jetzt wissen Sie ja, wo er steht, und können sich Ihre Sachen selbst holen.«

»Das stimmt«, sagte ich, kniete mich hin und begann die Schichten vorsichtig herauszuheben.

Nach kurzer Zeit sagte Barlow: »Ist es gestattet, Miss, darf ich Sie stören?«

»Sie sehen doch, dass ich beschäftigt bin, Mr. Barlow«, murmelte ich.

Einen Moment sagte der Matrose nichts, obwohl ich seine Nervosität hinter mir deutlich spürte.

»Miss«, sagte er unvermittelt, »Sie erinnern sich sicher, ich habe Sie angesprochen, als Sie an Bord kamen.«

»Ich habe versucht es zu vergessen, Mr. Barlow«, sagte ich.

»Das sollten Sie nicht, Miss. Das sollten Sie nicht.«

Sein flehender Ton ließ mich innehalten. »Was wollen Sie damit sagen?«

»Gerade eben, Miss, hat der Kapitän uns vorgeführt. Das Überholen und Durchsetzen. Es gab gar keinen Grund dafür. Er verhöhnt uns –«

»Mr. Barlow!«, unterbrach ich.

»Es ist wahr, Miss. Er missbraucht und benutzt uns. Und Sie auch. Glauben Sie meinen Worten. Es wird nichts Gutes daraus entstehen.«

Ich hielt mir die Ohren zu.

Schließlich sagte der Mann: »In Ordnung, Miss. Ich lasse Ihnen die Kerze hier. Sie werden nicht in den Laderaum hinuntergehen, oder?«

Ich war so darin vertieft, meinen Koffer zu durchwühlen, dass ich ihm längst keine Aufmerksamkeit mehr schenkte. Ich hörte kaum, dass er wegging und die Leiter hinaufstieg. Als ich sicher war, dass er verschwunden war, drehte ich mich um. Er hatte die Kerze weiter hinten auf dem Frachtdeck, in der Nähe der Leiter abgestellt. Obwohl die Flamme in der Zugluft flackerte, war ich sicher, dass sie noch einige Zeit brennen würde. Ich wandte mich wieder meinem Koffer zu.

Während ich dort kniete, die schwierige, aber interessante Entscheidung für den einen oder anderen Unterrock zu fällen hatte und auch nach einem Buch suchte, das ich der Mannschaft vorlesen könnte, wie es der Kapitän vorgeschlagen hatte, beschlich mich das Gefühl, dass irgendetwas hinter mir war. Etwas, das ich nicht genau beschreiben konnte.

Zunächst versuchte ich das Gefühl zu ignorieren. Aber wie sehr ich mich auch bemühte, ich konnte es nicht leugnen. Natürlich war es alles andere als ruhig hier unten. An Bord war es nirgends still. Es gab ein immer währendes Knarren und Ächzen. Ich konnte das Wasser in der Bilge hin und her schwappen hören, dazu das Rascheln von irgendetwas, an das ich nicht denken wollte – wie die Ratten, die Barlow erwähnt hatte. Aber nach einigen Augenblicken war ich mir ganz sicher, dass ich von einem Menschen beobachtet wurde – auch wenn ich nicht wusste, warum.

Ich erstarrte vor Schreck. Dann hob ich langsam den Kopf und blickte nach vorne über den Deckel meines Koffers. Soweit ich sehen konnte, war dort niemand.

Meine Augen schweiften nach rechts. Niemand. Nach links. Wieder niemand. Jetzt gab es nur noch einen Ort, wo ich nachsehen konnte: hinter mir. Schon beim bloßen Gedanken daran richteten sich meine Nackenhaare auf, bis ich in plötzlicher Panik herumfuhr.

Dort, aus dem Loch, durch das man zu den unteren Frachtdecks gelangte, ragte ein grinsender Kopf hervor, dessen Augen mich anstarrten.

Ich schrie auf. Genau in diesem Augenblick verlosch die Kerze und ich befand mich in vollkommener Dunkelheit.

7

Ich hatte zu viel Angst um noch einmal zu schreien. Stattdessen hockte ich völlig still im Stockdunkeln, umgeben von den Schiffsgeräuschen, die jetzt noch durch das heftige Schlagen meines Herzens verstärkt wurden. Dann entsann ich mich, dass ich das Messer von Zacharias noch bei mir trug. Mit zitternder Hand griff ich in die Tasche, nahm es heraus und zog es aus seiner hölzernen Scheide, die meinen ungeschickten Fingern entglitt und klappernd zu Boden fiel.

»Ist da jemand?«, rief ich mit schwacher, unsicherer Stimme. Keine Antwort. Nach einer kleinen Ewigkeit rief ich noch einmal, etwas mutiger als vorher: »Ist da jemand?«

Wieder geschah nichts. Nicht das kleinste Anzeichen einer Antwort. Nicht das kleinste Geräusch.

Allmählich gewöhnten sich meine Augen an die Dunkelheit. Ich konnte die Leiter erkennen, die vom Deck herunterführte, und ein schwaches Lichtquadrat darüber. Ich konnte die Leiter bis zu dem Punkt sehen, wo sie nach unten in den Frachtraum verschwand. Dort, an der Kante des Lochs, konnte ich den Kopf jetzt deutlicher erkennen. Seine Augen glitzerten böse und seine Lippen waren zu einem teuflischen Grinsen verzogen.

Entsetzt starrte ich ihn an. Und je länger ich hinsah, desto klarer wurde mir, dass sich der Kopf nicht bewegt hatte – überhaupt nicht! Die Gesichtszüge waren unnatürlich starr. Schließlich brachte ich den Mut auf mich vorzubeugen, um herauszufinden, wer oder was dort war. Ich hielt das Messer vor mich und begann vorwärts zu kriechen. Je näher ich herankam, desto verzerrter und grotesker wurden die Gesichtszüge des Kopfes. Er schien eindeutig unmenschlich zu sein.

Als ich mich bis auf zwei Fuß genähert hatte, hielt ich inne und wartete. Der Kopf hatte sich immer noch nicht bewegt. Es schien, als sei er tot. Ich streckte meine zitternden Finger nach ihm aus und es gelang mir, das Ding fest genug zu berühren um zu fühlen, dass es hart war, wie ein Schädel. Ich griff fester zu. Der Kopf rollte zur Seite, als lege er sich auf eine Schulter, und starrte mich dabei die ganze Zeit teuflisch an. Ich fuhr zurück.

Inzwischen hatten sich meine Augen an die Dunkelheit gewöhnt und ich konnte den Kopf mehr oder weniger gut erkennen. Dieses Gesicht war eine groteske Schnitzerei, die in eine große, braune Nuss-Schale eingeritzt worden war!

Ich griff erneut nach ihm und versuchte ihn zu fassen. Dieses Mal erzitterte der Kopf und kippte über die Kante des Decks, dann fiel er. Ich hörte ihn aufschlagen und umherrollen. Schließlich lag er still.

Halb verärgert und halb erleichtert darüber, dass ich mich nicht in Gefahr befunden hatte, steckte ich das Messer in meine Tasche zurück. Die Scheide konnte ich nicht wieder finden. Ich holte mir die Kerze und begann die Leiter hinaufzusteigen. Auf halber Höhe fielen mir meine Kleider ein, derentwegen ich überhaupt in den Frachtraum hinabgestiegen war.

Ich machte mir klar, dass es nichts zu befürchten gab, tastete den Weg zu meinem Koffer zurück und fand die Dinge, die ich bereits herausgelegt hatte. Dann wandte ich mich um. Ich erwartete beinahe wieder den Kopf zu sehen – aber ich sah ihn selbstverständlich nicht. So stieg ich mit unter den Arm geklemmten Kleidern und Büchern Sprosse um Sprosse bis zum oberen Ende der Leiter. Nachdem ich die Falltüren der Luke geschlossen hatte, kroch ich unter dem Tisch hervor und zog mich schnellstens in meine Kajüte zurück. Dort wechselte ich die Kleider und fühlte mich schon viel ruhiger. Jetzt konnte ich über das nachdenken, was gerade geschehen war.

Was genau hatte ich eigentlich gesehen? Eine groteske Schnitzerei – auch wenn ich mir eingestehen musste, dass ich mir nicht sicher war. Konnte eine Schnitzerei eine Kerze auslöschen? Dies musste doch wohl von einer menschlichen Hand getan worden sein. Ich hatte Barlow in Verdacht.

Als ich weiter darüber nachdachte, war ich mir ziemlich sicher, dass Barlow – bis auf die Kerze – nichts in seinen Händen gehabt hatte. Auch wenn ich den Mann kaum kannte, erschien er mir zudem doch zu unterwürfig, zu gebrochen, um zu so einem bösen Streich fähig zu sein. Er hatte mich ja auch zweimal vor möglichen Gefahren gewarnt.

Aber wenn Barlow es nicht gewesen war, musste eine andere Person anwesend gewesen sein, die den Kopf dorthin gelegt hatte. Mir war schlagartig klar: Ich hatte zwei Gesichter gesehen!

Das Erste war ein menschliches gewesen, ich war mir jetzt sicher. Es hatte demjenigen gehört, der die Kerze ausgelöscht hatte. Er hatte die Dunkelheit genutzt um die Schnitzerei an ihren Platz zu stellen und mich zu erschrecken. Auch wenn ich stolz auf meine Fähigkeit war mich an Geräusche und Eindrücke zu erinnern, war es mir nicht möglich, einen Zusammenhang zwischen jenem Gesicht und einem der Männer der Mannschaft herzustellen. Ein Neuer? Das war unmöglich. Wir waren auf See. Gäste kamen nicht zu Besuch!

Vielleicht war die Person im Frachtraum jemand, den ich einfach nicht erkannt hatte? Ich hatte sie nur für einen kurzen Augenblick gesehen. Wenn ich nicht ausmachen konnte, wer es war, stellte sich als Nächstes die Frage: Warum hatte er sich überhaupt gezeigt? Um mich zu erschrecken! Daran zweifelte ich nicht. Um mich glauben zu machen, dass das, was ich gesehen hatte, nicht real war? Ich erinnerte mich an Barlows Worte: Vielleicht sollte es eine Warnung sein.

Aber warum, fragte ich mich, sollte irgendjemand mich warnen wollen? Es war wahr, man hatte mir geraten nicht an Bord zu kommen. Und Zacharias' Geschichte über die Mannschaft und deren Verlangen nach Rache an Kapitän Jaggery war beunruhigend, auch wenn ich sie nicht glaubte. Außerdem dachte ich auch an die Warnung des Kapitäns, dass der alte Schwarze zu Übertreibungen neigte.

Es waren zu viele Unklarheiten. Zu große Verwirrungen. Unfähig, das Geheimnis zu ergründen, schimpfte ich mich im Stillen aus. Ich war überzeugt davon, dass ich mir etwas eingebildet hatte.

So kam ich zu folgendem Schluss: Ich hatte nicht genau genug hingeschaut. Die Kerze war durch einen Luftzug ausgeblasen worden. Die Schnitzerei war schon vorher dort gewesen, ich hatte sie nur nicht bemerkt. So zwang ich mich zu glauben, dass ich mich wie ein dummes kleines Mädchen benommen hatte, das nur allzu bereit war das Schlimmste aus einer fremden Umgebung zu machen. So gelang es mir, meine Ängste und Sorgen zur Seite zu schieben.

Dennoch fragte ich mich, ob ich Kapitän Jaggery davon berichten sollte. Hatte er mir nicht gesagt, ich solle ihn über alle ungewöhnlichen Ereignisse unterrichten? Hatte ich es nicht versprochen?

Nach gründlicher Überlegung entschied ich mich nichts zu sagen. Wenn ich dem Kapitän mit einer solchen Geschichte käme, würde er mich für ein Kind halten. Das war das Letzte, was ich wollte!

Ich erinnerte mich an das höchst erfreuliche Teegespräch. Es hatte mich sehr viel angenehmer berührt als das Gespräch mit Zacharias.

Kapitän Jaggery und Mr. Zacharias! Solch ungleiche Männer! Beide umwarben mich, jeder auf seine Weise.

Ich lächelte ohne es zu wollen. Es war natürlich keine Werbung im eigentlichen Sinn des Wortes. Aber ohne Zweifel warben sie um meine Freundschaft.

Welch seltsame Vorstellung! Dennoch muss ich gestehen, dass sie mich mit selbstgefälliger Freude erfüllte. Ich beschloss es mit keinem der beiden zu verderben. Das konnte nicht schaden, ganz im Gegenteil. Es war der sicherste Kurs. Ich würde mit allen Freundschaft schließen, auch wenn mir der Kapitän unendlich viel näher stand.

Nachdem ich die morgendlichen Abenteuer überstanden hatte, fühlte ich mich – zum ersten Mal, seit ich an Bord der *Seahawk* gekommen war – wohl!

Aber ich hatte Hunger. Immerhin hatte ich seit Tagen fast nichts gegessen. Weder der Schiffszwieback von Zacharias noch die Kekse des Kapitäns hatten meinen Hunger stillen können. Schon der Gedanke an Essen ließ meinen Magen knurren. Ich beschloss zum Koch zurückzugehen und eine vollständige Mahlzeit zu verlangen.

Aber bevor ich losging, war noch eine Aufgabe zu erledigen. Im Moment schien sie nicht sehr wichtig, auch wenn sie später von großer Bedeutung sein sollte. Ich nahm das Messer, das mich so beruhigt hatte, und wickelte es, da es keine Scheide mehr hatte, in eines meiner Taschentücher. Dann steckte ich es wieder in meine Tasche, fest entschlossen es ins Meer zu werfen.

In jenem schicksalhaften Moment jedoch erinnerte ich mich daran, dass beide, sowohl Kapitän Jaggery als auch Zacharias, mich gedrängt hatten die Waffe zu behalten. Was sollte ich tun, wenn einer von ihnen noch einmal danach fragen würde? Außerdem sagte ich mir, dass ich sie vor kurzer Zeit – als ich mich fürchtete – wirklich gebraucht hatte (oder das zumindest geglaubt hatte) um mich zu verteidigen. Schließlich legte ich das immer noch in mein Taschentuch eingewickelte Messer in sein Versteck unter die Matratze zurück, im sicheren Gefühl, sowohl dem Wunsch des Kapitäns als auch dem des Kochs entsprochen zu haben. Was mich betraf, so konnte es dort bleiben und vergessen werden.

Leider sollte dies nicht der Fall sein.

8

Nachdem ich mich entschlossen hatte zu vergessen, was geschehen war, verbrachte ich die folgenden sieben Tage vergleichsweise ruhig. Gegen Ende der Woche war mein Gang so sicher, dass mir das Rollen und Stampfen des Schiffes und die beständig hohe Luftfeuchtigkeit kaum noch auffielen.

Während dieser Zeit hielt sich das Wetter. Keine Stürme beeinträchtigten unseren Kurs. Auch wenn die Tage nicht immer klar und strahlend waren, so liefen wir doch vor stetigem Wind, der unser Schiff vorantrieb und mein Haar zerzauste. Alle Segel waren gebläht und wir machten gute Fahrt, zumindest versicherte mir dies Kapitän Jaggery. In meiner Unwissenheit stand ich sogar über der Galionsfigur, in der Hoffnung Land zu sehen. Natürlich sah ich nur eine leere, unveränderliche und grenzenlose See. Ein Tag schien dem anderen zu gleichen: Ich wachte gegen Ende der Morgenwache, oft aber schon gegen sechs Glasen auf. Ich hatte gelernt, dass eine junge Dame zu Beginn des Tages ihre Eltern begrüßen soll oder, wenn sie sich in der Schule befindet, ihre Direktorin. An Bord schien es mir nur natürlich, dass der Kapitän auf diese Weise zufrieden zu stellen war. Aber es war nicht einfach, sich auf den ersten Gang an Deck vorzubereiten. Mein Tag begann mit der (normalerweise erfolgreichen) Suche nach Flöhen. Danach bürstete ich zwanzig Minuten lang mein Haar (dies wiederholte ich jeden Abend). Zum Schluss zog ich einen exakten Scheitel. Ich wollte, dass mein Haar glatt herabhing – mir war alles recht um seine natürliche, mir unangenehme Wildheit zu bändigen.

Dann kleidete ich mich an. Unglücklicherweise hatte meine gestärkte Kleidung längst ihren Halt verloren, dazu verschmutzte sie mehr und mehr. Kaum ein Knopf blieb an seinem Platz. Obwohl ich versuchte nichts anzufassen, hatten meine weißen Handschuhe inzwischen eine graue Farbe angenommen.

Ich war so schmutzig geworden, dass ich beschloss eines meiner Kleider sauber und ordentlich für meine Ankunft in Providence aufzubewahren. Es beruhigte mich sehr zu wissen, dass ich meiner Familie keine Schande machen würde.

Wenn ich Sachen waschen wollte – und versucht habe ich es –, war ich gezwungen dies selbst zu erledigen; etwas, das ich noch nie zuvor hatte tun müssen. Darüber hinaus bedeutete Waschen an Bord, dass ein Eimer Seewasser an Deck gehievt werden musste. Glücklicherweise war der Kapitän bereit, auf mein Verlangen einem der Männer zu befehlen das Wasser heraufzuholen.

Das Frühstück wurde in der Offiziersmesse im Zwischendeck eingenommen. Zacharias servierte wässrigen Kaffee, hartes Brot und einen Schlag Melasse, doch nach einiger Zeit wurde die Melasse schlecht. Zum Mittagessen gab es das Gleiche. Das Abendessen bestand aus gekochtem Pökelfleisch, Reis, Bohnen und wiederum dünnem Kaffee. Zweimal in der Woche gab es Mehlpudding, des Seemanns Freude: gekochtes Mehl mit Rosinen.

Am Abend zog ich mich in meine Kajüte zurück um die Ereignisse des Tages in meinem Tagebuch aufzuschreiben. Dann ging ich an Deck um mir die Sterne anzuschauen. So viele, viele Sterne! Danach ging ich zu Bett.

Die Sonntage hoben sich nur dadurch hervor, dass man sich für kurze Zeit den religiösen Pflichten zuwandte. Der Kapitän erlaubte mir freundlicherweise den Männern aus der Bibel vorzulesen, bevor er sie an ihre Pflichten dem Schiff und Gott gegenüber erinnerte. Der Sonntag war auch der Tag, an dem sich die Männer rasierten – wenn sie keine Bärte trugen – und an dem sie (manchmal) ihre Kleider wuschen.

Da ich keine Arbeit zu verrichten hatte, verbrachte ich den größten Teil meines Tages müßig. Ich konnte gehen, wohin ich wollte: vom Backdeck bis zum Schanzdeck, von der Messe bis zum Ruder. Aber obwohl ich versuchte es zu verbergen, langweilte ich mich entsetzlich.

Es dürfte nicht überraschen, dass der Höhepunkt meines Tages der Tee mit dem Kapitän war. Es war eine hochwillkommene Erinnerung an die Welt, die ich kannte. Er zeigte sich immer interessiert an dem, was ich zu sagen hatte, insbesondere wenn es um meine Beobachtungen der Mannschaft ging. Seine Aufmerksamkeit schmeichelte mir so sehr, dass ich nach Dingen suchte, die ich ihm erzählen konnte. Unglücklicherweise dauerte der Tee nur von einem

Glasenschlag bis zum nächsten, nur eine halbe Stunde. Allzu schnell musste ich zur weniger angenehmen Gesellschaft der Mannschaft zurückkehren.

Ich bemühte mich zunächst Abstand von ihr zu halten. Ich glaubte, es gezieme sich nicht, mit den Männern zusammen zu sein. Meine einzige freundliche Geste für sie war meine Lesung erhebender Passagen aus meinen Büchern. Nach einiger Zeit wurde es aber immer schwieriger, sich ihnen nicht in gewissem Maß zu nähern. Ich konnte nichts daran ändern. Ich war immer schon ein von Natur aus geselliger Mensch. Auf jeden Fall, so beruhigte ich mein Gewissen, tat ich nur, wozu der Kapitän mich aufgefordert hatte: Ich hielt Augen und Ohren offen für jedes Wort und jede Handlung, die Kritik oder Feindseligkeit dem Kapitän gegenüber anzudeuten schien.

Auch wenn ich es der Mannschaft gegenüber klarmachen wollte, dass sie und ich nicht gleichen gesellschaftlichen Ranges waren, bemerkte ich doch, dass ich immer mehr Zeit in ihrer Gesellschaft verbrachte. Ich hatte endlos viele Fragen, was dies sei und was das. Sie fanden ihrerseits für ihre Antworten in mir einen naiven, aber eifrigen Zuhörer.

Dann gab es ihr Seemannsgarn. Mir war es ziemlich gleich, welche Geschichten wahr und welche erfunden waren. Berichte von Schiffbrüchigen auf Atollen des Pazifiks rührten mich immer zutiefst. Ernste Erzählungen von Engeln und Geistern, die wundersam in der Takelage erschienen, waren entweder aufregend oder Furcht einflößend. Ich lernte die Sprache der Männer kennen, ihre Eigenarten, ihre Träume. Vor allem aber war mir die Vorstellung wichtig, dass der Umgang mit mir sie besserte. Wie sehr es mich verändern sollte, konnte ich nicht ahnen ...

Zunächst auf Abstand bedacht und misstrauisch, begann die Mannschaft mich zu akzeptieren. Ich wurde sogar so etwas wie der »Schiffsjunge«, immer mehr bereit – und in der Lage – kleine Aufträge auszuführen.

Natürlich gab es Orte auf der *Seahawk*, wo ich mich nicht hinwagte. Obwohl ich des Öfteren zu meinem Koffer zurückkehrte und mich nie wieder fürchtete, dachte ich nicht daran, die unteren Frachtdecks zu erforschen. Barlows Worte und mein Erlebnis hatten mir genug Furcht eingeflößt um mich abzuschrecken.

Der andere Ort, den ich mied, war die Unterkunft der Mannschaft, die Back vor dem Mast. Wie ich wusste, war dies verbotenes Gebiet für mich. Aber immer öfter mischte ich mich an Deck unter die Männer. Schließlich legte ich sogar mit Hand an und kletterte in die Takelage – zugegeben, nicht sehr hoch.

Zacharias schenkte ich besonders viel Aufmerksamkeit. Er hatte dic meiste Zeit für mich und war außerdem von Anfang an freundlich zu mir. Als Farbiger war er das Ziel vieler böser Witze. Dies verstärkte meine Zuneigung. Trotz der verbalen Schmähungen der Mannschaft war er sehr beliebt und stand im Ruf ein guter Koch zu sein. Es war seine gute Meinung von mir, die mir die Freundschaft der Männer zu erwerben half.

Zacharias war der Mannschaftsälteste. Er hatte sein ganzes Leben auf See verbracht. Als junger Mann war er als gewöhnlicher Matrose zur See gefahren und er schwor, dass er damals in zwanzig Sekunden vom Deck zum Masttopp – der Spitze des Großmastes – klettern konnte! Aber er gab zu, dass ihn die harte Arbeit doch sehr mitgenommen hatte, und so war er dankbar für seine Stelle als Koch, die zudem besser bezahlt wurde als die eines normalen Matrosen. Zacharias war schnell gealtert. Obwohl er behauptete fünfzig Jahre alt zu sein, schien er mir viel älter. Er hatte von seinem Lohn nichts gespart. Seine Kenntnisse beschränkten sich – soweit ich es beurteilen konnte – auf das Schiff und die Seefahrt. Er konnte nicht lesen und nur seinen Namen schreiben. Er wusste wenig von der christlichen Religion. Tatsächlich machte er sich große Sorgen um den Zustand seiner Seele und erfuhr (wie andere auch) Tröstung durch meine Lesungen aus der Bibel. Ganz besonders faszinierte die Männer die Geschichte von Jonas und dem Wal.

Dass Zacharias das Messer nicht erwähnte und auch nicht mehr ungehörig über den Kapitän sprach, deutete ich als Zeichen dafür, dass er wusste, dass ich solches Gerede missbilligte. So wurden unsere Gespräche immer freier. Mehr als jeder andere ermutigte er mich auch dazu, mich mit der Mannschaft zu beschäftigen.

»Miss Doyle ist nett zu mir gewesen«, sagte er eines Morgens zu mir, »aber wenn sie weiterhin herumtollen soll, dann braucht sie aus Gründen des Anstands und der Sicherheit etwas Besseres als Röcke.« Er reichte mir eine Hose und ein Hemd aus Segeltuch; eine Art Miniaturausgabe von dem, was die Mannschaft trug – Kleidungsstücke, die er selbst genäht hatte.

Obwohl ich ihm freundlich dankte, nahm ich das Geschenk als Warnung, dass ich meine gesellschaftliche Rolle vergessen hatte. Ich sagte ihm – ich fürchte, etwas zu förmlich –, dass diese Kleidung für mich als Dame nicht ziemlich sei. Aber um ihn nicht zu sehr zu verletzen, nahm ich das Hemd und die Hose mit in meine Kajüte.

Später dann, ich gebe es zu, probierte ich die Sachen an. Ich fand sie erstaunlich angenehm zu tragen, bis ich schockiert zu mir kam. Schleunigst zog ich sie wieder aus und nahm mir vor nie wieder so tief zu fallen. Ich nahm mir noch mehr vor. Ich beschloss in meiner Kajüte zu bleiben und verbrachte umgehend zwei Stunden damit, einen Aufsatz in mein leeres Buch zu schreiben, der das richtige Verhalten junger Frauen zum Thema hatte.

Als ich zum Tee mit Kapitän Jaggery erschien, bat ich ihn um Erlaubnis etwas von dem vorlesen zu dürfen, was ich geschrieben hatte. Er war so verschwenderisch mit seinem Lob, dass es mir doppelt Freude machte. Denn mit seiner Zustimmung, da war ich mir sicher, hatte ich auch die Zustimmung meines Vaters gewonnen – so ähnlich waren ihre Charaktere.

Der Kapitän verbrachte seine Tage in peinlich genauer Aufsicht über das Schiff, schritt auf dem Schanzdeck vom Ruder zur Reling und von der Reling zum Ruder. Dabei achtete er stets aufmerksam auf jede zu korrigierende Unordnung. Wenn seine Augen nicht auf den Segeln ruhten, dann auf den Tauen und Spieren. Wenn er nicht dorthin blickte, dann auf die Decks. Es war genau so, wie er gesagt hatte: Die Mannschaft war nachlässig. Und da er die Verantwortung für das Schiff hatte und nicht sie, war er gezwungen ihnen mit ständiger Kontrolle und Befehlen Disziplin beizubringen.

Dinge, die ich nicht für wichtig gehalten hätte, erkannte er als schwerwiegende Mängel. Alles und jedes benötigte dringende Reparatur: die Farbe auf einer Reling, ein zu schlaffes Segel, geborstene Spieren, überholungsbedürftige Takelage . . . Die Decks waren mit Sandstein zu scheuern, zu kalfatern und wieder zu scheuern; der Bug war abzuschaben und noch einmal abzuschaben; die Galionsfigur war neu zu streichen. Kurz und gut, unter seinen wachsamen Augen wurde alles in bester Ordnung gehalten. Für diese Aufgaben wurden alle Mann an Deck gerufen, oft mehr als zweimal pro Wache. Ich hörte die Rufe sogar in der Nacht. Das Verantwortungsbewusstsein des Kapitäns für sein Schiff (»Die Firma Ihres Vaters«, wie er mich zu erinnern pflegte) ging so weit, dass keinem der Männer auf Wache gestattet wurde nichts zu tun. Alle wurden beschäftigt.

»Sie werden nicht für Müßiggang bezahlt«, verkündete der Kapitän oft. Er, als Vorbild, war nie nachlässig in seiner Pflichterfüllung. Sogar während wir beim Tee saßen, war er wachsam – wieder genau wie mein Vater. Er nahm geduldig auf, was ich gesehen, gehört oder auch nur gedacht hatte – immer bereit zu schneller und kluger Unterweisung.

Mit dem Ersten und Zweiten Steuermann hatte er weniger Geduld. Diese Männer, Hollybrass und Keetch, unterschieden sich ebenso vom Kapitän wie voneinander. Wurde Mr. Keetch gerufen, so war er flink zur Stelle. Nervös, aufgeregt, immer mit furchtsamem Blick, nahm er die vom Kapitän gebrüllten Befehle mit kriechender Unterwürfigkeit auf. Mr.

Hollybrass, der Erste Steuermann, schritt gemächlich heran und schien die Wünsche des Kapitäns seinem eigenen, stillen Urteil zu unterwerfen. Er zog schon einmal seine buschigen Augenbrauen hoch, als wolle er widersprechen – aber von ihm hörte ich niemals ein Wort des Widerspruchs. Der Kapitän wiederholte lediglich seinen Befehl und dann gehorchte Mr. Hollybrass.

Mehr als einmal sah ich, dass der Kapitän Mr. Hollybrass – oder seltener Mr. Keetch – befahl einen Mann für eine Nachlässigkeit oder Trägheit zu bestrafen, die ich nicht feststellen konnte. Wenn er entsprechend gereizt wurde, teilte der Kapitän auch selbst schon einmal einen Stoß oder einen Schlag aus. Zu meiner großen Überraschung sah ich, dass er Morgan, einen kleinen, untersetzten, schielenden Mann, mit einem Belegnagel schlug; einem der schweren Holzzapfen, mit denen ein Tau an der Nagelbank festgemacht wird. Bestürzt wandte ich meine Augen ab. Der Mann sei beim Reffen eines Segels reichlich langsam, sagte der Kapitän und fuhr fort weitere mögliche Drohungen aufzuzählen: Einkerkerung in der Zelle, Einbehalten der Heuer, Essensentzug, Auspeitschen, Eintauchen in die kalte See oder sogar Kielholen. Dies bedeutete, wie ich erfuhr, dass ein Mann von der einen Seite des Schiffes zur anderen gezogen wurde – unter Wasser!

»Miss Doyle«, pflegte Mr. Jaggery zu sagen, wenn wir bei unserem täglichen Tee saßen, »Sie sehen es ja selbst. Sind es nicht die schmutzigsten, faulsten Hunde?«

»Ja, Sir«, erwiderte ich leise, obwohl ich mich immer unwohler fühlte, da ich merkte, dass der Groll der Mannschaft wuchs.

»Und wurde je ein Christ mehr provoziert als ich?«

»Nein, Sir.«

»Nun«, so fragte er immer, »was haben Sie beobachtet?«

Pflichtbewusst berichtete ich alles: wie man der Arbeit aus dem Weg ging; die geballten Fäuste; die gemurmelten, trotzigen Flüche, die ich zu überhören versuchte.

Wenn ich fertig war, sagte er immer das Gleiche: »Bevor wir nach Hause kommen, Miss Doyle, werde ich sie nach meinem Willen brechen. Jeden Einzelnen.«

An einem Nachmittag schlief der Wind ein. Tagelang lag die *Seahawk* in der Flaute. So etwas hatte ich noch nie erlebt. Nicht nur, dass die Brise verschwand und die Temperatur stieg; auch das Meer lag totenstill. Die Luft wurde stickig, geradezu tropfnass, und verbrühte einem die Lunge. Flöhe und Schaben schienen aus jedem Holzstück hervorzukriechen. Das Schiff schwärte in seinem eigenen, übel riechenden Atem, es ächzte und stöhnte.

Während dieser Tage befahl Kapitän Jaggery die Beiboote zu Wasser zu lassen. Mr. Hollybrass übernahm das Kommando in einem, Mr. Keetch in dem anderen; und so schleppten die Männer die *Seahawk* auf der Suche nach Wind. Es war umsonst.

Dann fand sich der Kapitän plötzlich damit ab, dass sein Schiff in der Flaute lag. Er hielt die Männer aber noch härter zur Arbeit an als zuvor, gerade so, als wären die Mallungen dazu da, damit er die *Seahawk* überholen und aufpolieren könnte, als wäre sie neu. »Süß ist der Nutzen von Widrigkeiten«, unterwies er mich.

Die Beschwerden der Mannschaft wurden lauter. Die Flüche waren jetzt deutlich vernehmbar.

Als ich all dies dem Kapitän berichtete, zog er die Brauen hoch und schüttelte den Kopf. »Es gibt keinen, der erfinderischer ist als der Matrose, der der Arbeit aus dem Weg gehen will.«

»Die Mannschaft ist erschöpft«, murmelte ich und versuchte anzudeuten, dass sogar ich sehen konnte, dass die Männer ausgelaugt waren und Ruhe brauchten.

»Miss Doyle«, sagte er mit einem kurzen, harten Lachen und drängte mir ein zweites Stück süßes Gebäck auf, »ich gebe Ihnen mein Wort. Sie werden aufwachen, wenn wir in einen Orkan geraten.«

Wie Recht er hatte! Doch der Sturm war – zunächst – von Menschen gemacht.

9

Drei weitere Tage trieben wir auf der glasigen See. Unsere Hilflosigkeit machte Kapitän Jaggery fast wahnsinnig. Obwohl die Sonne immer heißer brannte, schickte er die Männer für jeweils zwei Stunden in den Beibooten aus um die *Seahawk* in den Wind zu schleppen. Er fand immer neue Dinge, über die er schimpfen konnte.

Dann geschah es.

Es war am späten Nachmittag, am achtzehnten Tag unserer Reise. Die erste Hundewache. Ich befand mich mit Ewing auf dem Backdeck. Ewing war ein junger, blonder und meiner Meinung nach gut aussehender Schotte, mit einer schockierenden Tätowierung einer Meerjungfrau auf dem Arm. Diese und seine Liebste in Aberdeen, von der er gerne erzählte, faszinierten mich. Ich glaubte allerdings, dass Meerjungfrau und Liebste ein und dieselbe Person waren.

Er hatte sich gerade völlig erschöpft im Schneidersitz hingesetzt. An jenem Morgen hatte ihn der Kapitän in die höchsten Rahen beordert um neuen Teer auf die Stagen zu streichen. Die Sonne schien erbarmungslos. Der Teer war klebrig und zäh. Jetzt lag eine alte Segeltuchjacke in seinem Schoß und mit zitternden Fingern versuchte er sie mit Nadel und Ahle zu flicken.

Während er arbeitete, las ich ihm aus meinem Lieblingsbuch vor: *Die Blinde Anna Barbara: Eine Geschichte von liebender Armut.* Er hörte gespannt zu, als seine Nadel in Stücke brach.

Er fluchte, entschuldigte sich aber sofort dafür. Dann suchte er überall nach einer neuen Nadel. Als er keine finden konnte, murmelte er etwas davon, eine neue aus seiner Kiste aus der Back zu holen, und bemühte sich aufzustehen. Ich wusste, wie müde er war, und fragte: »Soll ich eine für Sie holen?«

»Das wäre sehr nett, Miss Doyle«, antwortete er, »meine Beine sind heute besonders schwer.«

»Wo soll ich suchen?«, fragte ich.

»Unter meiner Hängematte, im oberen Teil meiner Kiste«, sagte er. »In der Back.«

»Wird jemand dort sein, der sie mir zeigen kann?«

»Ich denke schon«, sagte er. Ohne an etwas anderes zu denken und nur um dem Mann einen Gefallen zu tun lief ich davon.

Ich war schon den Niedergang zur Back hinuntergeeilt, als ich innehielt und nachdachte. Die Back war einer der wenigen Orte, an denen ich noch nie gewesen war – der einzige Platz an Bord der *Seahawk*, der ausschließlich den Matrosen gehörte. Nicht einmal Kapitän Jaggery drang dorthin vor. Niemand hatte mir je verboten dort zu erscheinen. Aber ich nahm an dort nicht gern gesehen zu sein. Ich eilte zur Kombüse, wo ich Zacharias zu finden hoffte. Ich wollte ihn bitten die Nadel zu holen. Die Kombüse war leer.

Da ich Ewing nicht enttäuschen wollte, beschloss ich die Nadel selbst zu holen. Ängstlich näherte ich mich der Tür. Ich hörte gedämpfte Stimmen von drinnen. Nur weil sie undeutlich und kaum vernehmbar waren, ertappte ich mich dabei, angestrengt zu lauschen. Und ich hörte das Folgende:

». . . ich sage, dass ich es bin, der das Zeichen gibt, und kein anderer.«

»Wär besser, wenn's bald passiert. Jaggery treibt uns hart an.«

»Wie viel Namen haben wir?«

»Sieben sind's, die ihr Zeichen gemacht haben. Aber ein paar andere wollen's noch machen.«

»Wie steht es mit Johnson?«

»Das sieht nicht gut aus. Er hat nicht den Mumm.«

»Das genügt nicht. Er muss für uns sein oder dagegen. Keine halben Sachen. Und mir gefällt auch nicht, dass uns das Mädchen ständig ausspioniert.«

»Dass sie hier ist, liegt nicht an uns. Wir haben's versucht. Du weißt ja – die anderen Passagiere haben wir verscheucht.« Ich hörte diese Worte – von mindestens vier Stimmen gesprochen –, aber in jenem Moment verstand ich ihre Bedeutung nicht ganz. Ich war verlegen, weil ich lauschte. Das war sicher kein damenhaftes Verhalten.

Da ich tun wollte, was ich versprochen hatte, klopfte ich an die Tür.

Plötzliche Stille.

Dann: »Wer ist da!«

»Miss Doyle, bitte.«

Wieder eine Pause. »Was wollen Sie?«

»Es ist für Mr. Ewing«, gab ich zurück. »Er hat mich geschickt eine Nadel zu holen.«

Ein Stammeln war zu vernehmen, Fluchen, und dann: »Na gut. Einen Moment.«

Ich hörte Rascheln, Geräusche von umhergehenden Menschen. Dann wurde die Tür aufgestoßen. Fisk blickte heraus. Er war ein sehr großer, hohlwangiger Mann, mit meist geballten Fäusten, als wäre er ständig zu einer Schlägerei bereit. »Was sagten Sie?«, wollte er wissen.

»Mr. Ewing möchte eine Nadel aus seiner Kiste«, sagte ich schüchtern.

Er blickte finster. »Dann kommen Sie rein.«

Ich trat ein und sah mich um. Das einzige Licht kam von der offenen Tür, gerade genug um sehen zu können, dass die niedrige Decke mit schmutziger Kleidung behangen war. Ich wurde von einem starken Geruch nach Schweiß und Schmutz überwältigt. Billige, zerrissene Bilder – einige von skandalöser Natur – waren hier und dort unordentlich an die Wand genagelt. Tassen, Schuhe, Belegnägel; alles lag wild durcheinander. In der Mitte des Raums stand eine Truhe, auf der ein einfaches Schachbrett lag, das teilweise durch ein Blatt Papier verdeckt war. An den Wänden waren Hängematten befestigt. Sie hingen aber so niedrig, dass ich die Gesichter der in ihnen Liegenden nicht erkennen konnte. Ich sah nur die Arme und Beine von drei Männern. Sie schienen zu schlafen, obwohl ich wusste, dass dem nicht so sein konnte, denn ich hatte mehr als eine Stimme gehört.

»Mr. Ewings Kiste steht hier«, sagte Fisk und deutete mit dem Daumen in eine Ecke. Er stapfte zu seiner Hängematte zurück, setzte sich hinein und beobachtete mich misstrauisch. Die kleine hölzerne Kiste stand unter einer der leeren Hängematten. Ängstlich hockte ich mich hin, schaute aber noch kurz zu Fisk hinüber um sicher zu sein, dass es wirklich Ewings Kiste war. Er grunzte eine Bestätigung. Ich zog die kleine Kiste hervor und öffnete den Deckel. Das Erste, was ich sah, war eine Pistole.

Ich war so überrascht, dass ich nur hinstarren konnte. Ein Gedanke erfüllte meinen Kopf: Kapitän Jaggery hatte mir gesagt – hatte sogar damit geprahlt –, dass es keine Feuerwaffen an Bord gäbe, außer in seinem Schrank!

Meine Augen blickten umher. Ich sah ein Stück Korken, in dem einige Nadeln steckten. Ich zog eine heraus und schloss die Kiste schnell, in der Hoffnung, dass niemand bemerkt hatte, was ich gesehen hatte. Dann richtete ich mich auf und wandte mich zum Gehen.

Fisk sah mich forschend an. Ich zwang mich seinen Blick zu erwidern und hoffte, dass meine Augen nichts von meinen Gefühlen preisgeben würden. Ein Stück Papier flatterte zu Boden. Ich entschuldigte mich und bückte mich um es aufzuheben. Mit einem Blick sah ich, dass zwei Kreise auf das Papier gemalt worden waren, der eine im anderen. Und es sah so aus, als wären Namen und Zeichen zwischen die Kreise geschrieben.

Ich wusste augenblicklich, was es war. Ein ›Round Robin‹.

Ungeschickt schob ich das Papier beiseite, murmelte ein Dankeschön und floh.

Ich zitterte, als ich die Back verließ. Schlimmer noch: Die erste Person, der ich begegnete, war der Zweite Steuermann, Mr. Keetch, der auf dem Weg zur Kombüse an mir vorüberging. Ich hielt kurz inne, sicherlich mit schuldbewusstem Ausdruck. Glücklicherweise schenkte er mir keine Beachtung. Er warf mir bis auf sein beständiges, nervöses Stirnrunzeln kaum einen Blick zu. Dann ging er weiter. Obwohl er verschwunden war, blieb ich einfach stehen, da ich nicht wusste, was ich denken oder tun sollte. Unwillkürlich faltete ich meine Hände und stach mich dabei mit der Nadel. Meinem Pflichtgefühl treu, wie immer, eilte ich zu Ewing und gab ihm die Nadel.

»Entschuldigen Sie, Miss«, sagte er und erforschte mein Gesicht, während er sie nahm, »ist Ihnen nicht gut?«

»Nein, danke«, flüsterte ich und versuchte seinem Blick auszuweichen. »Mir geht es bestens.«

Ich floh hastig in meine Kajüte und verriegelte die Tür. Endlich alleine, warf ich mich auf mein Bett. Dann überließ ich mich ganz der Frage, was ich jetzt machen sollte.

Selbstverständlich hatte ich diesmal keinen Zweifel daran, was ich gesehen hatte. Die Pistole hatte dort gelegen und der ›Round Robin‹ ebenso. Nach den Warnungen von Kapitän Jaggery – und angesichts der Möglichkeiten, die mir Zacharias angedeutet hatte – blieben mir keine Zweifel, was diese Entdeckungen zu bedeuten hatten. Die Mannschaft bereitete einen Aufstand vor.

Nachdem ich mich wieder etwas beruhigt hatte, dachte ich darüber nach, wen ich in der Back gesehen hatte. Zunächst war da Fisk. Er gehörte zur Wache von Mr. Keetch und so schien es logisch, davon auszugehen, dass die anderen Männer seiner Wache bei ihm waren.

Ich wusste, dass vier Männer zu dieser Wache gehörten: Ewing, Morgan, Foley und natürlich Fisk selbst.

Aber während ich diese Namen Revue passieren ließ, steigerte sich meine Verwirrung. Was ich gesehen hatte, ergab keinen Sinn. Dann begriff ich. Ich hatte Fisk gesehen. Er hatte mir die Tür der Back geöffnet. Und Ewing war auf dem Backdeck. Aber als ich eintrat, waren drei Hängematten von Männern belegt. Ich hatte also fünf Männer auf Freiwache gesehen. Wenn ich annahm, dass die anderen Hängematten tatsächlich von Männern der Wache belegt waren, wer war dann der fünfte Mann? Konnte es Keetch gewesen sein? Nein. Den hatte ich vor der Back gesehen, als ich heraustrat. Es konnte auch keiner der Dienst habenden Wache gewesen sein. Der Kapitän hätte das nie geduldet. Wer war aber dann der fünfte Mann?

Plötzlich erinnerte ich mich an das, was ich undeutlich gesehen hatte, als ich am Abend meiner Ankunft darauf wartete, an Bord der *Seahawk* gehen zu können: einen Mann, der an Tauen auf das Schiff kletterte. Natürlich! Ein blinder Passagier!

Aber wo hätte sich ein solcher Mann verstecken können?

Kaum hatte ich mir diese Frage gestellt, da erinnerte ich mich an das Gesicht, das mich auf dem oberen Deck des Frachtraums so erschreckt hatte, als ich mir frische Kleider holte. Es war ein Gesicht gewesen, das ich nicht erkannt hatte. Das hatte mich davon überzeugt, dass ich es mir nur eingebildet hatte. Es musste der blinde Passagier gewesen sein! Er hatte sich unten im Frachtraum versteckt. So erklärten sich Barlows ernste Worte über diesen Ort und auch die grinsende Schnitzerei. Der Mann hatte versucht mich abzuschrecken!

Nachdem ich diese Schlüsse gezogen hatte, stellte ich mir die nächste Frage: Was sollte ich tun? Die Frage zu stellen hieß die Antwort haben: Kapitän Jaggery. Ihm gehörte meine Gefolgschaft – aus Gewohnheit, aus Pflichtgefühl und nach dem Gesetz. Ich musste mit ihm sprechen. Um die Wahrheit zu sagen: Ich wurde von Schuldgefühlen und Angst ergriffen, weil ich ihm nicht schon längst von dem Vorfall auf dem Frachtdeck berichtet hatte. Ich wusste, dass ich nicht einen Augenblick länger warten durfte. Ich musste zu Kapitän Jaggery.

Ich dachte daran, wie spät es war – drei Glasen in der zweiten Hundewache –, und wusste, dass der Kapitän sehr wahrscheinlich beim Ruder zu finden war.

Nervös trat ich aus meiner Kajüte und ging an Deck um ihn zu suchen. Der erste Mann, den ich sah, war Morgan. Er lehnte an der Steuerbordreling. Er war ein schlaksiger Mann mit langen, muskulösen Gliedmaßen, einem gedrehten Schnauzbart und langem Haar. Da er zu Mr. Keetchs Wache gehörte – die gerade Freiwache hatte –, hätte er in der Back sein müssen, als ich dort war. Ich sage, er hätte dort sein müssen, weil ich sein Gesicht nicht gesehen hatte. Seine Anwesenheit war reine Vermutung.

Aber dort stand er, an Deck. Ich starrte ihn an. Er erwiderte meinen Blick. Sicher stand er dort um mich zu beobachten.

Sein Gesicht zeigte keine erkennbare Gefühlsregung, aber was er als Nächstes tat, ließ mir keinen Zweifel an seinen wahren Absichten. Er hob eine Hand, streckte einen Finger aus wie ein Stilett und zog ihn über seinen Hals, als würde er schneiden.

Angst durchfuhr mich. Er warnte mich – auf die brutalste Weise – davor, was mir passieren sollte, wenn ich meine Entdeckungen dem Kapitän zutragen würde.

Einen Augenblick stand ich wie angewurzelt. Dann wandte ich mich um und lehnte mich gegen die Backbordreling, starrte auf den Ozean hinaus und versuchte wieder normal zu atmen.

Als sich meine Nerven genügend beruhigt hatten, drehte ich mich vorsichtig um. Morgan war verschwunden. Aber er hatte sein Ziel erreicht. Ich hatte doppelt so viel Angst wie damals, als ich an Bord der *Seahawk* kam.

Furchtsam blickte ich mich um, um zu sehen, ob ich von jemand anderem beobachtet wurde. Und tatsächlich – jetzt war es Foley! Er war dabei, auf dem Deck der Back ein Tau zu spleißen. Zumindest schien es, als wäre er damit beschäftigt. Als ich ihn sah, blickte er auf und durchbohrte mich mit einem unverhohlen prüfenden Blick. Dann wandte er seine Augen schnell ab. Auch er überwachte mich.

Ich zog mich in meine Kajüte zurück und verriegelte die Tür. Noch verängstigter als zuvor, glaubte ich jetzt, Kapitän Jaggery sei die einzige Person, die mir helfen konnte. Aber ich hatte solche Angst an Deck zu gehen, dass ich beschloss in seiner Kajüte zu warten, bis er zurückkehrte. Ich war mir sicher, dass keiner der Matrosen es wagen würde, mir dorthin zu folgen.

Vorsichtig zog ich die Tür wieder auf, steckte meinen Kopf hinaus, und als ich zu meiner Erleichterung sah, dass niemand in der Nähe war, rannte ich zur Tür des Kapitäns und klopfte aus höflicher Gewohnheit an. Zu meiner unbeschreiblichen Erleichterung hörte ich ein »Herein«. Ich stieß die Tür auf. Kapitän Jaggery lehnte über irgendwelchen Seekarten. Mr. Hollybrass stand neben ihm.

Der Kapitän fuhr herum. »Miss Doyle«, sagte er höflich. »Was kann ich für Sie tun?«

»Bitte, Sir« – ich hatte Mühe zu atmen – »ich hätte Sie gern allein gesprochen.«

Er sah mich fragend an. Ich war noch nie in solcher Aufregung zu ihm gekommen. »Ist es wichtig?«

»Ich glaube schon, Sir . . .«

»Vielleicht kann es warten bis . . .« Zweifellos sah er den verstörten Ausdruck in meinem Gesicht; er änderte seine Meinung.

»Kommen Sie herein und schließen Sie die Tür«, sagte er und sein Verhalten verriet Wachsamkeit.

Mr. Hollybrass bewegte sich auf die Tür zu. Der Kapitän hielt ihn mit der Hand zurück. »Haben Sie etwas dagegen, wenn Mr. Hollybrass hier bleibt?«, fragte er.

»Ich weiß nicht, Sir.«

»Nun gut. Er soll bleiben. Es gibt keinen, dem ich mehr vertraue. Also dann, Miss Doyle, treten Sie näher und sagen Sie mir, was Sie bedrückt.«

Ich nickte, schluckte aber nur wie ein Fisch auf dem Trockenen.

»Miss Doyle, wenn Sie mir etwas Wichtiges zu sagen haben, dann sprechen Sie.« Ich hob meine Augen. Der Kapitän betrachtete mich mit großer Aufmerksamkeit. Einen Moment lang stand mir eine Begebenheit vor Augen: Mein geliebter Bruder hatte eine kostbare Vase zerbrochen und ich verriet ihn aus Pflichtgefühl, obwohl ich wusste, dass mein Vater sehr zornig darüber sein würde.

»Ich habe eine Nadel für Mr. Ewing geholt«, brachte ich heraus.

»Eine Nadel«, entgegnete er entgeistert. Dann fragte er: »Wo haben Sie sie gefunden?«

»In der Back.«

»Der Back«, wiederholte er forschend. »Halten Sie sich öfter dort auf?«

»Noch nie zuvor, Sir.«

»Was geschah, als Sie dort waren?«

»Ich habe . . . ich habe eine Pistole gesehen.«

»Stimmt das?«

Ich nickte.

»Wo genau?«

Ich blickte mich um. Das normalerweise rote Gesicht von Mr. Hollybrass hatte die Farbe von nassem Salz angenommen, während der Kapitän vor Aufregung plötzlich errötet war.

»Muss ich das sagen, Sir?«

»Natürlich müssen Sie, Miss Doyle. Wo haben Sie die Pistole gesehen?«

»In . . . Mr. Ewings . . . Kiste, Sir.«

»Mr. Ewings Kiste«, wiederholte der Kapitän und tauschte einen Blick mit dem Obersteuermann aus, als wolle er etwas bestätigen. Dann wandte sich der Kapitän wieder mir zu. »Sonst noch etwas?«

Ich biss mir auf die Lippen.

»Es gibt noch etwas oder nicht?«, sagte er.

»Ja, Sir.«

»Heraus damit!«

»Ich habe einen . . .« Ich konnte nicht sprechen.

»Einen was, Miss Doyle?«

»Einen . . . ›Round Robin‹.«

Jetzt rang der Kapitän nach Luft. »Sind Sie völlig sicher?«

»Genau wie der, den Sie mir gezeigt haben, Sir. Ich bin ganz sicher.«

»Beschreiben Sie ihn.«

Ich beschrieb das Papier.

»Und es waren Namen eingetragen?«

»Und Zeichen. Ja, Sir.«

»Wie viele?«

»Ich bin nicht sicher. Vielleicht fünf. Sechs.«

»Sechs!«, rief der Kapitän mit einem Blick zu Mr. Hollybrass. »Ein Wunder, dass es nicht neun sind! Konnten Sie erkennen, welche Namen es waren?«

»Nein, Sir.«

»Ich weiß nicht, ob ich Ihnen glauben soll«, fuhr er mich an.

»Es ist wahr!«, rief ich, und um meine Glaubwürdigkeit zu beweisen, berichtete ich ihm eilig von der

Begebenheit auf dem Frachtdeck und auch von meinem Schluss, dass ein blinder Passagier an Bord sein müsse. Als ich geendet hatte, schäumte er.

»Warum, zum Teufel, haben Sie mir das nicht schon früher erzählt?«

»Ich glaubte meinen eigenen Sinnen nicht, Sir.«

»Nach allem, was ich für Sie getan habe . . .!« Er beendete den Satz nicht.

»Mr. Hollybrass«, sagte er schließlich. »Alle Mann an Deck.«

»Sir, was haben Sie vor?«

»Ich beabsichtige diese Meuterei niederzuschlagen, bevor sie beginnt.«

10

Kapitän Jaggery schritt durch den Raum und nahm das Porträt seiner Tochter von der Wand. Auf seiner Rückseite war ein Schlüssel befestigt. Mit diesem schloss er den Waffenschrank auf und einen Augenblick später standen er und Mr. Hollybrass an der Tür. Der Kapitän hielt zwei Musketen in den Händen und hatte sich zwei Pistolen in den Gürtel gesteckt. Mr. Hollybrass war genauso bewaffnet.

Erschrocken blieb ich einfach stehen, wo ich war.

»Miss Doyle, Sie kommen mit.«

»Aber . . .!«

»Tun Sie, was ich sage! Zum Zögern bleibt keine

Zeit!« Kapitän Jaggery ergriff meinen Arm und zog mich hinter sich her.

Wir liefen durch das Zwischendeck zum Hauptdeck und stiegen dann schnell auf das Schanzdeck. Erst dort ließ mich der Kapitän los. Jetzt griff er nach dem Klöppel und zog wie wild daran, als wolle er Feuer melden. Dabei rief er: »Alle Mann an Deck! Alle Mann an Deck!«

Ich blickte umher und wusste nicht, was mir bevorstand, nur, dass ich um mein Leben fürchtete.

Dann erkannte ich, dass das Schiff völlig unbemannt zu sein schien. Nicht ein Matrose war zu sehen, weder hoch oben noch an Deck. Die Segel hingen wie totes Tuch, das Rad war verlassen, die Takelage ratterte in unheimlicher Bedeutungslosigkeit. Die *Seahawk* driftete.

Die erste Person, die unter uns erschien, war Mr. Keetch. Sekunden nach dem Klang der Glocke schoss er von unten herauf, warf einen Blick auf den Kapitän und Mr. Hollybrass, die bewaffnet über ihm standen, und erstarrte. Dann drehte er sich um, als würde er andere erwarten. Er war alleine.

»Mr. Keetch!«, rief der Kapitän ihm zu. »Auf welcher Seite stehen Sie?«

Der Zweite Steuermann wandte sich wieder dem Kapitän zu, mit einem Ausdruck panischer Verwirrung im Gesicht. Doch bevor er dem Kapitän antworten oder auf seine Frage reagieren konnte, stürmte die Mannschaft mit wilden Schreien, die einem das Blut in den Adern gerinnen ließen, aus der Back heraus.

Von den neun war nur Zacharias nicht bewaffnet. Einige hatten Pistolen. Ich erinnere mich an zwei, die

Schwerter trugen. Dillingham hielt ein altertümliches Entermesser in der Hand, Barlow einen Dolch.

Kaum an Deck gestürmt, sahen sie den Kapitän auf dem Schanzdeck stehen, eine Muskete im Anschlag, die andere griffbereit an die Reling gelehnt. Sie erstarrten. Wären sie vorangestürmt, so hätten sie uns drei sicher überwältigt. Aber jetzt hielten Kapitän Jaggery und die Musketen sie unter Kontrolle. Verwundert erkannte ich, dass ein zehnter Mann unter uns stand. Er war muskulös und untersetzt, mit einem roten Tuch um den Hals und einem Schwert in der Hand. Ich sah, dass er nur einen Arm hatte. Ich erinnerte mich an Zacharias' Geschichte von dem Matrosen, der so hart bestraft worden war – der Mann, dessen Arm so geschlagen worden war, dass man ihn amputieren musste. Vor uns stand er selbst: Cranick! Sein Gesicht hatte ich im Frachtraum gesehen! Der blinde Passagier!

Ich hielt den Atem an.

Kapitän Jaggery trat schnell an die Reling und sprach.

»Ah, es ist Cranick!«, sagte er kühn und zielte mit seiner Muskete genau auf den kräftigen Brustkorb des Mannes. »Ich hatte mich schon gewundert, wo Sie geblieben waren. Also nicht zur Hölle gefahren, wie ich gehofft hatte, sondern hier bei uns. Darf ich«, fügte er sarkastisch hinzu, »der Letzte sein, der Sie an Bord der *Seahawk* willkommen heißt.«

Der Mann schlurfte einen Schritt vor. Er war eindeutig der Anführer der Mannschaft. »Mr. Jaggery«, begann er und vermied es deutlich, »Kapitän« zu sagen. »Ich habe Ihnen doch versprochen, dass wir uns rächen würden, oder nicht?«

»Ich habe Ihre gemeine Prahlerei gehört, Mr. Cranick, wenn Sie das meinen«, erwiderte der Kapitän, »aber habe mich damals so wenig darum gekümmert wie jetzt.«

Daraufhin hob Cranick seine eine Hand.

»Mr. Jaggery«, schrie er wütend, »hier ist ein ›Round Robin‹, der Sie für unfähig erklärt Kapitän der *Seahawk* zu sein.«

Gemurmelte Zustimmung war zu hören.

»Und was wollen Sie damit, Mr. Cranick?«, gab der Kapitän zurück. »Ich denke, dass sogar Sie, in Ihrer hündischen Dummheit, wissen dürften, dass die Zeit der Piraten lange vorbei ist. Oder wollen Sie wirklich längst vergessene Praktiken wieder einführen und Männer in Ketten aufhängen und verrotten lassen, damit die Krähen ihre verfaulten Augen heraushacken können?«

»Wir wollen keine Piraterie, Mr. Jaggery«, entgegnete Cranick und schüttelte entschlossen seinen Kopf. »Nur Gerechtigkeit. An Land haben wir sie nicht bekommen. Jetzt werden wir sie uns auf See holen.«

»Gerechtigkeit, sagen Sie! Unter welcher Autorität?«, wollte der Kapitän wissen.

»Unser aller! Unserer Autorität!«, rief Cranick und drehte sich nach den Männern hinter ihm um. Es gab zustimmendes Gemurmel und Kopfnicken.

»Und welche Art der Gerechtigkeit haben Sie zu bieten?«, fragte der Kapitän. »Nichts allzu Legales, nehme ich an.«

»Wir verlangen, dass Sie vor uns treten um sich vor einem Gericht Ihrer Kameraden zu verantworten«, entgegnete Cranick.

»Gericht! Kameraden!«, rief der Kapitän spottend. »Ich sehe vor mir nur den Abschaum des Meeres!«

»Dann erklären wir uns zu Ihren Kameraden«, rief Cranick. Mit diesen Worten warf er das Papier zu Boden und trat einen Schritt nach vorne. »Sie können sich Ihren Verteidiger selbst aussuchen. Sogar das Mädchen, wenn Sie wollen. Sie scheint Ihr Auge und Ohr zu sein. Soll sie auch Ihr Mund sein.«

In genau diesem Augenblick feuerte Kapitän Jaggery seine Muskete ab. Der Knall war unglaublich laut. Die Kugel traf Cranick mitten in die Brust. Mit einem Schmerzensschrei fiel er nach hinten in die Männer. Die waren zu erschrocken um ihn aufzufangen und sprangen zurück, so dass Cranick mit einem schrecklich dumpfen Aufschlag auf die Planken schlug. Er stöhnte und schlug in furchtbarer Qual um sich. Blut pulsierte aus seiner Brust und aus seinem Mund.

Ich schrie. Mr. Hollybrass stöhnte. Entsetzt wich die Mannschaft weiter zurück. Kapitän Jaggery ließ die abgeschossene Muskete fallen, griff nach der zweiten und richtete sie auf die Männer.

»Wer ist der Nächste?«, brüllte er sie an.

Alle blickten zu ihm hinauf.

»Lasst Cranick ja liegen!«, schrie der Kapitän weiter. »Jeder, der sich auf ihn zubewegt, bekommt eine Kugel!«

Die Mannschaft zog sich weiter zurück.

»Lasst die Pistolen und Schwerter zu Boden fallen«, rief der Kapitän. »Aber schnell! Ich schieße auf den Ersten, der sich weigert.«

Pistolen, Schwerter und Messer fielen lärmend zu Boden.

»Mr. Hollybrass! Sammeln Sie sie ein!«

Der Obersteuermann eilte die Stufen hinunter und begann die Waffen aufzusammeln. Dabei blickte er zum Kapitän hinauf. Offenbar fürchtete er diesen mehr als die Mannschaft.

»Auch den ›Round Robin‹!«, rief der Kapitän.

Ich war starr vor Schreck und konnte nicht sprechen. Ich fühlte nur einen enormen Schmerz.

Cranick bewegte sich nicht mehr. Sein einziges Lebenszeichen waren die kleinen roten Bläschen, die sich auf seinen Lippen bildeten.

Dann sah ich, dass Zacharias sich aus der Gruppe der Männer löste und auf ihn zuging. Er hielt seine Hände hüfthoch vor sich, Handflächen nach oben gerichtet, als wolle er zeigen, dass er nicht bewaffnet sei. Er hatte seine Augen auf den Kapitän gerichtet.

»Lassen Sie ihn in Ruhe, Mr. Zacharias«, bellte der Kapitän. »Er ist ein blinder Passagier. Er hat kein Recht auf Hilfe.«

Der alte Mann hielt inne. »Als Mensch«, sagte er in einer wundervoll ruhigen Stimme mitten in diesem Tumult, »hat er Anspruch auf unsere Gnade.«

Der Kapitän hob seine Muskete. »Nein«, sagte er fest.

Zacharias sah ihn an, dann blickte er auf Cranick. Vielleicht habe ich es mir eingebildet, aber ich glaube, er hat sogar mich angesehen. Auf jeden Fall ging er langsam weiter auf den liegenden Mann zu.

Ich hatte schreckliche Angst, schaute dennoch gebannt zu und war mir sicher, dass der Kapitän schießen würde. Ich sah, wie sich sein Finger am Abzug krümmte, aber dann entspannte er sich wieder.

Zacharias kniete neben Cranick und fühlte den

Puls des Mannes. Er ließ den Arm fallen. »Mr. Cranick ist nicht mehr«, verkündete er.

Die Ruhe, die diesen Worten folgte, wurde nur von dem kurzen, sanften Flattern eines Segels oder dem rasselnden Schlagen einer Kette unterbrochen.

»Werft ihn über Bord«, sagte der Kapitän schließlich.

Niemand bewegte sich.

»Mr. Zacharias«, wiederholte der Kapitän ungeduldig. »Werfen Sie ihn über Bord.«

Wieder hielt Zacharias seine offenen Handflächen hin. »Mit der Bitte um Vergebung, Kapitän«, sagte er. »Selbst ein armer Sünder wie dieser sollte ein christliches Begräbnis haben.«

»Mr. Hollybrass«, bellte der Kapitän.

Der Obersteuermann, der die Pistolen der Mannschaft entladen hatte, war wieder auf dem Schanzdeck. »Sir?«, sagte er.

»Ich will, dass der Kadaver dieses Hundes über Bord geht.«

»Kann Mr. Zacharias nicht ein paar Worte sagen –«

»Mr. Hollybrass, führen Sie den Befehl aus!«

Der Mann schaute vom Kapitän zur Mannschaft. »Aye, aye, Sir«, sagte er leise. Dann stieg er so langsam auf Deck hinab, als sei ihm ein großes Gewicht auferlegt worden. Er ergriff den Mann an seinem verbliebenen Arm und zog ihn zur Reling. Dabei blieb eine Blutspur zurück.

»Mr. Zacharias!«, donnerte der Kapitän. »Öffnen Sie die Pforte.«

Zacharias sah den Kapitän an. Langsam schüttelte er den Kopf. Einen Moment lang sahen sich die beiden nur an. Dann wandte sich der Kapitän mir zu.

»Miss Doyle, öffnen Sie die Pforte.«

Ich starrte ihn schockiert und ungläubig an.

»Miss Doyle!«, schrie er jetzt wutentbrannt.

»Sir . . .«, stammelte ich.

»Öffnen Sie die Pforte!

»Ich . . . kann nicht . . .«

Abrupt ging der Kapitän mit gezückten Pistolen selbst die Treppe hinab. Als er sich der Reling näherte, klemmte er eine Pistole unter seinen Arm und entriegelte schnell die Pforte. Sie stand jetzt offen und das Meer war zu sehen.

»Mr. Hollybrass«, sagte er knapp.

Mr. Hollybrass rann der Schweiß über das heiße, gerötete Gesicht. Er zog den toten Körper an den Rand, hielt aber dann inne und sah den Kapitän mit einem flehenden Blick an.

Der Kapitän spuckte auf Cranicks Körper. »Über Bord!«

Hollybrass schob den Körper durch die offene Pforte. Ein Platschen war zu hören. Mir drehte sich der Magen um. Ich sah, dass einige der Matrosen zusammenfuhren.

Dann sprach der Kapitän erneut. »Mr. Cranick gehörte nicht zu diesem Schiff«, sagte er. »Sein Auftauchen und Verschwinden haben nichts mit uns zu tun. Sie werden nicht einmal ins Logbuch eingetragen. Außerdem sollt ihr wissen, dass ihr ein armseliges Pack Hunde seid. Schon ein Mädchen« – er nickte nach oben in meine Richtung – »konnte euch entlarven.«

Finstere Blicke wandten sich mir zu. Beschämt sah

ich zur Seite und versuchte meine Tränen zu unterdrücken.

»Was den Rest betrifft«, fuhr der Kapitän fort, »bitte ich nur einen von euch – den zweiten Anführer, wenn ihr einen habt – vorzutreten und seine Strafe zu empfangen. Dann kann die Reise weitergehen. Wer wird es sein?«

Als niemand sprach, wandte sich der Kapitän mir zu. »Miss Doyle, als Dame an Bord überlasse ich Ihnen die Auswahl. Welchen dieser Männer wählen Sie?«

Ich sah ihn entsetzt an.

»Da Sie es waren, die diese erbärmliche Verschwörung entdeckte, überlasse ich Ihnen die Ehre sie auch zu beenden. Wen wählen Sie, damit an ihm ein Exempel statuiert werden kann?«

Ich konnte nur den Kopf schütteln.

»Kommen Sie. Nicht so schüchtern. Es gibt sicher einen, den Sie bevorzugen.«

»Bitte, Sir«, flüsterte ich. Ich sah auf die Mannschaft hinunter, die dort stand wie eine Herde verwirrter Tiere. »Ich möchte nicht . . .«

»Wenn Sie zu weich sind, werde ich wählen.«

»Kapitän Jaggery . . .«, flehte ich ihn an.

Er betrachtete die Männer. Dann sagte er: »Mr. Zacharias, treten Sie vor.«

11

Zacharias trat nicht vor. Doch die Männer um ihn herum zogen sich zurück. Zacharias stand alleine da, als wäre er auf einer einsamen Insel im Pazifik ausgesetzt worden. Obwohl er seinen Blick gesenkt hielt, schien er seine Einsamkeit deutlich zu spüren. Er war ein kleiner, faltiger Mann, jetzt aber schien er noch weiter zusammengesunken zu sein.

»Mr. Zacharias«, sagte der Kapitän. »Haben Sie etwas zu sagen?«

Zacharias blieb still.

»Sie müssen schon für sich selbst sprechen«, spottete der Kapitän. »Ich bezweifle, dass einer Ihrer Freunde auch nur ein Wort zu Ihrer Verteidigung sagen wird. Es sind alles Feiglinge.« Er hielt inne, als erwarte er, dass ihm jemand widersprach. Da niemand etwas sagte, nickte er und sagte: »Das wären also Ihre Kameraden an Bord, Mr. Zacharias. So viel ist der ›Round Robin‹ wert. Und jetzt frage ich Sie noch einmal, Mr. Zacharias, haben Sie irgendetwas zu Ihrer Verteidigung zu sagen?«

Zunächst blickte Zacharias starr geradeaus; dann änderte er seine Blickrichtung ein wenig. Ich war mir sicher, dass sein Blick jetzt direkt auf mir ruhte. Ich wollte mich abwenden, brachte es aber nicht fertig. So stand ich da und blickte ihn an. Meine Augen füllten sich mit Tränen. Zacharias begann zu sprechen. »Ich ... ich bin ... schon seit mehr als vierzig Jahren Matrose«, sagte er langsam. »Es ... hat harte Kapitäne gegeben und umgängliche. Aber Sie, Sir, sind ... sind der Schlimmste gewesen. Nein, ich bedauere es nicht, gegen Sie rebelliert zu haben«, fuhr er in seiner stockenden Art fort. »Ich kann mir nur wünschen, ich hätte es früher getan. Ich vergebe dem Mädchen. Sie haben sie benutzt. Sie wusste es nicht besser. Ich vergebe auch meinen Kameraden. Sie wissen, dass dort, wo Kapitän Jaggery das Kommando hat, kein Gott anheuern würde.«

»Eine schöne Ansprache«, sagte der Kapitän höhnisch. »Und ein so perfektes Geständnis, wie ich es selten gehört habe. Ich hoffe, Sie haben es sich alle gemerkt, falls jemand Fragen stellen sollte. Aber ich glaube nicht, dass jemand fragen wird.« Er blickte mit Hohn auf den Rest der Mannschaft. »Gibt es jemanden unter Ihnen, der den Verleumdungen dieses schwarzen Mannes zustimmen möchte?«

Niemand sprach.

»Nur zu!«, lockte er sie. »Wer hat Mumm genug zu sagen, dass Kapitän Andrew Jaggery der schlimmste Kommandant ist, unter dem er je gedient hat. Sagen Sie es nur! Ich verdopple den Lohn von dem, der Ja dazu sagt!«

Obwohl der Hass deutlich genug in ihren Augen glitzerte, traute sich niemand seine Stimme zu erheben. So sehr hatte der Kapitän sie eingeschüchtert.

»Also gut«, sagte er. »Mr. Hollybrass, binden Sie Mr. Zacharias fest.«

Der Obersteuermann zögerte.

»Mr. Hollybrass!«

»Jawohl, Sir«, murmelte der Mann. Schlurfend ging er auf Zacharias zu, blieb dann aber vor dem Mann stehen, als müsse er Mut fassen. Schließlich griff er nach ihm. Zacharias machte einen Schritt zurück, aber das half nicht. Der Obersteuermann fasste ihn am Arm und führte ihn die Treppe hinauf.

Ich sah zu und wusste, dass etwas Schreckliches geschehen würde. Mr. Hollybrass stellte Zacharias gegen die Reling und zog ihm die Jacke aus. Die Haut auf dem Brustkorb des alten Mannes hing lose wie eine Tasche aus zerlumptem Sackleinen.

Mr. Hollybrass drehte Zacharias, so dass er in die Wanten schaute. Dann stieg er in die Wanten, fesselte seine Hände mit einer Leine und zog ihn so hoch, dass er beinahe an seinen Gelenken hing und nur noch auf seinen nackten Zehenspitzen stand.

Zacharias gab keinen Ton von sich.

Ich drehte mich nach Kapitän Jaggery um. Erst da erkannte ich, dass er eine Peitsche in der Hand hielt, deren vier Enden zuckten wie der Schwanz einer gereizten Katze. Woher er sie geholt hatte, weiß ich nicht. Ich fühlte mich schwach und wollte das Deck verlassen.

»Miss Doyle!«, schrie der Kapitän. »Sie bleiben.«

Zu Tode erschrocken erstarrte ich.

»Sie werden als Zeugin benötigt«, ließ er mich wissen.

Jetzt hielt der Kapitän seinem Ersten Offizier die Peitsche hin. »Mr. Hollybrass«, sagte er, »er ist zu fünfzig Schlägen verurteilt.«

Wieder zögerte Hollybrass. »Kapitän«, sagte er, »fünfzig Schläge scheinen –«

»Fünfzig«, beharrte der Kapitän. »Anfangen!«

Hollybrass ergriff die Peitsche. Da er sich Zeit ließ hinter Zacharias Position zu beziehen, konnte ich sehen, dass seine Hände nervös zuckten und seine Schläfen pochten.

»Beeilung!«, forderte der Kapitän.

Hollybrass hob seinen Arm und holte aus. Wieder hielt er inne, holte tief Luft. Dann, so schien es, ließ eine knappe Bewegung seines Handgelenks die Peitsche nach vorne schnellen. Ihre Enden zischten durch die Luft und klatschten gegen den Rücken von Zacharias. Als sie die Haut des alten Mannes berührten, erschienen vier rote Striemen. Ich glaubte in Ohnmacht zu fallen.

»Mit ganzer Kraft, Mr. Hollybrass«, verlangte der Kapitän.

Hollybrass hob seinen Arm. Wieder bewegte sich sein Handgelenk. Die Peitsche schlug auf. Zacharias' Körper zuckte. Vier neue rote Striemen kreuzten die ersten.

»Kapitän Jaggery!«, rief ich plötzlich aus, so erstaunt wie die anderen, dass ich es tat.

»Bitte, Sir«, flehte ich. »Sie dürfen das nicht tun!«

Einen Augenblick stand der Kapitän regungslos. Sein Gesicht war kreideweiß geworden. »Warum darf ich es nicht?«, fragte er.

»Es ist nicht . . . gerecht«, stotterte ich.

»Gerecht?«, gab er zurück, die Stimme voller Verachtung. »Gerecht? Diese Männer wollten mich ermorden und ohne Zweifel auch Sie, Miss Doyle, und Sie sprechen von gerecht? Wenn Sie Gerechtigkeit verlangen, könnte ich aus dem Seerecht zitieren, das mir sagt, nach der Auffassung von Recht und Gesetz sollte ich den Hund erschießen.«

»Bitte, Sir!« Tränen rannen über mein Gesicht. »Ich hätte es Ihnen nicht sagen sollen. Ich habe es nicht gewusst. Ich bin sicher, dass Mr. Zacharias nichts Böses wollte. Ich bin sicher, dass er das nicht wollte.«

»Nichts Böses, Miss Doyle?« Der Kapitän hielt den ›Round Robin‹ in die Höhe. »Sicher bringt man Ihnen in der Schule etwas bessere Logik bei als solche.«

»Aber ich hatte keine Ahnung, dass . . .«

»Selbstverständlich wussten Sie Bescheid!«, unterbrach der Kapitän mit lauter Stimme, damit alle es hören konnten. »Sie kamen erschrocken und verwirrt zu mir um mir von dem zu berichten, was Sie gesehen hatten. Es war recht, dass Sie es taten. Und recht ist auch, was wir hier tun. Zucht und Ordnung werden aufrechterhalten.«

Abrupt wandte er sich um. »Mr. Hollybrass, Sie haben erst zwei Schläge ausgeteilt. Wenn Sie zu mehr nicht im Stande sind, überlassen Sie Ihren Platz lieber jemandem mit mehr Schneid.«

Seufzend nahm Hollybrass seine Kraft zusammen und schlug ein weiteres Mal zu. Zacharias stand nicht mehr auf Zehenspitzen. Er hing einfach da. Wieder klatschte die Peitsche. Jetzt stöhnte der alte Mann.

Ich konnte es nicht länger ertragen. Ich stürzte mich auf Hollybrass, der sich, von diesem Angriff überrascht, drehte und auf Deck stürzte. Ich fiel mit ihm. In dem Durcheinander gelang es mir, die Peitsche zu fassen und wieder auf die Beine zu kommen. Ich versuchte sie über Bord zu werfen. Aber Kapitän Jaggery war zu schnell. Mit einem Knurren packte er mich. In meiner Verzweiflung gelang es mir, seinem Griff zu entkommen. So stand ich ihm schwer atmend gegenüber, weinend, die Peitsche aber fest in Händen haltend.

»Sie dürfen das nicht!«, rief ich erneut.

»Geben Sie her!«, schrie der Kapitän und kam mit hochrotem Gesicht auf mich zu.

»Sie dürfen das nicht«, wiederholte ich immer noch, »Sie dürfen das nicht!«

Er kam einen weiteren Schritt auf mich zu. Ich stand bereits mit dem Rücken an der Reling. Um mich zu verteidigen hob ich den Arm. Die Peitsche pfiff durch die Luft und ließ einen Striemen auf dem Gesicht des Kapitäns zurück. Für einen Augenblick zog sich eine rote Schwellung von seiner linken Wange zu seinem rechten Ohr. Blut begann zu fließen. Ich war völlig überrascht von dem, was ich getan hatte.

Der Kapitän stand ebenfalls regungslos, mit vor Verwunderung und Schmerz verzerrtem Gesicht. Langsam hob er eine Hand an seine Wange, berührte sie vorsichtig, dann blickte er auf seine Fingerspitzen. Als er sah, dass sie blutig waren, stieß er einen wilden Fluch aus, sprang auf mich zu, entriss mir die Peitsche und begann Zacharias in einer blinden Wut auszupeitschen, wie ich sie noch nie erlebt hatte. Schließlich warf er die Peitsche erschöpft zu Boden und verschwand von Deck.

Mit aschfahlem Gesicht schluckte Mr. Hollybrass schwer und murmelte dann: »Weitermachen.« Stöhnend bückte er sich um die Pistolen und anderen Waffen einzusammeln und folgte dann dem Kapitän.

Einen Moment lang sagte niemand etwas. Es rührte sich keiner. Vielleicht hatten sie den Obersteuermann nicht gehört. Fisk war derjenige, der das Schweigen brach. »Schneidet ihn los!«, hörte ich ihn rufen.

Ewing eilte zu ihm und kletterte in die Wanten. Einen Augenblick später fiel Zacharias Körper, von Striemen und Blut überdeckt, auf Deck.

Keetch beugte sich über den liegenden Mann, während die anderen in einem engen Kreis um ihn herumstanden und in schrecklichem Schweigen auf ihn herabblickten. Ich konnte nicht erkennen, was geschah. Vielmehr wartete ich alleine, zitternd, und versuchte zu verstehen, was ich gesehen und getan hatte. Aber während ich ihren Kreis von außen betrachtete, wurde mir immer übler, bis ich mich schließlich ins Meer übergeben musste. Erschüttert, schwach und in Tränen aufgelöst sah ich zu den Matrosen hinüber. Sie hatten Zacharias aufgehoben und trugen ihn in die Back.

Ich blieb alleine an Deck zurück.

12

Schluchzend warf ich mich auf mein Bett. Ich weinte um Zacharias, um Cranick, sogar um Kapitän Jaggery. Ich konnte mich der Wahrheit nicht erwehren, dass ich an dem schrecklichen Geschehen mitschuldig war.

Während die schrecklichen Szenen sich in meinem Kopf wiederholten, konnte ich die Augen nicht davor verschließen, was der Kapitän getan hatte. Kapitän Jaggery, mein Freund, mein Beschützer und Angestellter meines Vaters – er war gewalttätig gewesen. Er hatte nicht nur Cranick getötet – der ihn bedroht hatte –, sondern er hatte auch versucht Zacharias umzubringen. Und dies nur, weil er hilflos war! Er hatte ihn ausgewählt, weil er der Älteste und

Schwächste war. Oder etwa, weil er ein Schwarzer war? Oder vielleicht, so fragte ich mich plötzlich, weil er mein Freund war?

Schon der Gedanke ließ mich erschaudern. Die Tränen der Scham und Schuld verdoppelten sich.

Ich weinte mehr als eine Stunde lang. Während ich die fürchterlichen Ereignisse durchlebte, versuchte ich verzweifelt zu entscheiden, was ich jetzt tun sollte. Die Mannschaft konnte nur Abscheu vor mir empfinden, da ich sie verraten hatte. Und die Männer hatten Recht. Sie waren freundlich zu mir gewesen und ich hatte sie verraten.

Und Kapitän Jaggery? Hatte ich ihm nicht auch ein großes Unrecht zugefügt, als ich – ohne es zu wollen – sein Gesicht mit der Peitsche verletzte? Würde er, könnte er mir vergeben?

Vor allen Dingen war mir beigebracht worden, dass es, wenn ich Unrecht getan hatte, meine Pflicht war meine Schuld zuzugeben und das Unrecht wieder gutzumachen. Und wie oft hatte mein geduldiger Vater gesagt, dass ich Unrecht getan hatte!

Allmählich kam ich also zu der Überzeugung, dass ich den Kapitän um Verzeihung bitten musste, obwohl mir der Gedanke zuwider war. Und je eher ich dies tun würde, desto besser.

Ich stand auf, bürstete mein Haar, wusch mir das Gesicht, glättete mein Kleid, polierte meine Schuhe. Dann ging ich zur Tür seiner Kajüte und klopfte zaghaft an. Niemand antwortete. Ich klopfte noch einmal, vielleicht etwas kräftiger. Jetzt hörte ich: »Wer ist da?«

»Charlotte Doyle, Sir.«

Meine Worte wurden mit unheimlichem Schweigen beantwortet. Erst nach einer Weile sagte er: »Was wollen Sie?«

»Bitte, Sir. Ich möchte Sie bitten mit mir zu sprechen.«

Als er wieder schwieg, hatte ich mich fast mit einer Niederlage abgefunden und wollte gehen. Dann aber vernahm ich Schritte in der Kajüte. »Herein.«

Ich öffnete die Tür. Kapitän Jaggery stand mit dem Rücken zu mir. Ich blieb auf der Schwelle stehen und wartete, dass er mich auffordern würde näher zu treten. Er sagte nichts.

»Sir?«, begann ich.

»Was?«

»Ich . . . ich wollte nicht . . .«

»Was wollten Sie nicht?«

»Ich wollte mich nicht einmischen«, brachte ich heraus und trat schüchtern einige Schritte näher. »Ich hatte solche Angst . . . ich habe nicht beabsichtigt . . .« Als der Kapitän weiterhin schwieg, stockte ich. »Und als ich die Peitsche in der Hand hatte . . .«

Er drehte sich um. Die Worte blieben mir im Halse stecken.

Der Striemen, den ich auf seinem Gesicht verursacht hatte, war eine rote, offene Wunde. Aber es waren seine Augen, die mich erschaudern ließen. In ihnen stand unversöhnlicher Hass. Und der galt mir.

»Wissen Sie eigentlich, was Sie da angerichtet haben?«, sagte er mit einer Stimme, die nur ein Zischen war.

»Sir . . .«

»Wissen Sie es?«, brüllte er jetzt.

Meine Tränen begannen wieder zu fließen. »Ich habe es nicht gewollt, Sir«, flehte ich. »Bestimmt nicht. Glauben Sie mir.«

»Sie haben mich vor versammelter Mannschaft auf eine Art beleidigt, wie ein Mann nie beleidigt werden sollte.«

»Aber . . .«

»Beleidigt von einer schniefenden, egozentrischen Göre, die es verdient hätte, ausgepeitscht zu werden!«

Ich sank auf die Knie und faltete flehend meine Hände.

»Aber die Männer werden sich schon um Sie kümmern«, knurrte er. »Ich entziehe Ihnen meinen Schutz. Verstehen Sie? Ich will nichts mehr mit Ihnen zu tun haben. Nichts!«

»Sir . . .«

»Und wagen Sie es ja nicht noch einmal, meine Kajüte zu betreten!«, rief er. »Niemals!«

Ich schluchzte nur noch.

»Hinaus!«, tobte er. »Hinaus!« Er kam auf mich zu.

In großer Angst sprang ich auf, riss mir dabei den Saum vom Kleid und floh in meine Kajüte. Aber wenn ich die Wahrheit sagen soll – und ich habe geschworen, dass ich in dieser Geschichte die reine Wahrheit erzählen werde –, dann muss ich sagen, dass ich selbst in diesem Moment nur daran dachte, wie ich den Kapitän beruhigen und seine Freundschaft wiedergewinnen könnte. Wenn ich seine Vergebung hätte erlangen können, gleich um welchen Preis – ich hätte die Gelegenheit dazu ergriffen.

Ich weinte jetzt nicht mehr. Ich war zu stumpf, zu schockiert. So stand ich regungslos da und überlegte, was ich jetzt tun sollte.

Verzweifelt versuchte ich mir vorzustellen, was mein Vater, meine Mutter oder Miss Weed jetzt von mir erwarten würden, aber ich fand keine Antwort. Auf der Suche nach einer Lösung ging ich schließlich hinaus an Deck. Ich sagte mir, dass ich an die frische Luft wollte. In Wirklichkeit aber wollte ich herausfinden, wie die Mannschaft auf mich reagieren würde.

Das Schiff driftete immer noch. Kein Windhauch blähte die Segel. Die Decks schienen wieder verlassen. Mein erster Gedanke war, dass die Mannschaft geflohen war! Alles, was ich hörte, war das leise Flattern der Segel, das Klimpern der Ketten und das Knarren der Schiffsplanken. Es schien, als sei die Welt zum Stillstand gekommen.

Aber als ich auf das Schanzdeck blickte, sah ich die Männer. Mit gesenkten Köpfen standen sie still zusammen. Dann vernahm ich die tiefe Stimme von Fisk, auch wenn ich zunächst nicht genau verstehen konnte, was er sagte. Ich sah, dass Hollybrass etwas abseits von den Männern stand. Er hielt eine Pistole in der Hand.

Ängstlich stieg ich die Stufen zum Schanzdeck hinauf. Die Männer standen um etwas herum, das auf Deck lag und aussah wie ein Sack. Bei näherem Hinsehen erkannte ich, dass es eine zusammengerollte Hängematte aus Segeltuch war, wie die, in denen die Männer schliefen. Ich stand an der vorderen Reling, aber niemand nahm Notiz von mir. Allmählich wurde mir klar, dass Fisk ein Gebet sprach. Dann traf es mich wie ein Blitzschlag: Die Hängematte war um einen Körper gewickelt! Und der Körper konnte nur der von Zacharias sein. Er war an den Schlägen gestorben. Ich war Zeuge seines Begräbnisses. Die Männer wollten seinen Körper der See übergeben.

Fisks Gebet war nicht lang, aber er sprach es langsam. Was ich verstehen konnte, klang bitter: ein Ruf zu Gott Rache zu üben, da sie sich als arme Matrosen nicht rächen konnten.

Als Fisk geendet hatte, bückten sich Ewing, Mr. Keetch, Grimes und Johnson und nahmen die Hängematte auf. Sie hatten nicht schwer an dem Gewicht zu tragen. Sie gingen zur Steuerbordreling und dann hievten sie ihre Last über Bord. Sekunden später war ein Klatschen zu hören, gefolgt von einem gemurmelten »Amen«.

Fisk sprach ein letztes, kurzes Gebet. Dann drehten sich die Männer um – und sahen mich. Ich konnte mich nicht bewegen. Sie starrten mich mit Blicken an, die ich nur als Abscheu deuten konnte.

»Es tut mir Leid«, war alles, was ich herausbringen konnte. Keiner antwortete.

»Ich wusste nicht . . .« Ich konnte nicht fortfahren. Tränen strömten über mein Gesicht. Ich senkte den Kopf.

Dann hörte ich: »Miss Doyle . . .«

Ich weinte weiter.

»Miss Doyle.«

Ich zwang mich aufzusehen. Es war Fisk, mit noch grimmigerem Gesichtsausdruck als üblich. »Gehen Sie zum Kapitän«, sagte er brüsk. »Er ist Ihr Freund.«

»Ist er nicht!«, brachte ich zwischen Schluchzern heraus. »Ich will nichts mehr mit ihm zu tun haben! Ich hasse ihn!«

Fisk hob eine Faust, ließ sie aber verdrossen wieder sinken.

»Und ich möchte Ihnen helfen«, bot ich an. »Um zu zeigen wie Leid es mir tut. Bitte!«

Sie starrten mich nur an. Ich schleppte mich in meine Kajüte. Wieder überkamen mich heiße Tränen. Ich fühlte mich nicht nur völlig isoliert, schlimmer noch: Ich war mir sicher, dass die schrecklichen Ereignisse des Tages – der Tod von zwei Männern! – von mir verursacht worden waren. Obwohl ich den Grund von Cranicks Tod kannte, war ich doch ohne Zweifel schuld an der Ermordung von Zacharias! Ich hatte mich trotz deutlicher Warnungen geweigert in Kapitän Jaggery den jähzornigen Mann zu erkennen, der er war, und hatte seinen schrecklichen Zorn geschürt, indem ich ihm von Ewings Pistole, dem ›Round Robin‹ und dem blinden Passagier berichtete. Doch meine neue Einsicht half mir nicht zu entscheiden, was ich jetzt tun sollte.

Ich lag noch in meinem Bett – es mochte wohl eine Stunde vergangen sein –, als ich die Schiffsglocke läuten hörte. Dann hörte ich Hollybrass rufen: »Alle Mann an Deck!«

Ich setzte mich auf und lauschte. Mein erster Gedanke war, dass der Wind aufgefrischt hatte und dass dies der Ruf zum Segelsetzen war. Aber ich konnte keines der willkommenen Geräusche vernehmen – das Brechen der Wellen, das Summen des Windes in den Segeln –, die normalerweise bei einem Wetterwechsel zu hören waren.

Dann dachte ich, dass ein neuer Schrecken über uns gekommen sei. Zu neugierig um liegen zu bleiben stieg ich aus dem Bett und öffnete vorsichtig meine Tür.

Wieder vernahm ich die Glocke und den Ruf: »Alle Mann an Deck!« Ich schlich ins Zwischendeck, dann steckte ich meinen Kopf heraus um an Deck zu sehen. Die Mannschaft stand auf dem Hauptdeck und blickte nach oben. Ich kroch heraus.

Kapitän Jaggery hielt die Reling des Schanzdecks so fest umklammert, dass seine Knöchel weiß waren. Die Schwellung in seinem Gesicht war jetzt dunkelrot. Schon der Anblick tat mir weh. Mr. Hollybrass stand neben ihm.

». . . habe gemeint, was ich sagte«, hörte ich den Kapitän sagen.

»Durch Ihre eigene Unvernunft haben Sie Zacharias verloren«, fuhr er fort. »Nicht, dass er viel geleistet hätte. Aber das tut ja keiner von Ihnen. Mr. Fisk übernimmt die Pflichten von Zacharias in der Kombüse. Und was Mr. Keetch betrifft, der lieber bei Ihnen dienen will als bei mir . . . Ich verlege ihn in die Back. Dort wird er sich wohler fühlen. Die Position des Zweiten Steuermanns, die damit frei wird, vergebe ich an Mr. Johnson. Er hatte wenigstens genug Verstand Ihren ›Round Robin‹ nicht zu unterschreiben. Mr. Johnsons Aufgabe in seiner Wache werden Sie alle übernehmen. Es ist mir gleich, wie ihr es macht, aber jede Wache hat vollzählig mit vier plus Steuermann anzutreten.«

Die letzten Worte verstand ich nicht. Die Männer schwiegen.

Erst ein oder zwei Minuten später trat Morgan heraus. »Bitte um Erlaubnis zu sprechen, Sir.« Ich glaube, es war das erste Mal, dass ich seine Stimme hörte.

Der Kapitän blickte ihn finster an, nickte aber.

»Kapitän Jaggery, Sir«, rief Morgan. »Es steht nirgends geschrieben, dass ein Kapitän von einem Mann verlangen kann, dass er mehr als eine Wache arbeitet. Außer in einem Notfall.«

Der Kapitän starrte Morgan einen Moment lang an. Dann sagte er: »Sehr gut, Mr. Morgan, dann sage ich eben: Dies ist ein Notfall. Wenn Ihnen dieser Befehl unangenehm ist, beschweren Sie sich bei Ihrem lieben Mr. Cranick. Oder bei dem unverschämten Zacharias. Und wenn Sie diese Dummköpfe beweinen, können Sie ja die zusätzlichen Wachen übernehmen.«

Dann wandte er sich an Hollybrass: »Lassen Sie die zweite Wache den Bug reinigen. Der Rest kann wegtreten.«

Mr. Hollybrass sah die Mannschaft an und wiederholte die Befehle des Kapitäns. Ohne ein Wort verschwanden die Männer. Einige schlurften zum Bug um zu arbeiten, die anderen duckten sich und verschwanden in der Back. Nur der Fleck von Cranicks Blut blieb an Deck zurück.

Unsicher ging ich zur Kombüse. Fisk war schon dort und sein mächtiger Körper füllte den kleinen Raum. Ich blieb kurz vor der Tür stehen, in der Hoffnung, er würde mich bemerken. Als nichts geschah, flüsterte ich: »Mr. Fisk . . .«

Er wandte sich um, warf mir aber nur einen feindseligen Blick zu.

»Was hat der Kapitän gemeint?«, fragte ich.

Fisk starrte mich weiter böse an.

»Sagen Sie es mir«, bat ich ihn. »Ich muss es wissen.«

»Die Mannschaft war von Anfang an nicht vollzählig«, sagte er. »Jetzt hat er mich beleidigt, Johnson befördert, Keetch degradiert. Alles in allem sind wir jetzt noch weniger als bisher. Der Kapitän will uns zu Tode schinden.«

»Kann ich . . . kann ich irgendwie helfen?«

»Sie?«, sagte Fisk verächtlich. Er wandte sich ab.

»Mr. Fisk, Sie müssen mir glauben. Ich möchte helfen.«

»Sie sind ein Passagier, Miss Doyle. Die Informantin.«

»Ich hatte keine Ahnung . . .«

Jetzt drehte er sich wütend zu mir um. »Da hat Miss Doyle Unrecht. Sie hatten eine Ahnung. Zacharias hat Ihnen alles erzählt. Ich weiß es. Er hat uns gesagt, dass er versucht hat Sie zu überzeugen. ›Oh, Miss Doyle glaubt an Ehre‹, hat er gesagt. ›Sie ist die Gerechtigkeit selbst!‹« Fisk spuckte auf den Boden. »Ehre! Was Sie sagen wollen, Miss Doyle, ist, dass Sie sich entschlossen haben seinen Worten nicht zu glauben, weil Zacharias ein alter Schwarzer war, der nicht die Manieren des Kapitäns hatte!«

Ich senkte meinen Kopf.

»Können Sie kochen?«, knurrte er. »Segel reffen? Das Steuerrad drehen? Wohl kaum. Also bleiben Sie besser an dem Platz, wo Sie hingehören. Wenn wir Providence erreichen, sind Sie ein freier Mensch. Sie können dieses Schiff verlassen und ich garantiere Ihnen, dass Sie keinen weiteren Gedanken an uns verschwenden werden.«

»Das stimmt nicht!«

»Gehen Sie zum Kapitän. Er ist Ihr angebeteter Herr und Meister.«

»Mr. Fisk«, flehte ich mit gebrochener Stimme und gebrochenem Stolz, »der Kapitän will nichts von mir wissen.«

»Nein, er wird Ihnen nicht so schnell vergeben. Hüten Sie sich vor Ihrem Freund, Miss Doyle, hüten Sie sich!«

»Ich wollte nicht –«

Er schnitt mir das Wort ab. »Hohe Herrschaften wie Sie wollen nie etwas. Aber was sie anrichten . . .«

Ich konnte es nicht länger ertragen. Ich zog mich in meine Kajüte zurück.

In dieser Nacht blieb ich in meiner Kajüte. Ich konnte nichts essen. Hin und wieder schlief ich etwas, aber nicht lange. Es gab Zeiten, in denen ich auf die Knie fiel und um Vergebung betete. Dabei bat ich Gott wie auch die Mannschaft um Vergebung. Wenn ich es nur wieder gutmachen könnte, wenn ich nur die Mannschaft davon überzeugen könnte, dass ich mir meiner Schuld bewusst war!

Kurz vor dem Morgengrauen hatte ich eine Idee. Zunächst war sie nur ein Echo von etwas, das Fisk gesagt hatte. Aber schon der Gedanke daran war schrecklich und so verdrängte ich sie wieder. Doch die Idee ließ mich nicht los und beherrschte alle anderen Überlegungen. Schließlich stieg ich aus dem Bett und zog die Matrosenkleider aus Segeltuch darunter hervor, die Zacharias für mich gemacht hatte. Ein paar Schaben flohen hastig. Ich hielt die zerknitterten Sachen hoch und betrachtete ihren primitiven Schnitt. Die Berührung des groben Stoffs ließ mich zögern.

Ich schloss meine Augen. Mein Herz klopfte, als befände ich mich in großer Gefahr. Nein, ich konnte es nicht, es war zu schrecklich. Aber ich sagte mir, dass ich für mein Tun Verantwortung übernehmen musste, damit ich den Männern beweisen konnte, dass mein Kopf sich geirrt hatte, nicht aber mein Herz. Zögernd zog ich meine Schuhe aus, meine Schürze, zuletzt mein Kleid und die Unterröcke aus Leinen.

Mit unsicheren, nervösen Händen zog ich mir die Matrosenkleider an. Die Hosen und das Hemd fühlten sich steif an, wie eine Haut, die nicht meine eigene war. Meine nackten Zehen krümmten sich auf dem Holzboden.

Ich stand eine Weile da und befragte mein Herz. Die Worte, die Zacharias an Fisk gerichtet hatte, dass ich »die Gerechtigkeit selbst« wäre, klangen in mir nach.

Ich trat aus meiner Kajüte und schlich durch das Zwischendeck. Es dämmerte. In der Ferne, im Osten, konnte ich einen schmalen Streifen der Sonne erkennen. Alles andere war dunkel. Ich ging in die Kombüse und betete, dass ich auf dem Weg dorthin niemandem begegnen musste. Diesmal wurden meine Gebete erhört. Niemand sah mich. Und Fisk arbeitete am Herd. Ich blieb in der Tür stehen. »Mr. Fisk«, flüsterte ich.

Er richtete sich auf, wandte sich um, sah mich. Zumindest hatte ich das Vergnügen ihn zu überraschen. Ich fand die richtigen Worte nur schwer: »Ich bin gekommen um Mitglied der Mannschaft zu werden.«

ZWEITER TEIL

13

Zum zweiten Mal stand ich in der Back. Der Raum war genauso dunkel und schäbig, wie ich ihn in Erinnerung hatte. Jetzt war ich jedoch als Bittsteller in Matrosenkleidern dort. Ein missmutiger Fisk stand neben mir. Es war nicht leicht gewesen, ihn davon zu überzeugen, dass es mir ernst war. Selbst als er mir widerwillig Glauben schenkte, warnte er mich, es sei unwahrscheinlich, dass die Mannschaft zustimmen würde.

Drei Männer aus Mr. Hollybrass' Wache, Grimes, Dillingham und Foley, hörten als Nächste meine Bitte. Wie Fisk vorausgesagt hatte, schienen sie nicht besonders viel von mir und meiner Idee zu halten.

»Ich möchte den Platz von Mr. Johnson einnehmen«, sagte ich und fühlte mich mit jeder Wiederholung zuversichtlicher.

»Sie sind ein Mädchen«, spuckte Dillingham geringschätzig aus.

»Ein hübsches Mädchen«, warf Foley ein. Es war nicht als Kompliment gemeint. »Da braucht's schon was mehr als Segeltuchhosen, damit man's nicht mehr sieht.«

»Und eine junge Dame«, fügte Grimes hinzu, als wolle er damit meine Unfähigkeit unterstreichen.

»Ich möchte zeigen, dass ich auf Ihrer Seite stehe«, bat ich. »Dass ich einen Fehler gemacht habe.«

»Einen Fehler?«, sagte Foley bissig. »Zwei Männer sind gestorben!«

»Außerdem«, pflichtete Dillingham bei, »sind Sie uns keine Hilfe, sondern stehen nur im Weg.«

»Sie können es mir ja beibringen«, entgegnete ich.

»Gott im Himmel«, rief Grimes. »Sie glaubt, das wär hier eine Schule!«

»Und der Kapitän«, fragte Foley. »Was wird er sagen?«

»Er will nichts mit mir zu tun haben«, erwiderte ich.

»Das sagt er jetzt. Aber Sie waren doch sein Liebling, Miss Doyle. Wir nehmen Sie auf und er will Sie wieder zurück. Und wo bleiben wir dann?«

So ging es wieder und wieder im Kreis herum. Während die Männer Einwände vorbrachten und ich bemüht war ihnen zu antworten, schwieg Fisk. Obwohl ich versuchte meinen Kopf hochzuhalten und sie mit festem Blick anzusehen, war das nicht einfach. Sie sahen mich an, als wäre ich etwas Abscheuliches. Trotzdem, je mehr Einwände sie vortrugen, desto entschlossener wurde ich.

»Hören Sie zu, Miss Doyle«, schloss Dillingham, »es ist ein klarer Fall. Sie wissen, wenn Sie die Abmachung sozusagen unterschreiben, dann sind Sie dran. Keine Flucht mehr in sichere Häfen, wenn der erste Stoß ausgeteilt wird oder wenn ein hartes Wort fällt. Entweder gehören Sie zur Mannschaft oder nicht. Und es wird nicht leicht. Das ist alles, was wir Ihnen versprechen können.«

»Ich weiß«, sagte ich.

»Zeigen Sie mir Ihre Hände«, befahl er.

Fisk stieß mich an. Ich streckte sie mit den Handflächen nach oben aus. Foley sah sie sich genau an. »Wie verdammte Sahne«, sagte er verächtlich. »Fassen Sie mal meine an!« Vorsichtig berührte ich seine ausgestreckten Hände. Die Haut war wie raues Leder.

»So werden Ihre Hände auch aussehen, Miss. Wie ein Tier. Wollen Sie das?«

»Das ist mir gleich«, sagte ich fest.

Schließlich sagte Dillingham: »Und sind Sie auch bereit Ihren Platz in der Takelage einzunehmen? In gutem und in schlechtem Wetter?«

Das ließ mich zögern. Fisk bemerkte es. »Antworten Sie«, drängte er.

»Ja«, sagte ich mutig.

Sie tauschten Blicke aus. Dann fragte Foley: »Was meinen die anderen?« Fisk schüttelte den Kopf und seufzte: »Glaube, die werden dasselbe sagen.«

Plötzlich sagte Grimes: »Also, ich sage: Lasst sie bis zur Royalrah raufklettern. Wenn sie das schafft und heil runterkommt und immer noch mit uns arbeiten will, dann soll sie anheuern und verdammt sein wie wir alle.«

»Und tun, was ihr befohlen wird.«

Die Männer wandten sich mir zu.

»Und was sagt Miss Doyle jetzt?«, wollte Grimes wissen.

Ich schluckte schwer, sagte aber trotzdem noch einmal: »Ja.«

Foley sprang auf. »Nun gut. Ich gehe und frage die anderen.« Er ging hinaus.

Mit Fisk kehrte ich in die Kombüse zurück um auf

Nachricht zu warten. Er befragte mich weiter über meinen Entschluss.

»Sie haben gesagt, Sie wollen zur Royalrah klettern. Wissen Sie überhaupt, dass das Royal das höchste Segel des Großmastes ist? Einhundertunddreißig Fuß hoch. Sie können es auf zwei Wegen erreichen. Sie können den Mast selbst hochkriechen. Oder Sie können die Wanten hinaufsteigen und die Webeleinen als Leiter benutzen.«

Ich nickte, als ob ich verstanden hätte, was er sagte. In Wahrheit wollte ich ihm nicht einmal zuhören. Ich wollte die schreckliche Mutprobe nur schnell hinter mich bringen.

»Und, Miss Doyle«, fuhr er fort, »wenn Sie abrutschen und fallen, können Sie von Glück reden, wenn Sie ins Meer fallen und sofort ertrinken. Kein Sterblicher könnte Sie schnell genug herausholen um Sie noch zu retten. Haben Sie das verstanden?«

Ich schluckte wieder schwer, nickte aber. »Ja.«

»Und wenn Sie Pech haben, fallen Sie auf Deck. Fallen Sie dorthin, so werden Sie zum Krüppel oder brechen sich den Hals. Sind Sie immer noch sicher?«

»Ja«, wiederholte ich, wenn auch etwas leiser.

»Ich muss zugeben«, sagte er mit einem Blick, aus dem gleichermaßen Bewunderung und Verachtung zu sprechen schienen, »Zacharias hatte Recht. Sie sind ein so dickköpfiges Mädchen, wie ich es selten erlebt habe.«

Foley kam bald zurück. »Wir sind einer Meinung«, verkündete er. »Keiner will, dass Sie anheuern, Miss Doyle. Nicht so, wie Sie sind. Da sind wir uns einig. Aber wenn Sie bis zur Royalrah hinaufsteigen und heil wieder herunterkommen und immer noch anheuern wollen, dann können Sie gleichberechtigt dabei sein. Mehr werden Sie von uns nicht bekommen, Miss Doyle. Aber auch nicht weniger.«

Fisk sah mich an und wartete auf meine Antwort.

»Ich habe verstanden«, sagte ich.

»Also dann«, sagte Foley. »Der Kapitän ist noch in seiner Kajüte und wird vor fünf Glasen nicht an Deck kommen. Sie können es jetzt versuchen.«

»Jetzt?«, zitterte ich.

»Jetzt oder nie.«

Also wurde ich von fünf Männern an Deck eskortiert. Dort hatte sich die restliche Mannschaft bereits versammelt.

Jetzt, da ich mich endgültig entschieden hatte, überwältigte mich meine Verwegenheit. Die Masten waren mir natürlich immer schon hoch vorgekommen, aber noch nie so hoch wie in diesem Moment! Als ich das Deck erreichte und nach oben sah, verließ mich beinahe der Mut. Mein Magen drehte sich um. Meine Knie wurden weich. Aber das war unwichtig. Fisk geleitete mich zum Mast, als sei es ein Marterpfahl. Er schien so grimmig entschlossen zu sein wie ich.

Um ganz zu verstehen, worauf ich mich eingelassen hatte, muss man sich noch einmal vor Augen halten, dass sich der Großmast einhundertunddreißig Fuß über Deck erhob. Der Mast bestand in Wirklichkeit aus drei langen Rundstangen, jede lang wie ein Baum, die jeweils an den Enden miteinander befestigt waren. Er trug fünf verschiedene Segel, von denen jedes einen eigenen Namen hatte. Von unten nach oben hießen sie: Groß-Segel, Groß-Untermarssegel, Groß-Obermarssegel, Groß-Bramsegel und zuletzt Groß-Royal.

Meine Aufgabe war es, bis zur Royalrah am oberen Ende des Groß-Royals hinaufzusteigen. Und unversehrt wieder herunterzukommen. Wenn mir das gelang, würde ich Gelegenheit haben dies fünfzigmal am Tag zu wiederholen. Als hätte er meine Gedanken erraten, fragte Fisk ernst: »Wie wollen Sie hinaufsteigen, Miss Doyle? Den Mast hinauf oder über die Webeleinen?«

Wieder schaute ich nach oben. Ich konnte unmöglich den Mast direkt hinaufklettern. Die Wanten mit ihren Webeleinen würden es mir leichter machen.

»Webeleinen«, erwiderte ich leise.

»Dann rauf mit Ihnen.«

Ich muss zugeben, dass mir in diesem Moment die Nerven versagten. Ich stellte fest, dass ich mich nicht bewegen konnte. Mit klopfendem Herzen blickte ich panisch um mich. Die Männer standen in einem Halbkreis um mich herum – wie eine Jury, die mich zum Tode verurteilt hatte.

Dann rief Barlow: »Unsere Wünsche begleiten Sie, Miss Doyle!«

Ewing fügte hinzu: »Und dieser Rat, Miss Doyle. Halten Sie Ihre Augen fest auf die Leinen gerichtet. Schauen Sie nicht nach unten. Oder nach oben.«

Zum ersten Mal fühlte ich, dass zumindest einige von ihnen wollten, dass es mir gelang. Die Einsicht machte mir Mut.

Mit stockenden Schritten und flachem Atem ging ich auf die Reling zu. Als ich sie erreicht hatte, blieb ich stehen. In mir rief eine Stimme: »Tu es nicht!«

Aber da hörte ich Dillingham kichern: »Die hat nicht den Mumm dazu.«

Ich fasste nach oben, ergriff die unterste Jungfer und zog mich auf die Reling. So weit war ich schon einmal gekommen. Jetzt bewegte ich mich nach außen, so dass ich mich in die Takelage lehnen und sogar in ihr ausruhen konnte.

Wiederum sah ich die Männer an, besser gesagt: Ich blickte auf sie hinab. Sie sahen mit leeren Blicken zu mir herauf. Ich erinnerte mich an Ewings Rat und konzentrierte mich auf die Leinen vor mir. Dann griff ich so hoch in die mittleren Wanten, wie ich konnte, fasste eine Webeleine und begann zu klettern.

Die Webeleinen waren im Abstand von sechzehn Zoll angebracht, so dass die Schritte, die ich machen musste, sehr groß waren. Ich musste mit den Beinen klettern und mich mit den Armen hochziehen. Dennoch stieg ich Leine um Leine nach oben, als würde ich eine riesige Leiter hinaufsteigen.

Nachdem ich etwa siebzehn Fuß hoch gestiegen war, erkannte ich, dass ich einen großen Fehler gemacht hatte. Die Takelage war in Gruppen angeordnet. Jede führte zu einer bestimmten Höhe am Mast. Ich hätte eine nehmen sollen, die direkt zur Masttopp führte. Anstelle dessen hatte ich eine ausgewählt, die nur bis zur Marssaling führte, zum Topp des Untermasts.

Einen Moment dachte ich daran, zurückzuklettern und wieder von vorne zu beginnen. Ich warf einen kurzen Blick nach unten. Die Gesichter der Mannschaft waren nach oben, auf mich gerichtet. Ich verstand, dass man den kleinsten Schritt nach unten als

Rückzug auffassen würde. Ich musste weiterklettern. Und das tat ich.

Jetzt kletterte ich in den schlaffen, grauweißen Segeln. Hinter ihnen erstreckte sich das Meer, schiefergrau und in ewiger Dünung. Obwohl das Wasser ruhig aussah, konnte ich das langsame Rollen und Stampfen des Schiffes spüren. Mir wurde klar, wie viel schwerer mein Klettern gewesen wäre, wenn der Wind geweht und wir gute Fahrt gemacht hätten. Schon der Gedanke daran ließ meine Hände feucht werden. Ich kletterte weiter hinauf, bis ich die Rah des Groß-Segels erreichte. Wieder blickte ich kurz auf die See und war überrascht, wie viel größer sie geworden war. Je höher ich stieg, desto mehr war von ihr zu sehen. Im Gegensatz dazu war die *Seahawk*, so schien es mir, plötzlich kleiner geworden. Je mehr ich von ihr sehen konnte, desto winziger erschien sie mir!

Ich blickte nach oben. Um höher zu steigen musste ich mich auf der Marssaling nach außen bewegen, um dann wieder an den neuen Webeleinen hinaufzusteigen, wie ich es schon getan hatte. Allerdings in doppelter Höhe!

Ich legte einen Arm um den Mast – sogar hier oben war er noch so dick, dass ich nicht ganz herumfassen konnte –, griff nach einem Hoftau und schob mich nach außen. Im selben Augenblick senkte sich das Schiff. Die Welt schien sich zu drehen und nach unten zu kippen. Mein Magen senkte sich. Mein Herz raste. Mein Kopf schwirrte. Ohne es zu wollen schloss ich die Augen. Ich rutschte beinahe ab und rettete mich nur, indem ich schnell nach einer Leine griff, bevor das Schiff in die andere Richtung gierte.

Mir wurde noch schlechter. Mit schwächer werdenden Kräften hielt ich mich fest. Jetzt wurde mir die ganze Torheit meines Tuns in einem Schlag auf groteske Weise klar. Ich war nicht nur dumm gewesen, sondern selbstmörderisch. Nie würde ich lebendig wieder herunterkommen!

Und doch musste ich höher hinaufklettern. Das hatte ich mir fest vorgenommen. Als das Schiff wieder ruhig war, ergriff ich die äußerste Leine, erst mit einer, dann mit der anderen Hand, und zog mich nach oben. Ich wollte ins Obermarssegel, fünfzehn Fuß weiter oben.

Ich drückte mich so eng wie möglich in die Takelage und kletterte angestrengt weiter nach oben. Dabei hielt ich die Taue so fest, dass sich meine Hände verkrampften. Ich versuchte sogar die Zehen um die Webeleinen zu krallen. Schließlich erreichte ich die Rah des Obermarssegels, stellte aber fest, dass es unmöglich war, dort auszuruhen. Der einzige Ort, an dem ich eine Pause einlegen konnte, lag dreimal höher als der Weg, den ich bisher zurückgelegt hatte – auf der Bramsaling kurz unter der Rah des Bramsegels.

Inzwischen schmerzte jeder Muskel meines Körpers. Mein Kopf fühlte sich leicht an, mein Herz wie ein Amboss. Meine Hände brannten und meine Fußsohlen waren wund. Wieder und wieder musste ich anhalten und presste mein Gesicht mit geschlossenen Augen gegen die Takelage. Obwohl man mich gewarnt hatte, öffnete ich sie und sah nach unten. Die *Seahawk* war nur noch ein hölzernes Spielzeug. Das Meer sah noch gewaltiger aus als zuvor.

Ich brachte mich dazu, nach oben zu schauen.

Ach, es war noch so weit hinauf! Wie ich mich dazu zwang, mich wieder zu bewegen, weiß ich nicht. Aber der Gedanke an das Hinabsteigen war genauso beängstigend. Da ich wusste, dass ich nicht still stehen bleiben konnte, kroch ich nach oben, Webeleine um Webeleine. Jeder Aufstieg schien ewig zu dauern, bis ich endlich die Höhe knapp unter der Rah des Bramsegels erreichte. Ein erfahrener Matrose hätte zwei Minuten bis hierher gebraucht. Ich brauchte dreißig!

Obwohl ich das beständige Stampfen des Schiffs spürte, musste ich jetzt ausruhen. Was an Deck als Bewegung kaum wahrnehmbar schien, war hier oben ein wildes Schwingen und Schlingern durch die tückische Luft. Ich stand still, zwang meinen Magen zur Ruhe, atmete tief durch und sah mich um. Auch wenn ich es nicht für möglich gehalten hätte: Die See war noch größer geworden. Und als ich hinabblickte, sahen die nach oben gewandten Gesichter der Mannschaft wie eine Anzahl kleiner Mücken aus. Es waren noch fünfundzwanzig Fuß zu klettern. Wiederum griff ich nach den Leinen und zog mich hinauf.

Die letzte Etappe war die reine Qual. Mit jedem Schritt nach oben schien sich das Stampfen des Schiffs zu verstärken. Selbst wenn ich mich nicht bewegte, wurde ich durch die Luft geschleudert. Der Horizont veränderte sich ständig. Seine Linie drehte sich, hob und senkte sich. Ich wurde immer benommener. Mir war schlecht, ich hatte Angst und war mir sicher, dass ich im nächsten Augenblick abrutschen und in den Tod fallen würde. Wieder und wieder musste ich mich ausruhen und heftete meine Augen dabei auf die nur wenige Zoll von meinem Gesicht entfernte Takelage. Gleichzeitig rang ich um Atem und betete, wie ich noch nie zuvor gebetet hatte. Meine einzige Hoffnung war, dass ich hier oben, dem Himmel so nahe, bei Gott leichter Gehör finden würde.

Zoll um Zoll kletterte ich weiter hinauf. Ein halber Zoll! Ein viertel Zoll! Dann berührte ich mit zitternden Fingern die Royalrah. Ich hatte den Topp erreicht.

Dort angelangt, wollte ich ausruhen. Jedoch war hier die Metronombewegung des Mastes am heftigsten. Die *Seahawk* drehte sich, stampfte, holte über, als wolle sie mich abschütteln – wie ein Hund, der Wassertropfen von seinem Rücken schüttelt. Und als ich mich umsah, erblickte ich die Unendlichkeit selbst, bereit und willens mich ganz zu verschlingen. Doch ich musste wieder heruntersteigen.

Obwohl es schon schwierig genug gewesen war, hinaufzusteigen, musste ich zu meinem Entsetzen feststellen, dass es noch viel schwieriger war, wieder hinunterzugelangen. Beim Aufstieg konnte ich sehen, wohin ich ging. Beim vorsichtigen Herabsteigen musste ich mir meinen Weg mit den Füßen blind ertasten. Hin und wieder versuchte ich etwas zu sehen. Immer, wenn ich das tat, war der Blick ins Leere so Schwindel erregend, dass ich meine Augen schließen musste.

Jeder tastende Schritt nach unten war ein Alptraum. Meistens fand mein Fuß nur Leere. Dann, als wolle sie meine Angst verhöhnen, frischte eine leichte Brise auf. Die Segel füllten sich und schlugen nach innen und nach außen. Einige Male erdrückten sie mich fast. Das Stampfen des Schiffes wurde –

wenn dies überhaupt möglich war – noch schlimmer. Ich kroch nach unten, am Bramsegel vorbei, wo ich kurz auf der Bramsaling verweilte; dann weiter das längste Stück hinunter zum Groß-Segel. Dort fiel ich.

Ich suchte mit dem linken Fuß nach der nächsten Webeleine. Als mein Fuß Halt gefunden hatte und ich mein Gewicht auf ihn zu verlagern begann, rutschte ich auf der geteerten, glatten Oberfläche ab. Es geschah so plötzlich, dass ich den Halt verlor. Ich fiel nach hinten, jedoch so, dass sich meine Beine in den Tauen verfingen. Dort hing ich – mit dem Kopf nach unten.

Ich schrie auf und versuchte etwas zu fassen, an dem ich mich festhalten konnte. Aber es ging nicht. Ich wollte mich wie wahnsinnig geworden in der leeren Luft festhalten. Da stieß meine Hand gegen eine hängende Leine. Ich griff nach ihr, konnte sie nicht fassen, griff erneut. Mit aller Kraft zog ich mich hoch, drehte meine Arme in die Leinen und machte einen wunderbaren Knoten aus mir, dem Masten und der Takelage. Ach, wie ich weinte! Mein ganzer Körper schüttelte sich, als würde er auseinander brechen.

Als mein Atem wieder etwas normaler ging, gelang es mir zunächst, den einen Arm zu befreien, dann meine Beine. Ich war frei.

Ich kletterte weiter nach unten. Als ich das Groß-Segel erreichte, waren meine Gliedmaßen ohne Gefühl. Ich wimmerte nur noch.

Ich kletterte durch die Wanten, die ich hinaufgestiegen war, und drängte mich am untersten Segel vorbei.

Als ich unter ihm auftauchte, brach die Mannschaft in ein großes »Hurra!« aus. Oh, wie sich mein Herz vor Freude hob!

Zuletzt, als ich das Ende fast erreicht hatte, trat Barlow vor, strahlte und hob seine Arme. »Spring!«, rief er. »Spring!«

Aber jetzt war ich entschlossen auch den Rest selbst zu schaffen und schüttelte den Kopf. In der Tat sprang ich schließlich auf meinen eigenen gummiweichen Knien herunter – und fiel auf Deck.

Kaum lag ich an Deck, als die Mannschaft ein zweites »Hurra!« rief. Erleichtert versuchte ich wieder auf die Beine zu kommen. Erst jetzt sah ich, dass sich Kapitän Jaggery durch die Menge schob, auf mich zukam und sich vor mir aufstellte.

14

Da stand ich nun. Der Halbkreis der Mannschaft hinter mir schien sich von Kapitän Jaggery und Mr. Hollybrass, der hinter ihm stand, zurückzuziehen.

»Miss Doyle«, sagte der Kapitän mit kaum beherrschter Wut. »Was hat das zu bedeuten?«

Ich schwieg. Wie hätte ich es ihm erklären können? Außerdem konnte ich keine Worte finden. Ich hatte in den vergangenen vierundzwanzig Stunden zu viele Stimmungs- und Sinneswandlungen durchlebt.

Da ich nichts sagte, wollte er wissen: »Warum tragen Sie diese unmögliche Kleidung? Antworten Sie mir!« Je wütender er wurde, desto dunkler wurde die Narbe in seinem Gesicht. »Wer hat Ihnen gestattet in die Takelage zu klettern?«

Ich trat einen Schritt zurück und sagte: »Ich bin Mitglied der Mannschaft geworden.«

Unfähig meine Worte zu verstehen, blickte Kapitän Jaggery mich weiter starr an. Dann wurde sein Gesicht feuerrot. Er ballte die Fäuste. »Miss Doyle«, sagte er zähneknirschend, »Sie werden sich in Ihre Kajüte zurückziehen, diese obszöne Kleidung ablegen und Ihre normalen Kleider wieder anziehen. Sie erregen Aufsehen. Ich kann das nicht gestatten.«

Als ich weiter regungslos dastand, schrie er plötzlich: »Haben Sie verstanden? Gehen Sie sofort in Ihre Kajüte!«

»Ich gehe nicht«, platzte ich heraus. »Ich bin kein Passagier mehr. Ich gehöre zu ihnen.« Während ich dies sagte, trat ich langsam zurück, bis ich die Männer um mich spürte.

Der Kapitän blickte die Mannschaft böse an. »Und ihr«, höhnte er. »Ich nehme an, ihr wollt sie haben?«

Die Mannschaft antwortete mit Schweigen.

Der Kapitän stand da und wusste nicht, was er tun sollte.

»Mr. Hollybrass!«, bellte er zuletzt.

»Ich warte auf Ihren Befehl, Sir.«

Der Kapitän lief erneut rot an. Er wandte seine Aufmerksamkeit wieder mir zu. »Ihr Vater, Miss Doyle, würde das nicht erlauben«, verkündete er.

»Ich glaube, ich kenne meinen Vater besser als Sie. Er gehört zum Vorstand der Gesellschaft, die dieses Schiff besitzt, und ist Ihr Arbeitgeber«, sagte ich. »Er würde meine Gründe verstehen.«

Die Unsicherheit des Kapitäns wurde größer. Schließlich antwortete er: »Also gut, Miss Doyle, wenn Sie nicht augenblicklich Ihre richtige Kleidung anlegen; wenn Sie darauf bestehen, dieses Spielchen zu spielen, so wird Ihnen keine weitere Gelegenheit geboten Ihre Meinung zu ändern. Wenn Sie einmal zur Mannschaft gehören, dann bleiben Sie auch Mannschaft. Ich verspreche Ihnen, dass ich Sie kommandieren werde, wie es mir gefällt.«

»Es ist mir gleich, was Sie tun!«, gab ich zurück.

Der Kapitän wandte sich dem Obersteuermann zu. »Mr. Hollybrass, entfernen Sie Miss Doyles Sachen aus der Kajüte. Sie soll ihren Platz in der Back bei der Mannschaft einnehmen. Tragen Sie sie als Mister Doyle ins Logbuch ein und tragen Sie Miss Doyle als vermisst ein. Von jetzt an erwarte ich, dass er mit den anderen arbeitet.« Nach diesen Worten verschwand er im Zwischendeck.

Kaum war er verschwunden, da stieß die Mannschaft – mit Ausnahme von Mr. Hollybrass – einen weiteren lauten Hurraruf aus. Und so kam es, dass ich ein vollwertiges Mannschaftsmitglied der *Seahawk* wurde. Welche schwerwiegenden Fehler ich auch zuvor begangen hatte, als ich die Meuterei, die Cranick angeführt hatte, verriet und die daraus folgende Bestrafung von Zacharias verursachte – jetzt schienen die Matrosen meinen Sinneswandel und meine neue Stellung ohne Einschränkung zu akzeptieren. Für sie war mein Wunsch, zur Mannschaft zu gehören, nicht nur Wiedergutmachung, sondern auch eine gezielte Absage an Kapitän Jaggery. Nachdem ich bewiesen hatte, dass ich bereit war zu tun, was sie taten – indem ich in die Takelage gestiegen war –, nachdem sie gesehen hatten, dass ich Kapitän Jaggery die Stirn geboten hatte, begann eine intensive Lehre für mich. Alle Mitglieder der Mannschaft wurden meine Lehrer. Sie halfen mir, arbeiteten mit mir und führten mich an der Todesgefahr vorbei, die in jeder Arbeit lauerte. Dabei hatten sie trotz der vielen Fehler, die ich immer wieder machte, wesentlich mehr Geduld als meine Lehrer in der Barrington School für höhere Töchter, wo es außer Kalligraphie, Orthographie und den Klassikern antiker Morallehre nichts zu lernen gab.

Man kann mir glauben, wenn ich sage, dass ich mich vor keiner Arbeit drückte. Selbst wenn ich es gewollt hätte – es war von Anfang an klar, dass ich mich nicht drücken konnte. Ich kalfaterte das Deck. Ich kratzte den Bug sauber. Ich stand an Deck und hielt Wache, während die Dämmerung über dem Meer lag und während der Mond den nächtlichen Himmel überquerte. Ich warf das Lot um die Tiefe zu messen. Ich übernahm Ruderwachen. Ich schrubbte das Deck, teerte die Takelage, spleißte Taue und band Knoten. Ich teilte die Messe mit der Mannschaft. Und ich kletterte in die Rahen.

In der Tat war der erste Aufstieg zum Topp des Großmastes nur eine Vorübung für viele tägliche Aufstiege. Natürlich waren nach dem ersten Mal immer Männer dabei, die mit mir hinaufstiegen. Hoch über der See brachten mir meine Mannschaftskameraden bei mit einer Hand zu arbeiten – mit der anderen muss man sich festhalten –, an Rahen zu hangeln, Segel zu reffen und auf dem Fußpferd zu gehen. So lernte ich an jedem Segel zu arbeiten, zu jeder Tageszeit.

Und was den Kapitän betraf: Er stand zu seinem Wort. Nein, er stand zu mehr als seinem Wort. Er trieb die Mannschaft auch weiterhin ohne Gnade an. Und da ich jetzt dazugehörte, trieb er sie und mich härter an als je zuvor. Aber was er auch versuchte, er konnte keinen Grund zur Beschwerde finden. Dazu bot ich ihm keine Gelegenheit.

Natürlich hatte ich praktisch keine Erfahrung mit physischer Arbeit und so darf es nicht überraschen, dass mir von dem Moment, in dem ich in die Mannschaft aufgenommen wurde, ständig irgendetwas wehtat. Mein Körper schmerzte, als hätte man ihn auf eine Streckbank gespannt. Zuerst wurde meine Haut blassrot, dann tiefrot und schließlich braun. Auf meinen Händen entstanden zunächst Blasen, die aufplatzten und eiterten. Dann aber bildete sich eine neue, raue Haut. Wenn meine Wache vorüber war, warf ich mich in meine Hängematte und schlief den Schlaf der Gerechten – wenn auch nie mehr als vier Stunden und oft genug weniger.

Ich muss noch ein Wort dazu sagen, wo und wie ich schlief. Wie gesagt, der Kapitän vertrieb mich aus meiner Kajüte. Er bestand darauf, dass ich meinen Platz bei der Mannschaft in der Back einnahm. Ohne Zweifel wollte er mich damit demütigen und dazu zwingen, wieder an meinen alten Platz zurückzukehren. Die Männer berieten sich an jenem ersten Tag. In einer Versammlung, die mit einem heiligen Eid endete, baten sie mich meinen Platz unter ihnen einzunehmen und versprachen, mir so viel privaten Raum zu lassen wie möglich. Sie würden meine Brüder sein. Ich wurde nicht mehr Miss Doyle genannt, sondern Charlotte. Sie gaben mir eine Hängematte in einer Ecke. Um diese hingen sie ein Stück zerrissenes Segel als Vorhang. Das war mein eigener, privater Raum und das blieb er auch.

Es ist wahr, ich hörte – und lernte – ihre raue Sprache. Ich muss auch zugeben, dass ich in meiner neu erworbenen Freiheit selbst einige deftige Worte fand – was die Männer zunächst sehr amüsierte. Aber nach einiger Zeit wurde es mir zur zweiten Natur, und ihnen auch. Ich sage dies nicht um anzugeben, sondern nur um deutlich zu machen, dass ich merkte, wie vollkommen ich in meinem neuen Leben aufging. Ich verspürte eine Art Hochgefühl, das ich nie zuvor gekannt hatte.

So kam es, dass ich mich nach vierzehn Tagen hoch oben im Fockmast befand, mich an der Bramrah festhielt, während meine nackten, braunen Füße geschickt auf dem Fußpferd balancierten. Es war sieben Glasen der zweiten Hundewache, kurz vor der Abenddämmerung. Der Wind blies aus Nordwest. Unsere Segel waren gebläht. Die Leesegel waren gesetzt. Unten tauchte der Bug des Schiffes immer wieder ein, als würde er von der geflügelten Galionsfigur gezogen, und warf Schaum und Gischt zur Seite. Die stampfende Bewegung schien mir jetzt so mühelos zu sein, als würden wir fliegen – wie es der Name des Schiffes vermuten ließ*. Nicht weit von unserem Bug jagten Delphine auf Steuerbordseite durch die Wellen. Auch sie schienen zu fliegen.

Mein seit Tagen ungebürstetes Haar hing offen und wurde vom salzigen Wind zerzaust. Auf meinem von Sonne und Wind gebräunten Gesicht lag ein Lä-

* engl. *Seahawk* = Seefalke

cheln. Ich blinzelte westwärts in die blutrote Sonne, die eine schimmernde, goldene Straße auf das Meer zeichnete. Von dort, wo ich saß, schien es, als folgten wir dieser Straße wie im Traum. Und ich war dabei – fröhlich, wie neugeboren und befreit von einem Gefängnis, das ich für meinen angestammten Platz gehalten hatte!

Kapitän Jaggery war der Einzige, der einen Schatten auf meine Freude warf. Er kam selten an Deck, und wenn er erschien, war er in tiefstem Unmut versunken. Außer mit Mr. Hollybrass und »Mister Johnson« (wie er ihn jetzt nannte) sprach er selten mit einem der Männer – und dann nur um Befehle oder Tadel zu erteilen.

Natürlich war der Kapitän in der Back beim Klatsch während der Freiwachen das Hauptthema. Ewing behauptete, es gebe Spannungen zwischen dem Kapitän und dem Obersteuermann, da Mr. Hollybrass die Methoden von Jaggery nicht gefielen.

»Glaub das ja nicht«, sagte Keetch, der, wenn es überhaupt möglich war, seit seiner Degradierung noch nervöser geworden war. »Hollybrass ist der Handschuh an Jaggerys Hand!«

Fisk behauptete, der Grund dafür, dass Jaggery die meiste Zeit unter Deck verbrachte, sei, dass er die Narbe auf seinem Gesicht verstecken wolle um seine Schande zu verbergen. Grimes wiederum schwor, dass der Kapitän uns antrieb um die Überfahrt so schnell wie möglich zu beenden und so zu beweisen, dass er sich nichts hatte zu Schulden kommen lassen. Aber Foley sagte, dass ich der Grund für jede Handlung des Kapitäns sei.

»Was willst du damit sagen?«, wollte ich wissen.

»Ich habe ihn mir genau angesehen«, meinte Foley. »Er kommt nur an Deck, wenn du Wache hast. Mit einem Auge hält er das Schiff im Wind. Aber mit dem anderen . . .«

»Was?«, fragte ich und fühlte schon, dass er Recht hatte.

»Er beobachtet dich die ganze Zeit«, sagte Foley. »Und in seinen Augen steht blanker Hass.« Die anderen nickten zustimmend.

»Aber warum?«, fragte ich.

»Er wartet darauf, dass du einen Fehler machst«, warf Morgan ein, zog an seiner Pfeife und erfüllte die Back mit beißendem Rauch.

»Welche Art von Fehler?«, fragte ich.

»Etwas, das er gegen dich benutzen kann. Etwas, mit dem er sich ins Recht setzen kann. Schau, Charlotte, du hast ihn in die Ecke gezwungen.«

»Wirklich?«

»Es war in dem Moment, in dem du zu uns übergetreten bist. Du hast deinen Vater erwähnt. Hast gesagt, dass er deiner Entscheidung zustimmen würde.«

»Das würde er auch. Er glaubt an Gerechtigkeit.«

»Das mag ja sein. Jaggery wusste jedenfalls nicht, was er tun sollte. Er gab nach. Das mag er nicht besonders, weißt du. Also wartet er jetzt darauf, dass du einen Fehler machst, damit er wieder die Oberhand gewinnt.«

»Ich habe aber nicht vor einen Fehler zu machen«, stellte ich stolz fest.

Fisk spuckte auf den Boden. »Er auch nicht.«

Es kam, wie Morgan es gesagt hatte.

Für einen Menschen an Land erweckt der Anblick der sonnengebleichten, geblähten Segel eines Schiffes eine Vorstellung von luftiger Leichtigkeit. Tatsächlich wird ein Segel aus schwerem Tuch hergestellt. Wenn sich ein Segel an einer Rah verheddert, muss es schnell entwirrt werden, sonst kann es reißen oder platzen und dabei Takelage, Rahen oder sogar den Mast abreißen. Ein Segel, das außer Kontrolle gerät, schlägt um sich wie eine Peitsche. Es kann einen kräftigen Vollmatrosen einfach wegfegen. Das geschieht oft.

Der Außenklüver wird ganz vorne am Bugspriet angeschlagen – genauer, an seiner Spitze. Wenn man bedenkt, dass sich der Bug eines schnellen Schiffes auf hoher See ständig hebt und senkt, ist klar, dass ein zerrissener Klüver sogar ins Meer fallen kann. Die Kraft des Wassers und die Fahrt des Schiffes sind so groß, dass der Bugspriet abbrechen kann. Daher muss der Matrose, der einen verhedderten Klüver entwirren soll, nicht nur mit einem schweren, schlagenden Segel kämpfen, sondern auch mit der mächtigen See, die oft nur ein paar Fuß – manchmal auch weniger – unter ihm dahinrauscht.

Eines Nachmittags, zwei Tage nach dem Gespräch in der Back und während meiner Wache, verhedderte sich der Außenklüver. Sobald Kapitän Jaggery dies bemerkte, rief er: »Mister Doyle! Bringen Sie den Bugspriet in Ordnung!« In seiner Hast, mir den Befehl zu erteilen, sprach er mich direkt an und nicht durch einen seiner Steuerleute.

Bevor ich antworten konnte, sprang Grimes auf und rief: »Ich mache das, Sir!« Grimes war einer der bärtigen Männer, der sich schnell aufregte, aber auch schnell vergaß.

»Der Befehl ging an Mr. Doyle«, erwiderte der Kapitän. »Weigert er sich?«

»Nein, Sir«, sagte ich und lief zum Vorsteven, von dem sich der Bugspriet nach vorne erstreckte. Grimes eilte mit mir nach vorne, gab mir hastig Anweisungen ins Ohr und drückte mir ein Spleißmesser in die Hand. Ich nahm es und steckte es in meine Tasche.

»Charlotte, siehst du die Leine da vorne?«, fragte er und deutete auf die verhedderte Leine, in die sich der Klüver verwickelt hatte, ganz vorne am Bugspriet. Ich nickte. »Fummel nicht am Segel selbst herum. Du musst nur die Leine kappen. Dann reißt das Segel sich los, aber wir haben andere. Denk dran: Du musst schnell schneiden und dann mit einem Satz wie der Blitz unter dem Bugspriet verschwinden, sonst wirft das Segel dich ins Wasser. Verstanden?« Wieder nickte ich. »Du musst den richtigen Augenblick abpassen. Wenn das Schiff eintaucht, kommt die See nach oben und wird nach dir greifen.«

Ich war inzwischen so selbstsicher, dass ich ohne nachzudenken über die Bugreling stieg und meinen Fuß auf den Bugspriet setzte. Ich erkannte, dass ich etwa zwanzig Fuß auf dem Bugspriet nach vorne gehen musste – eine nicht allzu schwere Aufgabe, dachte ich, da ich mich an den Stagen festhalten konnte.

Wie ich es inzwischen gelernt hatte, schaute ich fest auf den Bugspriet und meine nackten Füße und bewegte mich dann Zoll für Zoll nach vorne. Das Zischen des Wassers unter mir war deutlich zu hören. Der Bugspriet war durch die Gischt nass und glatt. Es machte nichts. Mich überraschte nur, dass er wie wild auf und ab hüpfte. Auf halbem Wege schaute ich zurück. Zum ersten Mal, seitdem ich an Bord war, konnte ich die Galionsfigur deutlich sehen: den blassen, weißen Seefalken, dessen Flügel nach hinten an den Bug gelehnt waren. Während der Bug sich senkte, tauchte sein offener Schnabel immer wieder ins Meer. Jedes Mal stand Schaum in seinem Schnabel, wie bei einem tollwütigen Hund. Mich verblüffte der schreckliche Anblick so sehr, dass ich für einen Augenblick erstarrte, bis ein plötzliches Eintauchen des Schiffes mich beinahe ins Meer warf.

Bald schon hatte ich die kritische Stelle erreicht. Ich krallte meine Zehen um den Bugspriet und hielt mich mit einer Hand an der Stange fest. Nur so gelang es mir, mit der anderen Hand das Spleißmesser aus meiner Tasche zu ziehen.

Ich beugte mich vor und begann zu schneiden. Die Spannung der verhedderten Leine half mir. Das Messer schnitt gut. Zu gut! Die restlichen Fasern rissen mit einem Ruck, das Segel blähte sich auf, schlug meine Hand zur Seite – und das Messer flog in hohem Bogen ins Meer. Während ich noch nach ihm griff, senkte sich der Bugspriet. Ich rutschte ab. Nur einem glücklichen Zufall verdanke ich, dass es mir gelang, den Bugspriet mit den Händen zu umklammern. Dort hing ich nun, mit den Füßen in der Luft – nur wenige Fuß über der rauschenden See. Jedes Mal, wenn sich die *Seahawk* senkte, wurde ich bis zur Brust ins Wasser getaucht. Ich versuchte einen Fuß auf den Bugspriet zu bekommen. Das gelang nicht. Die See packte mich immer wieder und versuchte mich herabzureißen, während ich wild, aber vergeblich strampelte. Zweimal wurde mein Kopf eingetaucht. Blind schluckte ich Wasser, hustete. Dann erkannte ich, dass ich mich nur retten konnte, wenn ich meine Beine gleichzeitig mit dem Heben des Schiffes nach oben schwang.

Wieder hob sich das Schiff himmelwärts. Mit aller Kraft schwang ich meine Beine nach oben und umklammerte den Bugspriet, doch schon senkte sich die *Seahawk* wieder. Wieder wurde ich ins Wasser getaucht, hielt mich aber an der Spiere fest. Dann wieder hoch ... Diesmal nutzte ich die Bewegung um mich nach oben zu schwingen, so dass ich mich jetzt oben auf dem Bugspriet befand, auf ihm ritt, dann auf ihm lag.

Jemand musste dem Rudergänger ein Zeichen gegeben haben. Das Schiff änderte seinen Kurs. Es gelangte in ruhigeres Wasser und stampfte weniger stark. Ich rang um Atem und spuckte Salzwasser. Dennoch gelang es mir, mich am Bugspriet entlangzuziehen. Zuletzt trat ich auf den böse blickenden Kopf des hölzernen Vogels und kletterte über die Reling. Grimes half mir an Deck, nahm mich hocherfreut in den Arm und munterte mich auf.

Der Kapitän sah mich mit versteinertem Gesicht an.

»Mister Doyle«, brüllte er. »Kommen Sie her!«

Obwohl ich sehr geschwächt war, hatte ich keine Zeit mich zu fürchten. Ich hatte meine Aufgabe erledigt und wusste, dass ich es geschafft hatte. Ich eilte zum Schanzdeck.

»Wenn ich Sie bitte eine Aufgabe zu übernehmen«, sagte der Kapitän, »bitte ich Sie darum, und keinen anderen. Sie sind schuld, dass wir den Kurs ändern mussten und Zeit verloren haben!« Und bevor ich antworten konnte, hatte er mir mit dem Handrücken ins Gesicht geschlagen, sich umgedreht und war fortgegangen.

Ich reagierte schnell. »Feigling!«, schrie ich ihm nach. »Betrüger!«

Er drehte sich um und kam wieder auf mich zu, das vernarbte Gesicht verzerrt vor Zorn.

Aber ich war auch zornig und wollte nicht nachgeben. »Ich kann es nicht erwarten, in Providence anzukommen!«, schrie ich ihn an. »Ich werde gleich vor Gericht gehen! Sie werden nicht mehr lange Kapitän sein! Sie werden von allen als der brutale Despot bloßgestellt, der Sie sind!« Und ich spuckte vor seinen Stiefeln aufs Deck.

Meine Worte ließen ihn erbleichen. Er sah aus wie ein Gespenst – ein Gespenst mit Mordgedanken in den Augen. Aber dann, plötzlich, hatte er sich wieder unter Kontrolle. Er machte kehrt und verließ das Deck. Ich wandte mich um, fühlte Triumph in mir. Fast die ganze Mannschaft hatte es gesehen. Aber es waren keine Hurrarufe zu hören.

Der Augenblick verging. Keiner sprach mehr darüber, außer Grimes, der darauf bestand, dass ich übte, wie man mit dem Messer umgeht, wie man es trägt, wie man es benutzt, sogar wie man es wirft. Während meiner ersten Freiwache ließ er mich drei Stunden lang üben.

Zwei weitere Tage vergingen ohne Zwischenfall. Während dieser Zeit nahm der Himmel ein beständiges Grau an. Bei hoher Luftfeuchtigkeit war die Luft schwer. Ich glaubte zu bemerken, dass Brisen in seltsamer Regelmäßigkeit auffrischten und dann wieder abflauten. Am Ende des zweiten Tages, als Barlow und ich das Spill reinigten, sah ich einen Ast auf den Wellen. Ein roter Vogel saß darauf.

»Sieh mal!«, rief ich hocherfreut und zeigte auf den Vogel. »Heißt das, dass Land in der Nähe ist?«

Barlow stand auf um hinzuschauen. Er schüttelte den Kopf. »Das ist ein Vogel der Karibik. Tausend Meilen entfernt. Ich habe sie schon hier gesehen. Blutvogel wird er genannt.«

»Was macht er hier?«

Nach einem Moment sagte er: »Vom Sturm getrieben.«

Ich sah ihn überrascht an. »Welcher Sturm würde denn einen Vogel so weit abtreiben?«, fragte ich mit großen Augen.

»Hurrikan.«

»Was ist ein Hurrikan?«

»Der schlimmste Sturm von allen.«

»Können wir ihn nicht umsegeln?«

Barlow blickte auf das Ruder, die Segel und hinauf in den Himmel. Er zog die Brauen hoch. »Ich habe gehört, wie Mr. Hollybrass und Kapitän Jaggery stritten. Wenn ich richtig verstanden habe, glaube ich nicht, dass ihm der Kapitän aus dem Weg gehen will.«

»Warum nicht?«

»Es ist, wie Grimes gesagt hat. Der Kapitän versucht sehr schnell zu sein. Wenn er geschickt am Rand des Hurrikans entlangsegelt, wird der uns nach Hause blasen wie ein Pfund Blei in einer Zweipfünderkanone.«

»Was passiert, wenn der Kapitän es nicht geschickt anstellt?«

»Zwei Pfund Blei in einer Einpfünderkanone.«

15

Bei zwei Glasen am Morgen des fünfundvierzigsten Tages unserer Reise brach der Orkan über uns herein.

»Alle Mann an Deck! Alle Mann an Deck!«

Als diese Rufe zu hören waren, stampfte und schlingerte die *Seahawk* bereits schwer. Ob ich selbst aus meiner Hängematte stieg oder ob ich von den wilden Bewegungen des Schiffes herausgeworfen wurde, weiß ich nicht mehr. Als ich aufwachte, lag ich auf dem Boden. Der Vorhang war zerrissen und die Back ein heilloses Durcheinander. Über meinem Kopf schwang die Laterne wild hin und her. Die Habseligkeiten der Männer schossen wie Billardkugeln im Raum herum, die Seekisten wurden wild durcheinander geworfen. Die Wache bemühte sich an Deck zu gelangen. Während das Schiff immer wieder eintauchte, war der Ruf: »Alle Mann an Deck! Alle Mann an Deck!« mehrmals zu hören. Er klang aufgeregter, als ich es je gehört hatte. »Hurrikan!« war auch zu hören.

Eilig stürzten wir aus der Back an Deck. Beim schweren Stampfen des Schiffes war es mir fast unmöglich, beim Hinauslaufen meine Jacke überzuziehen. Obwohl es längst Tag war, war der Himmel immer noch dunkel. Schwerer Regen wurde von einem starken Wind wild übers Deck gepeitscht. Er fiel in Rhythmen auf Deck, die nur ein verrückter Trommler hätte erfinden können. Ein ums andere Mal warf das Meer eine Wand aus Schaum und Gischt über uns. Eine solche Wassermasse fegte mich über Deck, bis ich – glücklicherweise – gegen eine Wand schlug. Während ich noch benommen dort lag und nach Luft schnappte, sah ich Mr. Hollybrass und Kapitän Jaggery, die erbittert stritten.

». . . auf dem Grund des Meeres werden Sie keinen Profit machen!«, hörte ich den Obersteuermann durch den Orkan schreien.

»Mr. Hollybrass, wir segeln durch!«, schrie der Kapitän zurück, wandte sich um und brüllte: »Alle Mann in die Segel!«

Ich traute meinen Ohren kaum. Bei diesem Orkan in die Wanten zu steigen! Aber als ich nach oben sah, verstand ich, warum. Unter dem Ansturm des Orkans hatten sich viele Segel von ihren Leinen losgerissen. Unkontrolliert zerrten, schlugen und peitschten sie wild umher.

»Alle Mann in die Segel!«, hörte ich wieder schreien. Es klang flehend, verzweifelt.

Ich konnte die Männer sehen, die sich – weit übergebeugt um gegen Wind und Regen anzukommen – zu den Wanten vorkämpften. Ich zog mich hoch nur um erneut von einer Welle zu Boden geschleudert zu werden. Wieder stand ich wankend auf, griff nach einer Leine und es gelang mir, mich mit beiden Händen festzuhalten. Jetzt konnte ich stehen – wenn auch nur so eben. Langsam bewegte ich mich auf den Fockmast zu. Es schien ewig zu dauern. Als ich ihn erreicht hatte, stand Kapitän Jaggery bereits dort und versuchte Leinen und Takelage festzuzurren.

»Was soll ich tun?«, schrie ich ihn von hinten an. Nur mit Schreien konnte ich mir Gehör verschaffen.

»Schneiden Sie die Fock los, bevor sie den Mast umreißt!«, brüllte er zurück. Ich bin nicht sicher, ob er wusste, dass ich es war. »Haben Sie ein Messer?«, rief er.

»Nein!«

Er griff in seine Hosentasche und drehte sich um. Als er mich sah, zögerte er.

»Das Messer!«, schrie ich. Er gab es mir.

»Wo?«, rief ich.

»Haben Sie mich nicht gehört?«, schrie er und gestikulierte wild. »Schneiden Sie das Segel los!«

Ich blickte nach oben. Ich konnte nicht weit in den treibenden Regen hineinsehen. Das wilde Schlingern der *Seahawk* ließ den Mast erzittern. Nur die Fockrah war noch auszumachen. Das Segel, das an ihr festgemacht war, war beinahe zu einem Ballon aufgebläht. Plötzlich fiel es in sich zusammen, dann füllte es sich wieder. Bald würde es reißen oder mit dem Mast weggerissen werden.

»Rauf da, verdammt noch mal! Schnell!«, schrie Kapitän Jaggery.

Ich griff in die Takelage, hielt aber inne, da ich erkannte, dass ich nicht gleichzeitig klettern und das Messer festhalten konnte. Mit dem Messer zwischen den Zähnen griff ich erneut in die Takelage und begann mit beiden Händen zu klettern.

Es war mir, als müsse ich in einem Fluss gegen eine steigende Flut anschwimmen. Aber noch mehr als der Regen oder die Wellen zerrte der kreischende Wind an mir. Ich konnte kaum sehen, wohin ich kletterte. Das Schlimmste war, dass mir mein nasses Haar ständig schwer ins Gesicht schlug. Ich hätte genauso gut mit verbundenen Augen klettern können.

Verzweifelt wickelte ich einen Arm und ein Bein in die Leinen. Mit der freien Hand zog ich mein Haar nach vorne und hielt es mit der Hand fest, die in die Taue gewickelt war. Dann nahm ich das Messer und schnitt zu ... Mit einem Ruck meines Kopfes fiel mein Haar hinunter, das in dreizehn Jahren gewachsen war. Erleichtert nahm ich das Messer wieder zwischen die Zähne und kletterte weiter.

Um jeden Zoll nach oben musste ich kämpfen, als würde ich mich durch die Finger der zornigen Hand Gottes zwängen. Und nicht nur die Elemente griffen uns an.

Als ich wagte hinunterzublicken, schwamm das Deck unter mir in einem wilden Durcheinander aus Wasser, Gischt und Decksaufbauten, in dem hin und wieder ein kämpfender Mann auszumachen war. Ich war mir sicher, dass die *Seahawk* untergehen würde und dass uns der Tod durch Ertrinken bevorstand. Ich sagte mir, dass ich nicht hinschauen durfte und mich auf meine Aufgabe konzentrieren musste.

Ich stieg wieder hinauf. Der Regen klatschte. Es donnerte und Blitze krachten. Auch Schreie waren zu hören; Rufe, die durch den Mahlstrom hinaufdrangen; Worte, die ich nicht verstehen konnte. Aber sie bedeuteten Schreckliches.

Als ich den Mast weiter hinaufkroch, blähte sich das Segel von mir weg. Im nächsten Augenblick änderte sich die Windrichtung. Das große Tuch fiel in sich zusammen und schlug mit seinem ganzen nassen Gewicht gegen mich, als wolle es mich absichtlich aus der Takelage stoßen. Verzweifelt klammerte ich mich mit Armen und Beinen an die Leinen. Dann blähte sich das Segel wieder. Das daraus resultierende Vakuum sog mich beinahe vom Mast. Gott weiß, wie es mir gelang, mich festzuhalten und weiterzuklettern.

Dann hörte ich durch den heulenden Orkan ein schreckliches pfeifendes Geräusch, gefolgt vom lauten Krachen splitternden Holzes. Ob das mein Mast gewesen war? Würde ich ins Meer geworfen werden? Ich getraute mich nicht innezuhalten und darüber nachzudenken. Aber der Mast hielt.

Hand um Hand, Fuß um Fuß kämpfte ich mich nach oben. Ich war mir sicher, dass wir alle sterben würden. Ob jetzt über den Wellen oder später in den Wellen, das machte kaum einen Unterschied. Ich wollte nur das Segel erreichen – als hätte ich dadurch dem Chaos entrinnen können! Ich hatte nur ein Ziel: das Segel loszuschneiden. Ich konnte und wollte an nichts anderes denken. Einige Male hielt ich inne und versuchte mich zu vergewissern, dass ich noch lebte. Aber dann kletterte ich weiter. Es schien Stunden zu dauern. In Wirklichkeit waren es vielleicht Minuten. Schließlich erreichte ich mein Ziel.

Das Focksegel ist eines der größten Segel, einer der wahren Antriebe eines Segelschiffes. Auch wenn es normalerweise hart für das Schiff arbeitete, kämpfte es jetzt gegen die *Seahawk*, als wolle es den Mast aus dem Deck reißen. Trotz des Orkans, der um mich kreischte, konnte ich das Knacken im Mast hören; konnte ich sehen, dass er sich krümmte wie ein Langbogen. Was ich zu tun hatte – tun musste –, war das große Segel abzuschneiden um so den Mast von der furchtbaren Last zu befreien, unter der er jetzt stöhnte.

Aus Angst Zeit zu verlieren setzte ich mich einfach auf die Rah, an der das obere Ende des Segels angeschlagen war. Während ich mich auf ihr Ende zubewegte, schnitt ich die Leinen ab, an denen ich vorbeikam. Zum Glück waren die Leinen so straff und das Messer so scharf, dass ich kaum schneiden musste. Kaum hatte ich eine Leine mit der Schneide des Messers berührt, rissen die Fasern auseinander, als würden sie explodieren. Mit jeder Leine, die ich zerschnitt, wurde das Segel freier. Dabei schlug es mit solcher Gewalt, dass es an den Enden in Fetzen zu zerreißen begann, die ich nicht mehr vom fallenden Regen unterscheiden konnte.

Stück um Stück rutschte ich weiter und schnitt dabei Leinen ab, bis ich das hintere Ende der Rah erreicht hatte. Dort musste ich mich entscheiden: Sollte ich die Leinen durchschneiden, mit denen die Rah selbst befestigt war? Was würde geschehen, wenn ich das machte? Was, wenn ich es nicht tun würde? Ich sah mich in der verzweifelten Hoffnung um, dass ein anderes Mannschaftsmitglied in der Nähe wäre. Zu meiner Überraschung erblickte ich die schattenhaften Umrisse von jemandem über mir. Ich konnte aber nicht erkennen, wer es war. Auf jeden Fall kletterte er hoch über mir im Mast!

Ich entschied keine weiteren Leinen zu kappen. Jemand anders konnte das tun, wenn es notwendig war. Meine Aufgabe bestand jetzt darin, das restliche Segel loszuschneiden. Das hieß, ich musste die Rah entlang zum Mast zurückklettern und mich dann bis zum anderen Ende vorkämpfen.

Durch die einseitige Belastung und mit mir am anderen Ende schwankte und schlingerte die Rah so wild umher, dass ich befürchtete, sie würde sich losreißen und mit mir zusammen hinunterfallen. Ich musste zum Mast zurück. Aber das Fußpferd war verschwunden; beim Losschneiden des Segels hatte ich auch seine Leinen durchschnitten. Ich musste mich auf der Rah entlanghangeln. Mit dem Messer zwischen den Zähnen, die Arme fest um die Rah geklammert, versuchte ich zum Mast zu rutschen. Doch beim nächsten Schlingern der Rah glitten meine Beine ab. Das Messer fiel. Im Bruchteil einer Sekunde zappelte ich mit den Beinen nach unten, mit dem Gesicht vom Mast abgewandt, und war kurz davor, in die wildeste See zu fallen, die man sich vorstellen kann.

Es blieb mir nichts anderes übrig, als mich Hand um Hand rückwärts zum Mast zu hangeln. So sehr ich auch versuchte mich zu beeilen, ich kam doch nur Zentimeter um Zentimeter voran. Wind und Regen – und das Stampfen des Schiffes – machten es mir schwer. So hing ich im Hurrikan und wurde hin und her gestoßen. Über meine Schulter konnte ich sehen, dass der Mast nicht mehr weit entfernt war. Aber dann bekam ich einen Krampf in den Armen.

»Hilfe!«, schrie ich. »Hilfe!« Eine Hand verlor den Halt.

Vier Fuß vom Mast entfernt versuchte ich verzweifelt hin und her zu schwingen, damit ich den Mast mit den Beinen umfassen könnte. Durch den Versuch lockerte sich mein Halt noch mehr. Ich war sicher, dass ich fallen würde. »Hilfe!«, schrie ich in den Wind.

Plötzlich erschien ein Gesicht auf der Rah. »Charlotte!«, hörte ich. »Nimm meine Hand!« Und tatsächlich sah ich eine Hand vor meinem Gesicht. Ich griff verzweifelt danach, bekam sie zu fassen, packte sie so fest, wie sie mich festhielt – indem ihre Finger mein Handgelenk in eisernem Griff umklammerten. Einen

Moment lang hing ich an dieser Hand. Dann wurde ich nach oben auf die Rah gezogen, so dass ich mich mit den Beinen am Holz festklammern konnte. Um Atem ringend sah ich den Mann an, der sich schon wieder von mir fortbewegte. Es war Zacharias.

Einen kurzen Augenblick lang war ich sicher, dass ich schon gestorben und er ein Engel war. Aber ich hatte kaum Zeit zum Nachdenken, denn wenig über mir hörte ich eine laute Explosion. Ich blickte auf und sah, dass die Fock abgerissen war. Während sich das Segel im Winde drehte, erhaschte ich einen Blick auf seine graue Masse, die sich drehend überschlug und im Nichts verschwand – wie eine arme Seele, die in die Hölle geworfen wird.

Ich wandte mich wieder um. Der Mann, den ich für Zacharias gehalten hatte, war verschwunden. Die *Seahawk* war jetzt vom Druck ihrer Segel befreit und krängte extrem. Zu meinem Entsetzen sah ich das Meer mit großer Geschwindigkeit auf mich zukommen. Wir kenterten! Plötzlich aber erzitterte das Schiff und richtete sich wieder auf. Um Atem ringend kroch ich weiter, bis ich den Mast erreichte, an den ich mich klammerte, als wäre er selbst das Leben. Ohne Messer konnte ich hier oben nichts mehr tun. Und außerdem war das Segel verschwunden, das ich losschneiden sollte. Ich begann hinabzuklettern, wobei ich mehr rutschte als kletterte. Die letzten paar Fuß an Deck sprang ich. Ich weiß auch nicht, ob der Orkan nachgelassen hatte oder ob ich mich einfach daran gewöhnt hatte. Der Sturm blies immer noch sehr kräftig und der Regen prasselte auf uns herunter wie zuvor. Aber das wilde Toben des Hurrikans ließ etwas nach. Ich sah mich um. Rahen lagen in wilden

Haufen herum, einige in Segelfetzen gewickelt. Die Reling war zerbrochen. Leinen baumelten in der Luft. Dann sah ich, dass auf dem Schanzdeck einige der Männer in großer Hast mit Äxten arbeiteten. Ich eilte hin um ihnen zu helfen. Erst jetzt sah ich, dass der Großmast verschwunden war. Nur ein zerfetzter Stumpf war von ihm übrig. Ich dachte an das Krachen, das ich gehört hatte. Ich blickte nach achtern und sah Fisk, der über dem Steuerrad hing. Er hatte seine kräftigen Arme weit ausgestreckt, seine Hände umklammerten die Handspaken. Er wäre nicht aufrecht stehen geblieben, wenn er nicht an seinem Platz festgezurrt gewesen wäre.

Ich ging zu den Männern. Im beständigen, wenn auch etwas nachlassenden Wolkenbruch zogen wir jetzt alle an dem großen Haufen herabgefallener Rahen und Segel. Was über Bord hing, schnitten wir los und ließen es ins Wasser fallen. Was wir bergen konnten, warfen wir auf das Hauptdeck. Und dann, ganz plötzlich – als hätte der Himmel über die Dunkelheit gesiegt – hörte es auf zu regnen. Das tobende Meer beruhigte sich und wurde zu einer starken Dünung. Die Sonne begann sogar zu scheinen! Und als ich nach oben blickte, sah ich zu meiner Überraschung blauen Himmel.

»Es ist vorüber!«, sagte ich atemlos.

Mr. Johnson schüttelte den Kopf. »Nichts ist vorüber!«, warnte er. »Das ist das Auge des Hurrikans. Es ist nur eine Unterbrechung. Und in zwanzig Minuten geht es wieder los, nur aus der anderen Richtung. Aber, wenn Gott will, schaffen wir es, das Deck klarzumachen. Dann könnte es sein, dass wir durchkommen!«

Ich blickte auf den uns verbliebenen Mast. Nur das Bramsegel war noch zu sehen. Die übrigen Segel waren abgeschnitten worden.

Nach angestrengter Arbeit waren wir fast fertig. Foley zog das letzte Segel fort. Dort, unter ihm, lag Mr. Hollybrass mit dem Gesicht nach unten. Ein Messer steckte in seinem Rücken. Es war so tief hineingestoßen worden, dass nur noch der geschnitzte Perlmuttgriff zu sehen war. Ich bemerkte einen geschnitzten Stern. Es war das Messer, das Zacharias mir gegeben hatte.

Der Anblick des toten Mr. Hollybrass – denn ohne Zweifel war er tot – machte uns alle sprachlos. Aber nach allem, was wir durchgemacht hatten, darf es kaum verwundern, dass wir nicht reagierten. Wir waren zu erschöpft.

»Was ist los?«, fragte eine Stimme. Wir wandten uns um und sahen Kapitän Jaggery. Er sah so mitgenommen aus wie wir alle. Wir machten Platz. Niemand sagte etwas. Er kam auf uns zu. Einen Moment lang starrte auch er nur auf den Körper. Dann kniete er nieder und berührte das Gesicht und den Nacken des Mannes. Einen Augenblick zögerte er, dann zog er den Arm von Mr. Hollybrass hervor, der verdreht unter seinem Körper lag. Der tote Mann hielt etwas in der Hand. Es gelang dem Kapitän, die Faust zu öffnen. Er zog hervor, was Mr. Hollybrass festgehalten hatte. Er hielt es hoch.

Es war mein Taschentuch.

Der Kapitän benutzte das Taschentuch um den Griff des Messers anzufassen. Dann zog er es aus dem Rücken des Toten. Er stand auf und sah mich direkt an. Schließlich wandte er sich dem Himmel zu, der sich wieder zu verdunkeln begann. Auch die Dünung war wieder stärker geworden. »Wir haben noch fünfzehn Minuten, bis der Orkan wieder losbricht«, verkündete er. »Ich will, dass der Tote ins Zwischendeck gebracht wird. Währenddessen klaren die anderen das Deck auf. Die Wache von Mr. Johnson geht zuerst an die Lenzpumpen. Zwei Männer aus Mr. Hollybrass' Wache übernehmen das Ruder, der Rest kann sich in der Back ausruhen. Ich werde die Befehle zur Ablösung erteilen. Also Beeilung!«

Die Befehle des Kapitäns wurden schweigend ausgeführt. Dillingham und Grimes trugen den Körper von Mr. Hollybrass unter Deck. Wir anderen arbeiteten alleine oder paarweise und warfen Bruchstücke des Mastes, Segel und Rahen über Bord oder versuchten festzuzurren, was auf diese Weise zu retten zu sein schien.

Ich tat, was ich konnte, obwohl es in meinem Kopf völlig durcheinander ging. Keiner verlor ein Wort über Mr. Hollybrass oder seinen Tod. So außergewöhnlich das Ereignis war – es blieb keine Zeit, einen Gedanken darauf zu verschwenden. Wie vorhergesagt brach der Orkan innerhalb der nächsten Viertelstunde wieder aus und tobte wie zuvor. Jedoch war die *Seahawk* jetzt, mit nur einem Mast und nur noch einem Segel, in besserer Verfassung ihn durchzustehen.

Ich eilte ins obere Frachtdeck, wo die Lenzpumpen standen. Es waren einfache Saugpumpen. Jede von ihnen konnte von nur zwei Mann bedient werden. Wir aber waren zu viert, Grimes, Keetch, Mr. Johnson und ich. Wir arbeiteten an den Hebeln in der kalten, nassen, schlingernden Dunkelheit, als hinge unser Leben davon ab – was es ja auch tat.

Wieder wurde die *Seahawk* zum Spielball der Elemente. Der Wind pfiff und heulte; mehr als einmal ergoss sich Wasser von oben über uns. Oder das Schiff krängte bis zum Schanzdeck, was uns die Herzen bis zum Hals schlagen ließ. Für den Bruchteil einer Sekunde glaubten wir zu kentern, pumpten aber mit noch größerer Entschlossenheit weiter. Es war, als wäre diese rhythmische Bewegung das wahre Schlagen unserer Herzen – als würde das Herz des Schiffes zu schlagen aufhören, wenn wir auch nur für einen Moment innehielten.

Arbeiten bedeutete zu überleben. Und wir arbeiteten mehr als drei Stunden lang. Dann wurden wir abgelöst.

Ich wurde mit Morgan, Barlow und Fisk zum Ausruhen in die Back geschickt. Morgan suchte nach seinem Tabaksbeutel, aber die meisten persönlichen Sachen waren durcheinander geworfen und zerbrochen. Was ganz geblieben war, war klatschnass. Morgan fluchte.

»Sei froh, dass du noch atmen kannst, Junge«, sagte Fisk erschöpft.

Müde und bis auf die Knochen durchgefroren fiel ich in meine Hängematte und versuchte zu schlafen. Aber kaum hatte ich die Augen geschlossen, da wurde ich schon wieder auf Wache gerufen. Jetzt musste ich am Ruder stehen. Der Kapitän war auch dort und rief uns Befehle zu – alles nur, damit unser Heck im Wind blieb. Zu seiner Ehre muss gesagt werden, dass er während des ganzen Orkans beim Ruder blieb. Barlow, mein Partner, verrichtete die meiste Arbeit. Man braucht große Kraft um das Ruder auch nur gerade zu halten. Und meine Kraft war schnell verbraucht. Ich fror. Mir war übel. Aber es half nichts. Von der Ruderwache kehrte ich zu den Lenzpumpen zurück. Von den Pumpen in die Back. Von dort wieder zum Ruder. Um und um, vielleicht dreimal. Ich weiß nicht mehr genau, wie oft.

Schließlich – etwa siebzehn Stunden, nachdem wir zum ersten Mal herausgerufen worden waren – flaute der Orkan ab. Es wurde mir gestattet, in meine Hängematte zurückzukehren, wo ich zitternd und völlig erschöpft meine Augen schloss.

Im Halbschlaf dachte ich plötzlich an Zacharias' Erscheinung und den Tod von Mr. Hollybrass. Der Gedanke an die Toten erinnerte mich daran, dass ich noch lebte. Und diese Gewissheit entspannte meinen Körper und beruhigte meinen Geist. Nach wenigen Sekunden schlief ich den Schlaf der Toten, die in völligem Gleichmut auf das Jüngste Gericht warten.

16

Erst nach vierzehn Stunden wachte ich auf. Hätte ich gewusst, dass so viel Zeit verstrichen war, wäre mir klar gewesen, dass etwas nicht stimmte. Ganz gleich, was passiert sein mochte, es war nicht normal, dass ein Mannschaftsmitglied so lange schlafen konnte.

In jenem Augenblick jedoch blieb ich in meiner Hängematte und nahm glücklich an, dass die Zeit für meine normale Wache noch nicht gekommen war. Der Vorhang aus Segeltuch war wieder da und zugezogen ... sicher eine Aufmerksamkeit von Barlow oder Ewing. Die vertrauten Geräusche eines fahrenden Schiffes beruhigten mich. Obwohl mein Hemd und meine Hose noch feucht waren und mein ganzer Körper schmerzte, muss ich zugeben, dass ich es genoss, auszuruhen. Ich dankte Gott und Zacharias, dass ich noch lebte.

Plötzlich richtete ich mich auf. Aber Zacharias war tot! Ich hatte gesehen, dass er zu Tode geprügelt und der See übergeben worden war. Hatte sein Geist mich gerettet? Ich erinnerte mich an einen Engel gedacht zu haben. War alles nur eine Vision gewesen? Hatte ich mir etwas vorgemacht? Es war genau wie das Seemannsgarn, das ich so oft in der Back gehört hatte. Ich hatte es nicht geglaubt. Aber jetzt war ein Wunder geschehen. Was sollte ich sonst denken? Aber ich hatte nicht fantasiert! Ich erinnerte mich an den stählernen Griff des Mannes. Jemand hatte mir geholfen. Es musste jemand anderes als Zacharias gewesen sein. Aber wer? Aus meiner Hängematte griff ich nach dem Vorhang und zog ihn zur Seite. Ich war allein. Verwundert stand ich auf und rannte aus der Back an Deck.

Was ich sah, war ein so perfekt blauer Himmel, wie ein Segler auf großer Fahrt sich ihn nur wünschen kann. Die Sonne schien warm, die westliche Brise wehte frisch und stetig. Und das Deck war aufgeklart, als wäre der Orkan nur ein Traum gewesen. Fockmast und Bugspriet waren sogar vollständig aufgeriggt und die Segel dichtgeholt. Nur der zersplitterte Stumpf des Großmastes auf dem Schanzdeck war stummer Zeuge der letzten vierundzwanzig Stunden.

Was die Männer alles geschafft hatten, während ich schlief! Ich fühlte mich übergangen.

Dort stand Barlow. Da stand Morgan. Foley. Es war meine Wache, die Dienst hatte. Aber warum hatte mich denn niemand gerufen? Dann erkannte ich, dass beide Wachen an Deck waren. Als ich Ewing und Keetch neben mir bei der Arbeit sah, ging ich auf sie zu.

»Ewing«, rief ich. »Keetch!«

Beide wandten sich ab. Anstatt mich wie üblich zu begrüßen hörte Ewing auf zu arbeiten und sah mich mit gerunzelter Stirn an. Das ließ mich innehalten. Ich blickte Keetch an, dessen verkniffenes Gesicht seinen gewöhnlichen, ängstlichen Blick zeigte. Auch er schwieg.

»Warum hat mich niemand gerufen?«, fragte ich.

»Gerufen?«, gab Ewing verblüfft zurück.

»Meine Wache.«

Sie erklärten es mir nicht.

»Antwortet mir!«

Ewing seufzte. »Charlotte, man hat uns gesagt es nicht zu tun.«

»Gesagt? Wer hat das gesagt?«

»Es steht uns nicht zu, das zu sagen, Miss . . .«, flüsterte Keetch.

»Du sollst mich nicht Miss nennen!«, rief ich verärgert. »Sagt ihr es mir oder nicht?« Ewing sah mich widerwillig an. »Es geht um . . . Hollybrass. Den . . . Mord an ihm.« Das hatte ich vollkommen vergessen.

»Was hat das damit zu tun, dass ihr mich nicht ruft?«, wollte ich wissen und ging auf sie zu. Ewing sprang auf und zog sich zurück – als hätte er Angst.

Ich wandte mich Keetch zu, aber der schien plötzlich in seine Arbeit vertieft.

»Es ist noch etwas passiert, oder nicht?«, sagte ich beunruhigt. »Was ist los?«

»Es ist der Kapitän, Miss . . .«, begann Keetch.

»Charlotte!«, unterbrach ich ihn ärgerlich. Keetch fuhr sich mit der Hand über den Mund, als wolle er sich zum Schweigen bringen.

»Was ist passiert?«, wollte ich wissen. »Wollt ihr es mir sagen oder nicht? Ist es ein Geheimnis?«

Ewing leckte sich nervös die Lippen. Keetch schien meinem Blick auszuweichen. Aber dann sagte er: »Als wir Hollybrass der See übergaben, hat der Kapitän uns gesagt, dass . . .« Jetzt richteten sich seine unruhigen Augen kurz auf mich um dann wieder abzuschweifen. »Er sagte, dass Sie . . . ihn umgebracht haben.«

Mir stockte fast der Atem. »Ich?«, brachte ich noch heraus. »Wer würde denn so etwas glauben?«, rief ich aus. »Wie? Warum?«

»Um Zacharias' Tod zu rächen«, flüsterte Ewing.

Ich stand mit offenem Mund da. »Aber Zacharias . . .«, begann ich ohne zu wissen, was ich sagen wollte. Der ehemalige Obersteuermann schaute mich scharf an. »Was ist mit Zacharias?«, fragte er und stand auf.

»Er ist tot«, sagte ich müde.

»Mausetot«, stimmte Ewing zu. Keetch ging schnell fort. Ewing war im Begriff ihm zu folgen. Ich ergriff seinen Arm.

»Ewing«, sagte ich. »Glaubst du, dass ich es war?«

Er schüttelte meinen Arm ab. »Kapitän sagt, es war Ihr Messer.«

»Ewing ... ich habe es in meiner alten Kajüte gelassen.«

»Der Kapitän sagte, dass Sie das sagen würden.«

Ich verstand, was er meinte. »Du glaubst ihm also?«

Er sah seine Hand an.

»Und die anderen?«, wollte ich wissen.

»Die müssen Sie selbst fragen.«

Tief erschüttert wollte ich in die Kombüse gehen um Fisk zu suchen. Dann überlegte ich es mir anders. Der Mann, den ich aufsuchen musste, war Kapitän Jaggery.

Ich wandte mich um und ging auf seine Kajüte zu. Aber bevor ich fünf Schritte getan hatte, kam mir der Kapitän auf dem Schanzdeck entgegen. Erschrocken blieb ich stehen. Der Mann vor mir war nicht der gleiche Kapitän Andrew Jaggery, den ich am Tag unserer Abreise gesehen hatte. Doch, er trug noch seine feinen Kleider. Aber das Jackett war schmutzig und an einigen Stellen zerrissen. Eine Manschette war zerfetzt, ein Knopf fehlte. Kleinigkeiten, vielleicht – aber nicht für einen Mann, der so peinlich genau auf seine Kleidung achtete wie er. Obwohl die Narbe des Peitschenhiebs zu einer dünnen, hellen Linie verheilt war, blieb sie mir doch eine ständige, schmerzliche Erinnerung.

»Miss Doyle«, verkündete der Kapitän, so dass alle es hören konnten, »ich klage Sie des vorsätzlichen Mordes an Mr. Hollybrass an.«

Ich wandte mich um, um zu den Männern zu sprechen, die bis vor kurzem meine Kameraden gewesen waren und die jetzt dastanden und zusahen. »Ich habe es nicht getan«, sagte ich.

»Haben Sie keine Angst, Miss Doyle. Die Geschworenen werden Ihre Kameraden sein. Und es wird ein schnelles Verfahren werden.«

»Das ist eine Lüge«, sagte ich.

»Mr. Barlow«, rief der Kapitän ohne für einen Moment seine kalten Augen von mir abzuwenden. Barlow schlurfte vor.

»Führen Sie den Gefangenen in die Zelle«, sagte der Kapitän und gab Barlow einen Schlüssel, den dieser annahm. »Miss Doyle, Ihre Verhandlung ist für heute angesetzt, bei ein Glas der ersten Hundewache.«

»Kommen Sie mit, Miss«, flüsterte Barlow. Ich schreckte zurück.

»Ruhig, Charlotte«, fuhr er fort, »ich tu dir nichts.«

Seine Worte machten mir etwas Mut. Aber sonst hörte ich keine aufmunternden Worte. Die große Ladeluke wurde zurückgeschoben. Barlow bedeutete mir zur Luke zu kommen und vor den Augen der gesamten Mannschaft folgte er mir die Leiter hinunter.

Wir stiegen durch das obere Frachtdeck, wo Barlow eine Laterne anzündete. Dann tasteten wir uns weiter tief hinunter in den Schiffsbauch. Seit dem Vorfall mit dem falschen Kopf hatte ich jeden Gedanken an den Ort vermieden. So weit ich sehen konnte (und weit war es nicht), handelte es sich um einen lang vergessenen, tunnelartigen Raum aus mächtigen Holzbalken und groben Planken, die von grünem Schleim überzogen waren. Er war mit Tonnen und Kisten voll gestopft. Nur eine schmale Planke war als Durchgang freigelassen. Barlow führte mich nach vorne, während unter uns das faulige Bilgewasser schwappte. Der Gestank war abstoßend.

Ein paar Fuß vor mir sah ich die Zelle, die nur ein Käfig aus Eisenstäben war, mit einem Gatter als Tür. Ich sah einen Schemel. Einen Eimer als Abort. Sonst nichts. War Cranick, der arme Mann, der letzte Insasse gewesen?

Barlow schloss das rostige Vorhängeschloss des Gatters auf. Er musste daran rucken, damit er es öffnen konnte.

»Gehen Sie hinein«, sagte er bittend. Ich zögerte. »Du wirst mir das Licht hier lassen, nicht wahr?«, fragte ich.

Barlow schüttelte den Kopf. »Wenn es umfällt, würde Feuer ausbrechen.«

»Aber es wird stockfinster sein.«

Er zuckte mit den Schultern.

Ich ging hinein. Barlow schob das Gatter vor und verschloss es. Einen Moment lang stand ich hilflos da und sah zu, wie er wegging. Plötzlich packte mich die Angst und ich rief: »Barlow!«

Er hielt inne und sah über seine Schulter.

»Glaubst du auch, dass ich Hollybrass umgebracht habe?«

Er überlegte einen Augenblick. »Ich weiß es nicht, Charlotte«, sagte er matt.

»Du glaubst aber, dass ihn jemand umgebracht hat«, rief ich, denn ich wollte ihn so lange wie möglich festhalten.

»Ich weiß nicht, was ich denken soll«, gab er zurück und ging eilig zur Leiter. Völlig entmutigt blieb ich im Dunkeln stehen. Um mich herum hörte ich das leere Stöhnen des Schiffs. Die Ladung knarrte,

Wasser tropfte und schwappte, etwas raschelte und plötzlich war da auch das Pfeifen von Ratten.

Mir war schlecht vor Angst und ich tastete nach dem Schemel. Ich sank darauf nieder und sagte mir, dass ich nicht lange dort bleiben musste. Kapitän Jaggery hatte mir meine Gerichtsverhandlung für den selben Tag versprochen. Aber wie würde die Verhandlung aussehen? Zacharias' Worte gingen mir durch den Kopf, dass der Kapitän Polizist, Richter, Geschworener . . . und auch Henker wäre.

Zitternd beugte ich mich nach vorne und umschlang meine Knie. Wenn die Mannschaft nicht auf meiner Seite war, wurde es schwierig, meine Unschuld zu beweisen. Das wusste ich. Doch die Männer schienen sich gegen mich gewandt zu haben. Bei all meinem Unglück war dies am schwersten zu ertragen.

Ich rückte den Schemel nach hinten, so dass ich mich an die hinteren Gitterstäbe anlehnen konnte. Dann verschloss ich vor der Dunkelheit die Augen. Ich fuhr mir mit der Hand durch mein Haar, aber diese Geste erinnerte mich nur daran, dass ich es abgeschnitten hatte. Für einen kurzen Moment sah ich eine entfernte Vision von mir, wie ich vor der *Seahawk* gewesen war, vor dieser aufregenden Reise. Waren seither Tage oder Jahre vergangen?

Ich dachte darüber nach, als ich eine andere Art von Geräusch vernahm. Zunächst ignorierte ich es. Aber als ich dieses langsame, vorsichtige Tasten wieder hörte – fast wie ein Mensch, der geht –, öffnete ich meine Augen weit und starrte ins Dunkel. Bildete ich mir auch das ein? Etwas kam näher. Mein Herz begann zu rasen. »Wer ist da?«, rief ich.

Nach einem Moment hörte ich: »Charlotte? Bist du es?«

Ich sprang auf.

»Wer ist da?«, schrie ich.

Keine Antwort. Die Schritte kamen näher, dann hörten sie plötzlich auf. Jetzt war ich mir sicher, dass ich ein schweres Atmen hörte. Ein Funke entzündete sich. Dann eine kleine Flamme. Vor mir erschien der alte Kopf von Zacharias.

17

Sein Gesicht schien in der Luft zu schweben. Ich hatte große Angst und starrte nur in seine hohlen und blinden Augen, denn so erschienen sie mir im flackernden Licht.

»Bist du es, Charlotte?«, hörte ich eine Stimme. Seine Stimme.

»Wer ist da?«, brachte ich heraus.

Der Kopf kam näher. »Kennst du mich nicht?«, fragte die Stimme.

Ich stotterte: »Bist du . . . wirklich da?«

»Charlotte, siehst du mich denn nicht?«, entgegnete die Stimme noch eindringlicher als zuvor. Jetzt wurde das Licht – eine kleine Kerze – hochgehalten und ich konnte mehr sehen. Das genaue Abbild von Zacharias – doch sehr verändert. Schon als lebendiger Mensch war er weder groß noch stark gewesen. Jetzt, im Tode, war er faltig, noch mehr zusammengesunken und hatte graue Bartstoppeln.

»Was willst du?«, wollte ich wissen und zog mich in die hinterste Ecke meiner Zelle zurück.

»Dir helfen«, sagte die Stimme.

»Aber du bist doch tot«, flüsterte ich. »Ich habe dein Begräbnis gesehen. Sie haben dich in deine Hängematte gewickelt und ins Meer geworfen.«

Ein leises Lachen. Sein Lachen. »Sicher, dem Tode nahe, Charlotte, aber doch nicht ganz tot. Komm, fass mich an. Sieh selbst.«

Vorsichtig bewegte ich mich nach vorne, streckte meine Hand aus und berührte seine. Echte Haut. Und Wärme. »Und die Hängematte?«, wunderte ich mich.

Wieder lachte er. »Eine volle Hängematte, aber nicht mit mir gefüllt. Es ist ein alter Matrosentrick. Wäre ich in Jaggerys Gewalt geblieben, so wäre ich jetzt wirklich tot.«

»Bist du die ganze Zeit im Laderaum gewesen?«

»Seitdem, immer.«

Ich konnte nur starr hinsehen.

»Keetch bringt mir jeden Tag Essen und Wasser«, fuhr er fort. »Sein Essen ist nicht so gut wie meins, aber es reicht zum Überleben. Hör zu, Charlotte, wenn der arme Cranick sich verstecken konnte, warum nicht auch Zacharias? Es war Keetchs Idee.«

»Warum hat man mir nichts gesagt?«

»Es wurde beschlossen, dich nicht einzuweihen.«

»Warum?«

»Du vergisst, Charlotte – du hast uns verraten.«

»Das war damals, Zacharias«, sagte ich mit hochrotem Kopf.

»Das stimmt. Und man hat mir von dir berichtet, du gerechte Seele. Du verdienst Bewunderung. Ich verbeuge mich vor dir.«

»Ich wollte nur deinen Platz einnehmen.«

Er lächelte. »Habe ich dir nicht einmal gesagt, wie ähnlich wir einander sind? Eine Prophezeiung! Aber es tut dir doch nicht etwa Leid, dass ich noch lebe?«

»Nein, natürlich nicht. Aber wenn ich dich im Sturm nicht gesehen hätte, hätte ich dich je wieder gesehen?«

»Ich weiß nicht.«

»Der Kapitän hätte dich damals entdecken können. Warum bist du heraufgekommen?«

»Es wäre dumm gewesen, hier zu sitzen und unterzugehen, wo ich doch helfen konnte.«

»Du hast mich vor dem sicheren Fall gerettet.«

»Ein Mannschaftskamerad hilft dem anderen.«

»Aber was ist mit Kapitän Jaggery?«, fragte ich. »Weiß er, dass du hier bist?«

»Charlotte, glaubst du wirklich, dass ich noch einen Moment hier wäre, wenn er es wüsste? Glaubst du das?«

»Vermutlich nicht«, gab ich zu.

»Na also. Das beweist mir, dass er es nicht weiß. Wir glauben«, fuhr er fort, »wenn die *Seahawk* Providence erreicht – was nicht mehr lange dauern kann, wie ich höre –, dann wird Jaggery versuchen die Mannschaft an Bord festzuhalten, weil er nicht will, dass sie redet. Ich kann unbemerkt von Bord. Und wenn ich an Land bin, gehe ich zu den Behörden und stelle ihn als das bloß, was er ist. Also, was denkst du?«

Während ich Zacharias noch zuhörte, fühlte ich mich schon so elend, dass ich mich abwenden musste.

»Was ist los?«

Der Stich in meinem Herzen machte es mir unmöglich, zu sprechen.

»Sag es mir«, drängte er.

»Zacharias . . .«

»Was?«

»Du bist ein Schwarzer.«

»Das stimmt. Aber der Staat Rhode Island, wo wir hinfahren, hat doch keine Sklaven mehr.« Plötzlich hielt er inne. »Oder stimmt das nicht?«

»Ein Schwarzer, Zacharias, ein gewöhnlicher Matrose, der einen weißen Offizier beschuldigt . . .« Ich hatte nicht den Mut fortzufahren.

»Aber Charlotte, hast du nicht gesagt, dass dein Vater bei der Gesellschaft arbeitet, der die *Seahawk* gehört? Hast du. Es war geplant, zu ihm zu gehen. Du würdest doch für mich sprechen, oder? Und wenn er so ist wie du, gibt es nichts zu befürchten.«

Ein ungutes Gefühl überkam mich. Ich wusste nicht, was ich sagen sollte. Ich warf ihm einen verstohlenen Blick zu. »Was ist mit Cranick?«, fragte ich. »Der ist doch tot? Richtig tot?«

»Ja, bedauerlicherweise«, sagte er, schüttelte den Kopf und schwieg. Dann sah er auf. »Also nun«, sagte er, »ich habe zu viel von mir erzählt. Ich habe gesehen, dass Barlow dich eingesperrt hat. Hast du Jaggery schon wieder beschimpft?«

Ich war überrascht. »Hat dir keiner davon erzählt?«

»Erzählt, was?«

»Mr. Hollybrass wurde ermordet.«

»Ermordet!«, rief er. »Wann?«

»Während des Sturms.«

»Hat mir keiner gesagt.«

»Warum nicht?«

»Ich weiß es nicht.« Er dachte nach und wandte sich sogar der Leiter zu. Dann drehte er sich plötzlich wieder zu mir um und sagte: »Aber was hat das mit dir zu tun?«

»Zacharias, deswegen bin ich hier. Der Kapitän hat mich angeklagt.«

»Dich?« Wieder schien er überrascht.

Ich nickte.

»Aber du hast doch so etwas sicher nicht getan. Oder hast du?«

»Nein.«

»Dann ist ja alles gut.«

Ich schüttelte den Kopf. »Zacharias«, fuhr ich fort, »die Mannschaft scheint auf Jaggerys Seite zu stehen. Sie denken, ich hätte es getan.«

»Das kann ich nicht glauben«, rief er aus.

»Zacharias, es ist wahr.«

Er blickte mich verwundert an. »Jetzt muss ich fragen – warum?«

»Der Mord wurde mit dem Messer begangen, das du mir gegeben hast.«

»Das ist doch kein Beweis! Jemand muss es aus deinen Sachen in der Back genommen haben.«

»Zacharias, als ich in die Back umgezogen bin, habe ich es in meiner Kajüte zurückgelassen.«

»Dann hast du natürlich nichts damit zu tun.«

»Sie glauben mir nicht, dass ich es dort gelassen habe.«

»Charlotte, du lügst doch normalerweise nicht«, sagte er.

»Als du mich das erste Mal gesehen hast, hättest du je geglaubt, dass ich jemals an Deck arbeiten würde?«

»Nein . . .«

»Oder dass ich im Sturm in die Takelage klettern würde?«

»Niemals.«

»Siehst du. Warum sollte ich dann nicht auch Mr. Hollybrass umgebracht haben? Ich glaube, dass sie das denken.«

Meine Worte brachten ihn für einen Moment zum Schweigen. Sein Gesicht verdunkelte sich. Aber er sagte nichts, sondern stand auf. »Ich habe einen kleinen Essensvorrat und etwas Wasser hier. Ich hole etwas.« Er befestigte die Kerze auf einer Planke und verschwand in der Dunkelheit. Ich sah ihm nach und war etwas verwundert und beunruhigt über seine Reaktion auf meine Worte. Er schien wirklich überrascht, doch schien es mir unglaubwürdig, dass man ihm nichts gesagt hatte. Und tatsächlich, während er im Halbdunkel verschwand, kam mir ein schrecklicher Gedanke. Vielleicht hatte ja Zacharias Mr. Hollybrass umgebracht?

Zweifellos hätte er den Kapitän umgebracht, wenn sich die Gelegenheit dazu geboten hätte. Und was den Obersteuermann betraf . . . Hatte Zacharias es vielleicht getan um Kapitän Jaggery in Angst und Schrecken zu versetzen? Schon der Gedanke war mir zuwider. Und doch . . . Mein Kopf begann eine komplexe Verschwörung zu konstruieren. Die Männer wussten, dass Zacharias noch lebte. Sie könnten geahnt haben – vielleicht wussten sie es sogar genau –, dass er das Verbrechen begangen hatte. Folglich waren sie jetzt, da der Kapitän mich angeklagt hatte, vor die Wahl gestellt zwischen mir und ihrem alten Kameraden Zacharias zu wählen. Die Entscheidung, ihn zu schützen, wäre verständlich. Das würde erklären, warum sie mich nicht unterstützt hatten. Bevor ich meine Gedanken geordnet hatte, kehrte Zacharias mit einem Krug Wasser und etwas Schiffszwieback zurück. Auch wenn der Zwieback trocken war, war ich froh, dass ich ihn hatte.

»Willst du da raus?«, fragte er und deutete auf meinen Käfig.

»Es ist abgeschlossen.«

»Ein Matrose kennt sein Schiff«, sagte er verschmitzt. Er griff ans hintere Ende der Zelle und zog zwei Stäbe aus, wie ich jetzt sah, verrotteten Haltern. »Komm her«, sagte er, »aber du musst schnell wieder rein, wenn jemand kommt.«

So kletterte ich hinaus. Wir setzten uns im flackernden Kerzenlicht nebeneinander und lehnten uns mit dem Rücken gegen ein Fass.

»Zacharias«, sagte ich, »der Kapitän hat gesagt, dass er mich vor Gericht stellen will. Glaubst du, dass er es tun wird?«

»Das ist sein Recht.«

»Und wenn er Gericht hält, was geschieht dann?«

»Er wird Richter und Geschworener sein und dich schuldig sprechen.«

»Und dann?«, fragte ich. Als Zacharias nicht antwortete, sagte ich: »Sag es mir.«

»Ich kann nicht glauben, dass er so weit gehen würde . . .«

»Und mich aufhängt?«

Sein Schweigen war Antwort genug. Eine Weile schwiegen wir beide. »Zacharias«, sagte ich, »ich muss es wissen: Hat dich außer mir noch jemand im Sturm gesehen?«

»Ich redete ein paar Worte.«

»Mit wem?«

»Macht es einen Unterschied?«

»Vielleicht.«

Er dachte nach. »Fisk«, sagte er nach einem Moment. »Und Keetch.«

»Dann weiß wahrscheinlich die ganze Mannschaft, dass du an Deck gewesen bist.«

»Das ist möglich«, sagte er und zog die Stirn in Falten.

Hatte er meine Gedanken gelesen? »Zacharias«, sagte ich leise, »nur einer deiner Kameraden kann Hollybrass umgebracht haben.«

»Charlotte«, sagte er mit einem Seufzer, »das stimmt. Jeder von ihnen hätte einen guten Grund. Aber hör zu, erst wenn wir wissen, wer es gewesen ist, können wir entscheiden, was zu tun ist.«

Ich sah ihn immer wieder von der Seite an und versuchte seine Gedanken zu lesen. Dabei war ich mehr und mehr davon überzeugt, dass er der Mörder war. Doch ich hatte nicht den Mut ihn danach zu fragen.

»Sag mir alles, was du weißt«, sagte er.

Ich erzählte die wenigen Dinge, die ich wusste – von der Entdeckung von Mr. Hollybrass bis zur Anklage von Kapitän Jaggery.

Meine Worte machten ihn noch nachdenklicher. »Charlotte«, sagte er zuletzt. »Dieses Messer – hast du irgendjemandem davon erzählt?«

Ich dachte nach. »Kurz nachdem du mir das Messer gegeben hast«, erinnerte ich mich, »wollte ich es zurückgeben. Erinnerst du dich? Zacharias, als du es nicht zurückhaben wolltest, habe ich versucht es dem Kapitän zu geben.«

»Aber warum?«

»Ich hatte Angst vor ihm. Und vor dir.«

»Immer noch?«

»Nein. Aber damals.«

»Hast du ihm gesagt, von wem du es hattest?«

Ich schüttelte den Kopf.

»Das wäre aber untypisch für ihn. Er hat doch sicher auf einer Antwort bestanden.«

»Hat er.«

»Und?«

»Ich habe eine erfunden.«

»Hat er dir geglaubt?«

»Ich glaube schon.«

»Was passierte dann?«

»Er hat gesagt, ich solle es behalten. Es unter meine Matratze legen.«

»Und hast du das getan?«

»Ja.«

»Wusste sonst noch jemand davon?«

Ich dachte angestrengt nach. »Dillingham!«

»Was ist mit ihm?«

»Als ich es dir zurückgeben wollte, hielt ich es in meiner Hand. Dillingham hat es gesehen. Ich weiß es genau.«

»Und wenn er den anderen davon erzählt hat«, dachte Zacharias laut, »dann gibt es keine Seele an Bord, die nicht davon wüsste.«

Ich begriff sofort, dass er Recht hatte. Und ich erinnerte mich auch an etwas anderes. Zacharias hatte mir ebenfalls geraten, ich solle das Messer unter meine Matratze legen. Ich sah zu ihm hinüber und ertappte ihn dabei, dass er mir einen verstohlenen Blick zuwarf.

»Zacharias, ich habe Hollybrass nicht umgebracht. Ich war auf dem Mast, als es passierte. Und als ich hinaufstieg, hat mir der Kapitän ein anderes Messer gegeben. Ich hatte keins.«

»Was geschah mit dem Messer, das er dir gab?«

»Ich habe es verloren.«

Er knurrte. Weder Ja noch Nein. Wieder lag mir die Anklage gegen ihn auf der Zunge. Als ich noch daran dachte, offen mit ihm darüber zu sprechen, zischte die Kerze und verlosch. Die Dunkelheit schien meine Fähigkeit zum Sprechen zu verschlingen. Aber Zacharias erzählte plötzlich dunkle Geschichten über jedes einzelne Mannschaftsmitglied. Jeder war schon das eine oder andere Mal mit dem Gesetz in Konflikt geraten. Nicht nur Taschendiebe und kleine Fische waren darunter, einige Männer waren richtige Schwerverbrecher.

Noch auffälliger als das, was er sagte, war das, was er nicht sagte. Je länger Zacharias sprach, desto mehr war ich davon überzeugt, dass das endlose Gerede nur dazu da war, um uns von der zentralen Frage fern zu halten – wer hatte Mr. Hollybrass umgebracht? Und je mehr er dieser Frage aus dem Weg ging, desto sicherer war ich, dass er es war.

Aber wie konnte ich ihn beschuldigen? Der Kapitän würde erfahren, dass Zacharias noch lebte, und dieses Wissen wäre der sichere Tod für ihn! Außerdem würde es den Plan der Mannschaft zunichte machen Kapitän Jaggery vor Gericht zu bringen.

Ein Geräusch schreckte mich auf. Ich spürte Zacharias' Hand auf meinem Arm. Eine Warnung. Ein

Lichtstrahl fiel in die Dunkelheit. Ich konnte sehen, dass die Frachtluke aufgezogen worden war. Nach kurzer Zeit hörten wir jemanden auf der Leiter.

Ich eilte in die Zelle zurück. Zacharias setzte schnell die Gitterstäbe wieder ein. Dann holte er seinen Wasserkrug und verschwand von meiner Seite. Ich weiß nicht, wohin.

Ich blickte zur Leiter hinüber und sah Kapitän Jaggery langsam hinabsteigen. Er trug eine Laterne und hatte eine Pistole in seinen Gürtel gesteckt. Als er das Ende der Leiter erreicht hatte, blieb er stehen und sah sich um, als inspiziere er den Frachtraum. Zuletzt näherte er sich der Zelle. Dort hob er die Laterne und betrachtete mich, als wäre ich irgendein Gegenstand. Sein Blick war mit solchem Hass erfüllt, wie ich es noch nie gesehen hatte – oder je wieder gesehen habe. Blanker Hass sprach aus seinen Augen. Sein ungepflegtes Haar, das schmutzige Gesicht und der zuckende Muskel an seinem Kinn verstärkten diesen Eindruck noch.

Schließlich sagte er: »Miss Doyle, ein Mannschaftsmitglied – einen Offizier – umzubringen ist ein Schwerverbrechen. Die Strafe für ein solches Verbrechen ist der Tod durch den Strang. Ich möchte Ihnen versichern: Eine Gerichtsverhandlung ist nicht erforderlich, da die Beweise klar auf der Hand liegen. Ich habe das Recht Sie ohne Verhandlung zu verurteilen. Aber ich bestehe darauf, dass Sie Ihre Gerechtigkeit bekommen. Ich werde es nicht sein, der Sie richtet. Ein solcher Idiot bin ich nicht. Nein, das Urteil wird von denen gefällt, die Sie als ihresgleichen akzeptiert haben: von Ihren Mannschaftskameraden.« Während er dies sagte, öffnete er das Vorhängeschloss und zog die Tür auf.

»Also gut, Miss Doyle. Ihre Verhandlung kann beginnen.«

18

Als ich aus dem dunklen Frachtraum an Deck kam, musste ich meine Augen mit einer Hand verdecken, so perfekt war der Tag – strahlende Sonne, tiefblauer Himmel, große, weiße Wolken. Obwohl die *Seahawk* auf leichter Dünung kaum stampfte und rollte, hatte ich das Gefühl, meine Beine könnten mich nicht tragen, denn als ich mich an das helle Licht gewöhnt hatte, sah ich, dass der Kapitän eine Art Gerichtssaal hatte herrichten lassen.

Er hatte die Mannschaft in zwei Reihen auf der Steuerbordseite des Hauptdecks platziert. Einige Männer saßen auf Deck, die anderen standen hinter ihnen. Vor ihnen stand ein Stuhl auf der Ladeluke. Keiner von ihnen konnte mir ins Gesicht sehen. Der Kapitän wies mich an auf dem Stuhl Platz zu nehmen, der als Anklagebank dienen sollte. Dann nahm er in seinem schönen Lehnstuhl Platz, der hoch oben hinter der Reling des Schanzdecks aufgestellt worden war. Mit dem Griff seiner Pistole schlug er immer wieder auf die Reling.

»Ich erkläre die Sitzung dieses Gerichtes in strenger Übereinstimmung mit dem Gesetz für eröffnet«, sagte er. »Zieht man die erdrückende Beweislast gegen die Angeklagte in Betracht, so wäre diese Verhandlung überflüssig. Aber wie ich Miss Doyle bereits gesagt habe, wird sie in den Genuss meiner Großzügigkeit kommen.« Nachdem er dies gesagt hatte, nahm er die Bibel, stand auf, obwohl er sich gerade erst gesetzt hatte, und brachte sie zur Mannschaft hinunter. Als Erstes ging er zu Fisk.

»Legen Sie Ihre Hand auf die Bibel«, befahl er.

Fisk tat wie ihm befohlen. Jedoch war er offensichtlich sehr nervös und berührte das Buch, als sei es eine heiße Ofenplatte.

»Wollen Sie, Mr. Fisk«, hob der Kapitän an, »schwören die Wahrheit zu sagen, die ganze Wahrheit und nichts als die Wahrheit, so wahr Ihnen Gott helfe?«

Fisk zögerte. Er warf mir einen kurzen Blick zu.

»Wollen Sie das?«, drängte ihn der Kapitän.

»Ja«, erwiderte Fisk schließlich flüsternd.

Zufrieden ging der Kapitän zum nächsten Mann, dann zum nächsten, bis er die gesamte Mannschaft vereidigt hatte. An der Ernsthaftigkeit, die in ihren Gesichtern stand, an ihren nervösen Bewegungen und niedergeschlagenen Augen erkannte ich, dass den Männern bei diesem Schwur nicht wohl zu Mute war. Sie nahmen die Bibel ernst. Aber ich war mir sicher, dass jeder von ihnen – wie ich – glaubte, dass Zacharias den Mord verübt hatte. Sie hatten Zacharias im Laderaum versteckt. Ihm würden sie die Treue halten, nicht mir. Sie würden die Wahrheit sagen, aber sie würden es auf eine Weise tun, die Zacharias schützte. Daraus konnte ich ihnen keinen Vorwurf machen.

Nachdem Kapitän Jaggery die Mannschaft vereidigt hatte, wandte er sich mir zu. Auch ich legte meine

Hand auf die Bibel. Auch ich schwor die Wahrheit zu sagen, obwohl ich wusste, dass ich nicht die ganze Wahrheit preisgeben konnte.

Nach der Vereidigung kehrte der Kapitän zu seinem Stuhl zurück und schlug erneut mit der Pistole auf die Reling. »Die Angeklagte möge sich erheben«, sagte er. Ich stand auf.

»Vor diesem Gericht«, fuhr er fort, »klage ich, Andrew Jaggery, in meiner Autorität als Kommandant der *Seahawk* Sie, Charlotte Doyle, des vorsätzlichen Mordes an Samuel Hollybrass, gebürtig in Plymouth, England, Obersteuermann der *Seahawk*, an. Miss Doyle, bekennen Sie sich schuldig?«

»Kapitän Jaggery . . .«, versuchte ich einzuwenden.

»Bekennen Sie sich schuldig?«, erwiderte er ernst.

»Ich habe es nicht getan.«

»Dann bekennen Sie sich nicht schuldig.«

»Ja, unschuldig.«

»Miss Doyle«, fragte er und ich hätte schwören können, dass ein Lächeln über seine Lippen huschte, »sind Sie bereit sich von der Mannschaft zu distanzieren? Das heißt, wollen Sie sich hinter dem Namen Ihres Vaters verstecken und so dem Urteil dieser Männer entgehen?«

Ich drehte meinen Kopf und schaute die Männer an. Sie blickten mich gebannt an, boten mir aber keinerlei Hilfe an. Obwohl ich die Falle in der Frage erkannte, fiel es mir schwer, meinen Glauben an die Mannschaft aufzugeben, jetzt, da ich sie brauchte wie nie zuvor.

»Miss Doyle, wollen Sie sich dem Urteil dieser Männer stellen oder nicht?«

»Ich vertraue ihnen«, sagte ich schließlich.

»Bezichtigen Sie eine andere Person des Mordes?«

»Nein«, sagte ich.

»Es ist also festzustellen«, verkündete Jaggery, »dass die Angeklagte darauf besteht, sich diesem Gericht zu stellen, und außerdem, dass sie keine andere Person des Mordes bezichtigt.«

Nachdem er dies gesagt hatte, zog er das Logbuch auf seinen Schoß und schrieb meine Worte hinein. Als er dies getan hatte, blickte er auf. »Miss Doyle, es stimmt doch, dass jemand Mr. Hollybrass ermordet hat?«

»Ja.«

»Jemand an Bord der *Seahawk*?«

»Das stimmt.«

»Genau. Jemand auf diesem Schiff. Und im Moment sind Sie die einzige Angeklagte.«

»Sie haben mich beschuldigt.«

»Aber als ich Ihnen die Gelegenheit geboten habe, haben Sie keine andere Person beschuldigt.« Mir war klar, dass dies ein für ihn wichtiger Punkt war. Ich konnte nur antworten: »Ja.«

Der Kapitän machte eine Notiz in sein Buch und wandte sich dann der Mannschaft zu. »Ist einer unter Ihnen, der bereit ist die Angeklagte zu verteidigen?«

Ich wandte mich den Männern zu, die ich als Freunde betrachtet hatte. Ewing. Barlow. Fisk. Keiner wagte es, mich anzusehen.

»Niemand?«, fragte der Kapitän höhnisch.

Niemand.

»Nun gut«, fuhr der Kapitän fort. »Miss Doyle, Sie müssen sich selbst verteidigen.«

»Sie haben Angst vor Ihnen«, sagte ich. »Sie reden nicht, weil – «

»Miss Doyle«, unterbrach er mich, »ist es nicht mein gutes Recht, als Kommandant dieses Schiffes, festzustellen, wer das Messer benutzte und aus welchen Gründen?«

»Ja, aber –«

»Habe ich nach etwas anderem als der Wahrheit gefragt?«

»Nein . . .«

»Und an Bord dieses Schiffes wurde von jemandem ein Mord verübt. Das steht außer Frage. Aber haben Sie auch nur einen Hinweis darauf zu Protokoll gegeben, dass es eine andere Person gewesen sein könnte?«

»Nein, aber –«

»Miss Doyle, auch wenn keiner dieser Männer bereit ist Sie zu verteidigen, haben sie alle geschworen die Wahrheit zu sagen. Können Sie mehr verlangen?«

Wieder sagte ich nichts.

»Also gut. Wir können beginnen.«

Er lehnte sich in seinem Stuhl zurück, das Buch lag immer noch auf seinen Beinen, die Feder in seiner Hand, die Pistole griffbereit. »Wir stimmen darin überein, dass Mr. Hollybrass ermordet worden ist. Ist jemand hier, der glaubt, dass er mit etwas anderem als dieser Waffe umgebracht worden ist?«

Er hielt das Messer hoch. Niemand sprach.

Der Kapitän fuhr fort. »Lassen Sie uns jetzt die Besitzverhältnisse klären. Miss Doyle«, fragte er, »erkennen Sie dieses Messer?«

»Kapitän Jaggery, ich habe es in . . .«

»Miss Doyle«, sagte er noch einmal. »Erkennen Sie dieses Messer?«

»Kapitän Jaggery . . .«

»Wurde Mr. Hollybrass mit diesem Messer getötet?«

»Ja.«

»Also gut«, sagte er. »Ich werde noch einmal fragen. Erkennen Sie dieses Messer?«

»Ich kenne es«, sagte ich widerwillig.

»Erzählen Sie uns davon.«

»Zacharias hat es mir gegeben.«

»Mr. Zacharias?«, sagte er und tat überrascht.

»Ja. Und ich habe es Ihnen einige Tage nach unserer Abreise gezeigt.«

»Aber als Sie es mir zeigten«, warf er schnell ein, »und ich Sie fragte, wer Ihnen das Messer gegeben hätte, was haben Sie da geantwortet?«

Ich sagte nichts.

»Sie sagten mir, ein gewisser Mr. Grummage aus Liverpool hätte Ihnen das Messer gegeben. Habe ich Recht?«

»Kapitän Jaggery . . .«

»Beantworten Sie die Frage. Ja oder nein?«

»Ja.«

»Sagen Sie also jetzt, dass Sie gelogen haben? Ja oder nein?«

»Ja«, sagte ich und versuchte die Sympathie der Mannschaft zu gewinnen, »aber nur, weil ich Zacharias nicht schaden wollte.«

»Wie immer Ihre Entschuldigung lauten mag, Miss Doyle, Sie geben zu mich belogen zu haben.«

»Ja«, war ich gezwungen zu sagen. »Und Sie sagten, ich solle das Messer behalten.«

»Das habe ich tatsächlich gesagt. Und Sie haben es behalten, nicht wahr?«

»Ja«, sagte ich mürrisch, denn ich merkte, dass er

die Oberhand gewann. Er wandte sich der Mannschaft zu. »Hat einer von Ihnen dieses Mädchen irgendwann mit dem Messer gesehen?«

Die Männer wurden unruhig.

»Nun, meine Herren!«, bellte der Kapitän. »Dies ist eine offizielle Gerichtsverhandlung. Es wird von jedem von Ihnen verlangt, dass er die Wahrheit sagt, dazu sind Sie vereidigt worden. Ich frage noch einmal: Hat einer von Ihnen dieses Mädchen mit diesem Messer gesehen?«

Die Mannschaft schien alles zu tun um den Kapitän nicht anschauen zu müssen. Dann sah ich, dass Dillingham seinen Nacken rieb. Auch der Kapitän hatte es gesehen. »Mr. Dillingham«, rief er scharf. »Haben Sie etwas zu sagen? Treten Sie vor.«

Dillingham trat linkisch vor.

»Was haben Sie zu sagen?«

»Ich habe sie mit dem Messer gesehen, Sir.«

»Wann?«

»Kurz nachdem wir Segel gesetzt haben.«

»Ich danke Ihnen, Mr. Dillingham. Ich begrüße Ihre Offenheit. Also nun, hat sie noch jemand mit dem Messer gesehen? Mr. Ewing?«

Ewing sagte das Gleiche wie Dillingham. Auf Nachfrage auch Foley. Und Mr. Johnson. Der Kapitän lehnte jetzt über der Reling und schien das Ganze zu genießen. »Ist jemand unter Ihnen, der sie nicht mit dem Messer gesehen hat?«, sagte er trocken.

Niemand meldete sich.

»Ich möchte feststellen«, sagte er, »dass es unnatürlich ist, wenn ein Mädchen ein Messer trägt.«

»Sie haben keinen Grund von unnatürlich zu

sprechen«, wandte ich ein. »Sie haben mir selbst ein Messer gegeben!«

»Habe ich das getan?«

»Ja. Im Orkan.«

»Warum habe ich es getan?«

»Damit ich die Leinen durchschneiden konnte.«

»Sicher. Das war ein Notfall. Aus welchem Grund hatten Sie ein Messer, als kein Notfall vorlag?«

»Um mich zu verteidigen.«

»Um sich zu verteidigen? Gegen wen? Gegen was?«

Aus Angst vor seinen Fallen wusste ich nicht, was ich sagen sollte.

»Gegen was?«, drängte er. »Hat Sie jemand bedroht? Einer dieser Männer?«

»Nein, keiner von ihnen.«

»Wer dann? Nur zu, sprechen Sie es ruhig aus.«

»Sie.«

»Warum?«

»Sie haben mich geschlagen.«

»Miss Doyle, hin und wieder schlage ich Mitglieder meiner Mannschaft. Das ist nicht außergewöhnlich.« Er wandte sich den Männern zu. »Hat einer von Ihnen je von einem Kapitän gehört, der nicht hin und wieder ein Mitglied seiner Mannschaft geschlagen hat? Nur zu, sagen Sie es ruhig, wenn Sie so etwas wissen!«

Niemand sprach.

Der Kapitän wandte sich mir wieder zu. »Wollten Sie sich mit dem Messer zur Wehr setzen? Ist es das, was Sie sagen wollen, Miss Doyle? Dass Mitglieder der Mannschaft das Recht haben den Kapitän mit einer Waffe anzugreifen?«

Wieder hatte er mich durcheinander gebracht.

»Außerdem«, fügte er hinzu, »hatten Sie das Messer schon am ersten Tag unserer Reise. Glaubten Sie da schon, dass ich Sie schlagen würde?«

»Nein. Ich glaubte, Sie wären ein Gentleman.«

»Also, Miss Doyle, Sie hatten das Messer schon, bevor Sie mich kennen lernten, nicht wahr?«

»Ja«, gab ich zu.

Der Kapitän lächelte mit offensichtlicher Genugtuung. »Das Messer gehört also eindeutig Ihnen. Und Sie wurden damit gesehen. Das geben Sie auch zu.« Er wandte sich der Mannschaft zu. »Hat einer von Ihnen zu einem anderen Zeitpunkt als nach den ersten Tagen unserer Reise ein Messer in ihrer Hand bemerkt? Treten Sie vor, wenn dies der Fall ist.«

Grimes trat vor.

»Aha, Mr. Grimes. Sie haben etwas zu sagen.«

»Bitte um Vergebung, Sir. Ich habe sie gesehen.«

»Unter welchen Umständen?«

»Ich habe ihr beigebracht, wie man mit dem Messer umgeht.«

»Ihr beigebracht, wie man mit dem Messer umgeht?«, wiederholte der Kapitän, wobei er jedes Wort betonte.

»Ja, Sir.«

»Wann?«

»Vor dem Sturm.«

»Und hat sie es gelernt?«

»Ja, Sir.«

»War sie geschickt?«

»Ja. Ungewöhnlich gut.«

»Mr. Grimes, ich frage Sie: Haben Sie schon je

von einem anderen Mädchen gehört, das gelernt hat ein Messer zu benutzen?«

Grimes zögerte.

»Antworten Sie.«

»Nein, Sir.«

»Glauben Sie nicht, dass so etwas unnatürlich ist?«

»Sir, ich weiß nicht, ob ich . . .«

»Stimmen Sie mir zu oder nicht?«

Er schüttelte den Kopf, als wolle er sich entschuldigen. »Stimme zu.«

»Wieder unnatürlich!«, verkündete der Kapitän. »Mr. Hollybrass wurde während des Hurrikans ermordet. Hat jemand das Mädchen während des Orkans an Deck gesehen?« Er sah die Mannschaft an.

Einige gemurmelte »Ja« waren zu hören.

»Mr. Barlow, ich glaube, Sie haben ›Ja‹ gesagt. Was hat Miss Doyle getan?«

»Sie war bei der Mannschaft. Hat ihre Aufgaben erledigt, wie wir alle. Und hat's sogar ziemlich gut gemacht.«

»Hat ihre Aufgaben erledigt, wie wir alle«, wiederholte der Kapitän in einem spöttischen Ton. »Mr. Barlow, Sie sind nicht mehr der Jüngste. In all Ihren Jahren auf See – haben Sie es je erlebt oder davon gehört, dass ein Mädchen als Mannschaftsmitglied gearbeitet hat?«

»Nein, Sir, noch nie.«

»Das ist also ungewöhnlich?«

»Ich glaube schon.«

»Sie glauben schon. Würden Sie das nicht vielmehr unnatürlich nennen?«

»Das ist nicht gerecht!«, rief ich. »Ungewöhnlich und unnatürlich sind nicht das Gleiche!«

»Miss Doyle, haben Sie einen Einwand?«

»Es war nichts Unnatürliches in dem, was ich getan habe!«, bestand ich.

»Miss Doyle, dann darf ich Ihnen folgende Frage stellen. Haben Sie schon jemals davon gehört, dass ein Mädchen in einer Mannschaft gearbeitet hat?«

Ich fühlte mich gefangen.

»Haben Sie?«

»Nein.«

»Also geben sogar Sie das zu.«

»Ja, aber –«

Der Kapitän wandte sich der Mannschaft zu. »Ist jemand hier, der jemals von einem Mädchen gehört hat, das getan hat, was Miss Doyle getan hat?«

Niemand sprach.

»Also, was wir hier haben, ist ein Mädchen, das zugibt, dass ihr die Waffe gehört, mit der Mr. Hollybrass umgebracht wurde. Ein Mädchen, das, nach der Herkunft der Waffe befragt, gelogen hat. Ein Mädchen, dem beigebracht wurde, wie man eine Klinge benutzt, und das es ungewöhnlich gut lernte, wie Mr. Grimes es ausdrückt. Ein Mädchen, das, wie wir alle übcreinstimmen, in jeder Hinsicht unnatürlich ist. Meine Herren, ist es nicht an uns als natürlich empfindende Menschen, Obacht zu geben? Ist es nicht unsere Pflicht, die natürliche Ordnung dieser Welt zu bewahren?«

Erneut wandte er sich mir zu. »Miss Doyle«, sagte er, »Mr. Zacharias war ein Freund von Ihnen.«

»Der beste Freund.«

»Was ist mit ihm geschehen?«

»Er wurde ausgepeitscht«, murmelte ich.

»Und?«

Ein letztes Mal flehte ich die Mannschaft schweigend an. Jetzt sahen mich alle fest an.

»Ich habe Ihnen eine Frage gestellt, Miss Doyle. Was geschah mit Zacharias?«

». . . er starb«, sagte ich leise. »Zu Tode gepeitscht.«

»Wer schlug ihn?«

»Sie peitschten ihn gnadenlos.«

»Und wer noch?«

»Mr. Hollybrass.«

»Mr. Hollybrass. Warum wurde Mr. Zacharias ausgepeitscht?«

»Ohne Grund.«

»Ohne Grund? War er nicht an einer Meuterei beteiligt?«

»Er hatte jedes Recht . . .«

»Ein Recht auf Meuterei?«

»Ja.«

»Sie selbst, Miss Doyle, haben mich – in großer Furcht, wenn ich mich richtig erinnere – darüber informiert, dass eine Meuterei bevorstünde. Mr. Zacharias war einer der Meuterer. Und doch sind Sie der Meinung, dass es ungerecht war, ihn auszupeitschen?«

»Sie wollten ihn umbringen.«

»Also waren Sie mir böse?«

Ich blickte in seine funkelnden Augen. »Ja«, verkündete ich, »und nicht ohne Grund.«

»Und auf Mr. Hollybrass?«

Nach einem Moment sagte ich erneut: »Ja.«

»Mr. Zacharias war Ihr besonderer Freund, nicht wahr, Miss Doyle?«

»Ja.«

»Ein Schwarzer.«

»Er war mein Freund.«

»Und so gefiel es Ihnen nicht, dass er die Strafe erhielt, die er verdiente.«

»Er hatte sie nicht verdient.«

»Ist Mord eine unnatürliche Tat, Miss Doyle?«

»Ja.«

»Ist Ihre Kleidung unnatürlich?«

»Nicht für die Arbeit, die ich tue . . .«

»Um welche Art von Arbeit handelt es sich?«

»Die eines Mannschaftsmitgliedes.«

»Ist es nicht unnatürlich für ein Mädchen, als Mitglied der Mannschaft zu arbeiten?«

»Ungewöhnlich«, stellte ich erneut fest. »Nicht unnatürlich.«

»Ihr Haar?«

»Ich konnte nicht mit langem Haar arbeiten!«

»Arbeiten?«

»Ich gehöre zur Mannschaft.«

»Unnatürlich«, sagte er.

»Ungewöhnlich«, sagte ich.

»Also haben wir hier mit Ihnen, Miss Doyle«, sprach der Kapitän weiter, »ein unnatürliches Mädchen, das sich in unnatürlicher Art kleidet, unnatürliche Dinge tut und dem das Messer gehört, mit dem Mr. Hollybrass umgebracht wurde. Und Mr. Hollybrass mochten Sie nicht, weil er Ihren speziellen schwarzen Freund – «

»Sie lassen alles in falschem Licht erscheinen, obwohl nichts daran falsch ist!«, rief ich aus.

Er wandte sich der Mannschaft zu. »Möchte jemand eine Aussage zur Verteidigung dieses Mädchens machen?«

Niemand sprach.

»Miss Doyle«, sagte er, »wollen Sie noch etwas sagen?«

»Mein Vater –«

»Miss Doyle«, rief der Kapitän jetzt, »zu Beginn der Verhandlung habe ich Ihnen angeboten den Schutz Ihres Vaters in Anspruch zu nehmen. Das haben Sie abgelehnt!«

Verzweifelt konnte ich nur meinen Kopf sinken lassen.

Er wandte sich der Mannschaft zu. »Möchte jemand eine Aussage zur Verteidigung dieses Mädchens machen?«

»Miss Doyle«, sagte er dann. »Möchten Sie noch etwas sagen?«

Verzweifelt konnte ich nur den Kopf schütteln.

»Also gut. Ich muss ein Urteil verkünden.«

Er stand auf. »Als Kommandant der *Seahawk* verkünde ich das Urteil, dass dieses unnatürliche Mädchen, diese Charlotte Doyle, des Mordes an Samuel Hollybrass für schuldig befunden wird.«

Ein letztes Mal wandte er sich der Mannschaft zu. »Ist einer unter Ihnen, der dem Urteil widersprechen möchte?«

Niemand sprach.

»Miss Doyle, haben Sie noch etwas zu Ihrer Verteidigung vorzubringen?«

»Ich habe es nicht getan!«

»Miss Doyle, die Fakten sprechen dagegen. Ich möchte Sie darüber informieren: Die Strafe für ein solches Verbrechen ist Erhängen durch den Strick an der Nock. Innerhalb von vierundzwanzig Stunden werden Sie erhängt, bis der Tod eintritt.«

Nachdem er dies gesagt hatte, schlug er mit der Pistole auf die Reling. Die Verhandlung war beendet.

19

Ohne ein weiteres Wort zu verlieren führte mich Kapitän Jaggery in den Laderaum zurück und schloss mich wieder in die Zelle. Ich wandte mich von ihm ab, aber ich glaube, er stand noch eine Weile da und betrachtete mich im schwachen Licht der Laterne. Dann ging er. Ich hörte, dass sich seine Schritte entfernten, dann knarrte die Leiter. Es wurde langsam dunkler, bis der Frachtraum wieder völlig finster war. Schließlich fiel ich auf den Schemel. Und obwohl es vollkommen dunkel war, schloss ich die Augen.

Durch ein Geräusch aufgeschreckt blickte ich auf. Zacharias stand mit einer Kerze in der Hand vor mir. Leise ging er um die Zelle herum und zog die Stäbe heraus. Ich kroch aus meinem Käfig. Wir setzten uns wieder nahe nebeneinander und lehnten uns an ein Fass. Die kleine Kerze stand vor uns. Ich erzählte ihm alles, was geschehen war. Er blieb still, nickte nur von Zeit zu Zeit.

Als ich zum Schluss gekommen war, weinte ich schrecklich. Zacharias ließ mich weinen. Er wartete, bis ich meinen letzten Schluchzer herausgebracht hatte. Dann fragte er: »Wie viel Zeit gibt er dir?«

»Vierundzwanzig Stunden«, murmelte ich.

»Charlotte«, sagte er leise, »er wird es nicht vollstrecken.«

»Er tut, was er sagt«, sagte ich bitter. »Du hast es selbst gesagt. Und er hat die ganze Mannschaft hinter sich gebracht. Sie hat seinem Urteil zugestimmt. Er war vorsichtig. Und sehr auf Ordnung und Genauigkeit bedacht.« Ich erinnerte mich der Worte, mit denen der Kapitän sich selbst beschrieben hatte.

»Wie meinst du das?«

»Streng nach Vorschrift.«

»Jawohl, das ist er.« Zacharias rieb die Stoppeln auf seinem Kinn. »Und niemand ist für dich eingetreten?«, fragte er.

»Niemand.«

Er schüttelte den Kopf. »Das ist's, was ich nicht verstehe.«

Ich blickte auf. »Wirklich nicht?« Zum ersten Mal fühlte ich, dass sich mein Zorn gegen ihn richtete.

»Waren sie nicht deine Freunde geworden?«

»Ich habe keine Freunde.«

»Das darfst du nicht sagen, Charlotte. Hab ich dir nicht schon zu Anfang gesagt: du und ich – zusammen?«

Ich erinnerte mich und schüttelte den Kopf.

»Was soll das heißen?«, sagte er und versuchte meine Reaktion zu belächeln. »Nicht Freunde?«

»Zacharias«, brach es aus mir heraus, »ich soll aufgehängt werden!«

Er wischte es mit einer Geste zur Seite. »Wirst du nicht.«

»Wie kannst du da so sicher sein?«

»Ich lasse es nicht zu.«

»Du? Du müsstest aus deinem Versteck kommen. Was würde dann aus deinem Plan ihn den Behörden zu melden?«

»Den gebe ich auf.«

»Nach allem, was passiert ist?«

»Ja.«

»Ich glaube dir nicht!«

»Charlotte, warum sagst du so etwas?«

Als ich schwieg, sagte er: »Charlotte, da ist doch noch etwas, das in dir nagt. Etwas Bitteres. Du musst es mir sagen.«

»Sag mir nicht, was ich tun muss und was nicht!«, rief ich. »Das tut Jaggery.«

»Verzeih mir. Dieser alte Mann bittet dich bescheiden ihm zu sagen, was dich quält.«

»Zacharias«, entfuhr es mir, »du hast mir nicht die Wahrheit gesagt.« Er sah mich ernst an. »Das musst du erklären.«

Ich zog mich in die Zelle zurück.

Er rückte näher heran und drückte sein Gesicht gegen die Stäbe. »Charlotte!«, bestand er. »Jetzt bitte ich dich wirklich. Sag mir, was du denkst.«

»Zacharias«, sagte ich, jetzt wieder in Tränen. »Ich weiß doch, wer Mr. Hollybrass umgebracht hat!«

»Warum sagst du es dann nicht, damit ich es hören kann?«, sagte er streng.

»Ich warte darauf, dass er es selbst sagt«, gab ich zurück.

Er seufzte. »Es gibt ein altes Seemannssprichwort, Miss Doyle: Der Teufel wird jeden Knoten binden, bis auf den Knoten der Galgenschlinge. Den knotet sich jeder selbst. Ihr Schweigen ist dumm. Ich bitte Sie, wer, glauben Sie, war es?«

Ich presste meine Lippen fest zusammen.

»Miss Doyle«, sagte er, »wenn Sie Ihr Leben retten möchten, sagen Sie es mir. Ich versuche Ihnen zu helfen, aber ich kann es nicht ohne Ihre Gedanken zu kennen. Sie haben die Wahl, Miss Doyle. Darf ich Ihnen die beiden Möglichkeiten vor Augen führen? Ziehen Sie es vor, an der Nock aufgehängt zu werden? Oder wollen Sie als freier Mensch von Bord gehen? Was ist Ihnen lieber, Miss Doyle?«

»Zu leben.«

Er seufzte. »Dann sprechen Sie.«

»Mr. Zacharias«, sagte ich und fühlte mich immer schwächer, »ich habe Ihnen bereits gesagt, dass ich möchte, dass der Mann sich selbst stellt.«

»Sehr unwahrscheinlich.«

»Offenbar«, sagte ich verbittert.

Etwas in meiner Stimme schien ihn gestört zu haben. Er sah mich nachdenklich an. »Miss Doyle, warum nennen Sie mich Mister Zacharias?«

»Aus dem gleichen Grunde, aus dem Sie mich Miss Doyle nennen.« Er legte seinen Kopf auf die Seite. Ich konnte seinen Blick auf mir spüren. Einen Moment lang hatte ich den Mut ihn zu erwidern, dann sah ich schnell zur Seite.

Er sagte: »Charlotte . . . du hast mich im Verdacht. Habe ich Recht?«

Ich nickte.

»Schau mich an.«

Ich tat es. Wieder seufzte er. »Ist es wirklich wahr, dass du glaubst, ich hätte Mr. Hollybrass ermordet?«

Nach einem Moment gestand ich: »Ja.«

»Und warum?«

»Zacharias«, rief ich aus, »du warst doch an Deck!

Du hattest guten Grund ihn umzubringen. Und da ich es dir gesagt hatte, wusstest du, wo das Messer zu finden war. Ich glaube, du hättest lieber den Kapitän erstochen, dachtest aber, der Obersteuermann hätte es auch verdient. Und keiner würde etwas ahnen, oder? Und Jaggery schon gar nicht. Ich bin mir sicher, dass der Rest der Mannschaft das auch glaubt«, fuhr ich fort. »Und deshalb wollte mich niemand verteidigen! Um dich zu schützen, Zacharias, wie sie es immer getan haben. Ich kann es ihnen nicht einmal verübeln!«

Ich sank zu Boden und schluchzte. Eine Zeit lang sprach Zacharias kein Wort. Und je länger er schwieg, desto sicherer war ich mir, dass alles stimmte.

»Charlotte«, sagte er schließlich, »wenn du das wirklich geglaubt hast, warum hast du es nicht früher gesagt?«

»Weil du der Einzige bist – wie du mir selbst gesagt hast, und ich glaube dir –, der Einzige, der die *Seahawk* unbemerkt verlassen und die Behörden über Kapitän Jaggery informieren kann, wenn wir Providence erreichen!«

»Und darum hast du nichts gesagt?«

»Ja.«

»Das ehrt dich«, sagte er leise.

»Die Ehre kümmert mich nicht«, verkündete ich. »Ich würde viel lieber leben! Aber du hättest wenigstens ehrlich zu mir sein können.«

Er zögerte, dann sagte er: »Charlotte, du hast nicht ganz Recht.«

»Ich glaube nicht, dass ich alles weiß . . .«

»Charlotte«, sagte er jetzt sehr ernst, »ich habe Mr.

Hollybrass nicht umgebracht.« Ich sah ihn misstrauisch an.

»Charlotte«, fuhr er fort, »entweder vertrauen wir einander und überleben oder wir misstrauen einander und sterben.«

»Ich möchte dir glauben«, sagte ich ihm. »Wirklich.« Ich sank auf den Schemel zurück. Eine Weile sprach keiner von uns. Es schien nichts zu geben, was man hätte sagen können. Dann sagte ich völlig verzweifelt: »Zacharias, manchmal denke ich, dass Jaggery alles genau geplant hat, sogar, dass wir uns gegenseitig beschuldigen. Aber du hast ja gesagt, dass er nicht weiß, dass du noch lebst.«

Er fuhr auf. »Sag das noch einmal.«

»Was?«

»Das Letzte.«

»Dass er nicht weiß, dass du noch lebst?«

»Ja.« Er entfernte sich von der Zelle und setzte sich. Seine Stimmung hatte sich spürbar verändert. Nach einer Weile murmelte er: »Charlotte!«

»Was?«

»Als ich im Orkan an Deck war – da hat Jaggery mich gesehen.«

Seine Worte drangen nur langsam zu mir durch. »Zacharias, der Kapitän weiß, dass du noch lebst, und er hat nichts unternommen?«

»Ja.«

»Wann hat er dich gesehen?«, wollte ich wissen.

»Wie ich sagte, während des Orkans. Ich war an Deck und versuchte den Großmast zu erreichen.«

»Bevor oder nachdem du mir geholfen hast?«

Er dachte einen Moment nach. »Vorher. Ja, ich lehnte mich vornübergebeugt in den Wind, als ich

Stimmen hörte, die stritten. Ich konnte sie zunächst nicht erkennen, dann sah ich Kapitän Jaggery und Mr. Hollybrass. Sie stritten. Ich hörte, dass Mr. Hollybrass den Kapitän beschuldigte die *Seahawk* vorsätzlich in den Orkan gesteuert zu haben. Jaggery war außer sich. Ich glaubte, er würde Hollybrass schlagen. Dann ging der Erste, während der Kapitän sich mir zuwandte. Zunächst erkannte er mich nicht. Fluchte nur . . . so wie ich auch. Aber dann –«

»Was tat er?«

»Nichts. Starrte nur wild auf mich. Doch der Orkan nahm zu. Und bevor er etwas tun oder sagen konnte, eilte ich zum Fockmast, wo ich zufälligerweise war, als du mich brauchtest.«

»Hast du dich nicht gewundert, dass er nach dem Sturm nichts unternommen hat?«

»Charlotte, du selbst hast mir gesagt, dass du dachtest, ich wäre ein Geist, vielleicht ein Engel, als ich dir auf dem Mast half. Denk an Jaggery. Wenn es je einen Mann gab, der sich schlimmer Taten schuldig weiß, genug, um die Toten der sieben Meere zu erwecken, dann ist es dieser Mann. Als er nach dem Orkan nichts unternahm, entschied ich, dass es genau das war, was er dachte: dass ich eine Erscheinung war. Dass er mich in Ruhe ließ, war mir Beweis genug. Wie sonst wäre es zu erklären? Und daher war ich sicher.«

Ich blickte ihn durch die Gitter an und versuchte zu verstehen, was er gesagt hatte. »Zacharias«, sagte ich langsam, »während der Verhandlung fragte er gezielt, was mit dir geschehen sei.«

»Und du hast geantwortet . . .?«

»Um sicher zu sein, dass er es nicht erfahren

würde, sagte ich, du wärest umgekommen. Aber Zacharias, wenn er wusste, dass du noch lebst, hätte er sich denken können, dass wir es alle wussten. Und er hätte – genau wie ich – denken können, dass du Mr. Hollybrass umgebracht hast. Aber er wollte es nicht sagen.«

»Damit er dich verurteilen konnte.«

»Erst nachdem ich verschwunden war, konnte er sich um dich kümmern. Er durfte es nicht andersherum versuchen, denn dann hätte er befürchten müssen, dass ich zu den Behörden gehen würde – wie ich es ihm angedroht hatte. Glaubst du, dass er weiß, wer Mr. Hollybrass wirklich umgebracht hat?«

»Könnte sein.«

»Aber wer war es?«

Zacharias dachte nach. »Einen Mann in einem solchen Orkan umzubringen, wenn jeder Mann gebraucht wird, ist schon etwas . . . verrückt«, sagte er schließlich.

»Nun denn«, sagte ich. »Wer bleibt da übrig?«

Wir sahen einander an. Und wussten, wer.

»Der Kapitän«, sagte ich. »Er muss Mr. Hollybrass umgebracht haben.«

»Charlotte«, wandte Zacharias ein, »Mr. Hollybrass war Jaggerys einziger Freund . . .«

»Ja, man sollte glauben, dass sie Freunde waren. Keiner würde glauben, dass Kapitän Jaggery es getan hat. Aber du hast mir gesagt, dass sie noch nie zusammen auf See waren. Und ich habe keine große Freundschaft zwischen ihnen erkennen können. Oder du?«

»Nein . . .«

»Du sagtest, sie hätten gestritten«, fuhr ich fort.

»So etwas habe ich auch gesehen. Im Orkan dachtest du sogar, dass Kapitän Jaggery die Hand hob um Mr. Hollybrass zu schlagen, nachdem Hollybrass ihn beschuldigt hatte.«

»Dass er vorsätzlich in den Hurrikan gesegelt wäre.«

»Ist das eine schwere Anklage?«

»Die Eigner wären wohl sehr beunruhigt. Aber ihn umzubringen . . .«

»Zacharias, er sieht dich. Er weiß, dass du noch lebst. Die Mannschaft, so vermutet er, weiß es auch. Ich bin eine Bedrohung für ihn. Und du auch. Und jetzt ist da noch Mr. Hollybrass, eine weitere Gefahr. Aber wenn er Mr. Hollybrass umbringt, denkt jeder, du hättest das Verbrechen begangen.«

»Aber dann klagt er dich an«, sagte Zacharias.

»Wie gut er das eingefädelt hat!«, rief ich.

Zacharias starrte ins Dunkel. Dann sagte er langsam: »Die Mannschaft schweigt um mich zu decken und dich hängt er auf.«

»Und sobald ich erledigt bin, Zacharias . . . dann wird er sich um dich kümmern.«

Zacharias wurde nachdenklich. Zuletzt hörte ich ihn flüstern: »Möge Gott uns beschützen . . .«

Wir saßen still da. Nach einiger Zeit erlosch die Kerze.

»Was können wir tun?«, fragte ich niedergeschlagen.

»Charlotte, wir müssen ihn zwingen zu gestehen.«

»Er ist zu stark.«

»Es stimmt, man ringt einem Mann keine Geständnisse ab, wenn er eine Pistole in der Hand hält und man selber nicht.«

»Wie meinst du das?«

»Charlotte, du hast gesehen, was passiert ist, als wir uns gegen ihn erhoben haben. Du warst in seiner Kajüte, nicht wahr? Du hast den Stahlschrank gesehen, der voller Musketen ist. Da kommt man nicht so leicht ran. Keiner weiß, wo er den Schlüssel aufbewahrt.«

Ich streckte meine Hand aus und zog ihn am Ärmel. »Zacharias«, sagte ich, »ich weiß, wo er ihn aufbewahrt!«

20

Ich kletterte aus der Zelle und erzählte Zacharias schnell, was passiert war, nachdem ich mit der Information über den ›Round Robin‹ zu Kapitän Jaggery geeilt war: dass er einen Schlüssel hinter dem Bild seiner Tochter hervorgeholt und den Waffenschrank damit aufgeschlossen hatte. Zacharias schnaufte. »Ich wäre nie drauf gekommen, dort zu suchen.«

»Hast du denn gesucht?«

»Natürlich. Wenn wir den Schlüssel und damit auch die Gewehre bekommen hätten, dann hätten wir ihn längst überwältigt. Und ich kann dir sagen, das wollen wir immer noch.«

Ich fühlte freudige Erregung in mir aufsteigen. »Geht jetzt noch jemand in seine Kajüte?«, fragte ich.

»Ich weiß nicht«, sagte Zacharias. »Aber du könntest hingehen.«

»Ich?«

»Du weißt doch genau, wo der Schlüssel ist?«

»Aber ich soll doch hier sein!«

»Genau.«

»Zacharias!«, rief ich. »Das wäre verrückt. Und wenn er mich erwischt?«

»Das könnte auch nicht schlimmer sein als das, was er dir jetzt androht.«

Ich erkannte die grausame Logik seiner Worte. »Aber wenn wir den Schlüssel haben, was dann?«

»Wenn Jaggery keine Musketen hat, könnte man die Männer noch einmal zusammenbringen.«

»Was passiert, wenn die Gewehre der Mannschaft in die Hände fallen?«

»Das weiß ich auch nicht«, gestand er.

»Ich möchte nicht noch mehr Tote«, sagte ich.

»Besorg mir den Schlüssel, Charlotte. Der Rest ergibt sich dann.«

Die Tollkühnheit der Idee machte mir Angst. »Warum holst du ihn nicht selbst?«, wollte ich wissen.

»Wenn ich in seine Hände falle, Charlotte, kann er uns beide ausschalten. Wenn es bei dir nicht klappt, bleibt mir noch eine zweite Chance es zu versuchen.«

»Versuchen?«

»Charlotte, das ist alles, was ich versprechen kann.«

Ich dachte nach. Dann sagte ich: »Zacharias, du hast mir gesagt, dass die Mannschaft dich mit Essen versorgt. Ich werde nichts unternehmen, bis du gesagt hast, dass du Hollybrass nicht umgebracht hast. Und ich auch nicht. Und dass wir uns sicher sind, dass Kapitän Jaggery es selbst getan hat. Das macht meinen Versuch viel sicherer.«

»Da hast du Recht.«

»Wann kommen sie?«

»Wann immer sie können.«

»Zacharias«, erinnerte ich ihn. »Er hat mir nur vierundzwanzig Stunden gegeben.«

»Dann mach, dass du wieder da reinkommst«, sagte er, deutete auf die Zelle und zog sich hoch. »Ich versuche jemanden zu finden.«

Ich kehrte in den Käfig zurück. Zacharias stellte die Gitterstäbe wieder an ihren Platz und legte mir auch eine neue Kerze und eine Zunderbüchse in Reichweite. Ich hörte, dass er sich durch die Dunkelheit von mir fortbewegte. Schließlich konnte ich nicht mehr ausmachen, wo er war.

Die Dunkelheit befreite mich von Zeit und Raum. Abgeschnitten von der Welt konnte ich mir in Gedanken noch einmal vor Augen führen, was seit meiner Ankunft mit jenem seltsamen Mr. Grummage in Liverpool geschehen war. Es schien eine Million Jahre her zu sein und dabei war mir gleichzeitig alles so vertraut, als sei es gestern erst geschehen. Ich konnte mir nicht helfen: Ich war stolz auf das, was ich erreicht hatte.

Vielleicht war Zacharias' Bemerkung über meinen Vater schuld: Zum ersten Mal seit langer Zeit dachte ich an mein wahres Zuhause in Providence, Rhode Island. Obwohl ich nur sehr vage Erinnerungen an das Haus selbst hatte (ich war erst sechs, als wir fortzogen), waren die Erinnerungen an meine Mutter, meinen Vater, meinen Bruder und meine Schwester doch klar und deutlich.

Es überraschte mich, dass ich so lange nicht an meine Familie gedacht hatte. Erschrocken überlegte ich mir, wie ich alles erzählen sollte, wenn ich überlebte. Ich stellte mir vor, wie ich von meinen Abenteuern berichten würde, während sie mir, im Halbkreis um mich geschart, gebannt und bewundernd, erstaunt, aber doch stolz auf mich, zuhörten. Schon der Gedanke erfüllte mein Herz mit Stolz.

Ich war noch ganz in meine Träume versunken, als ich hörte, dass jemand näher kam. Ich wusste nicht, wer es sein könnte, zog mich in die hinterste Ecke der Zelle zurück und wartete. Aber dann hörte ich: »Charlotte!« Es war die Stimme von Zacharias.

»Mach mir Licht«, rief er leise.

Ich eilte nach vorne, fand die Zunderbüchse und Augenblicke später brannte die Kerze. Da war Zacharias. Und Keetch war bei ihm.

Vom ersten Augenblick an, als ich Keetch sah – das war, als ich an Bord der *Seahawk* kam –, hatte ich ihn nicht besonders gemocht. Er war zu nervös, zu unsicher. Es beunruhigte mich, dass Zacharias gerade ihn mitgebracht hatte.

»Miss Doyle«, sagte Keetch, als er näher kam. Er blickte in seiner aufgeregten Art umher: »Es freut mich, Sie zu sehen.«

»Ganz meinerseits«, zwang ich mich zu antworten.

Ein seltsamer Kriegsrat folgte. Zacharias machte von vornherein deutlich, dass weder er noch ich Mr. Hollybrass umgebracht hatten.

»Aber wer war es dann?«, fragte Keetch, sichtlich beunruhigt.

»Kapitän Jaggery«, sagte ich schnell.

»Was . . . wie meint ihr das?«

Wir ließen ihn unsere Gründe wissen. Keetch hörte gebannt zu und sah nur gelegentlich auf um mich oder Zacharias verwundert anzusehen. Doch dabei nickte er. »Seinen eigenen Kameraden umzubringen«, murmelte er zuletzt und schüttelte den Kopf.

»Hast du noch Zweifel?«, fragte Zacharias.

»Keine, was dich betrifft«, sagte Keetch zu ihm.

»Und was ist mit mir?«, fragte ich.

Er schien nicht bereit sich zu äußern.

»Wie ich es sehe«, sagte ich, »waren die Männer während der Verhandlung nicht bereit mir zu helfen, weil sie dachten, dass Zacharias Mr. Hollybrass umgebracht hat.«

»Das stimmt«, sagte Keetch. »Wir haben darüber gesprochen. Ich gebe zu, dass ich auch gesagt habe, dass wir Zacharias mehr verpflichtet sind als dir. Man muss wissen, wo ältere Rechte bestehen«, sagte er.

Ich versicherte ihm, dass ich verstanden hatte und niemandem einen Vorwurf machte.

»Wie du weißt«, fuhr Keetch fort, »war ich keiner von denen, die dir besonders nahe gekommen sind, nicht wie Zacharias hier. Ich gebe auch zu, dass ich dich nicht an Bord haben wollte. Du erinnerst dich sicher, dass ich dir das gesagt habe, als du an Bord kamst.« Ich nickte. »Aber du hast mir mehr als einmal bewiesen, dass ich Unrecht hatte«, schloss er. »Also, wenn mein Wort dir irgendetwas bedeutet, kannst du jetzt sicher sein, dass kein Mann deine Ehre besser schützen wird als ich.« Nachdem er das gesagt hatte, reichte er mir die Hand. Ich war erleichtert. Vielleicht, dachte ich, hatte ich Keetch Unrecht getan. Also nahm ich seine Hand und schüttelte sie wie ein alter Matrose. Ich fühlte eine große Last von meinem Herzen genommen.

Die Nachricht, die Keetch mitbrachte, war wichtig: Nach der Berechnung des Kapitäns waren wir nur wenige Tage von Providence entfernt. Mich zu hängen war deshalb eine eilige Angelegenheit – was erklärte, warum mir der Kapitän nur vierundzwanzig Stunden gewährt hatte. Keetch stimmte Zacharias bereitwillig zu: Wenn es uns gelang, den Kapitän von seinen Gewehren fern zu halten – und wir brauchten sie nicht einmal in unsere Hände zu bekommen –, dann wäre ein neuer Aufstand wahrscheinlich. »Aber er hält die Waffen unter Verschluss und hat den Schlüssel sicher versteckt«, warnte Keetch.

»Ich weiß, wo er versteckt ist«, sagte ich.

Keetch sah mich verwundert an.

»Wo?«

Ich sagte es ihm.

»Und du würdest versuchen dir den Schlüssel zu beschaffen?«

»Ja.«

Keetch pfiff leise. »Meistens hält er sich in seiner Kajüte auf«, sagte er.

»Ihr müsst ihn also an Deck locken und ihn dort festhalten«, sagte Zacharias.

»Ich werde warten und bin bereit, sobald ihr es geschafft habt«, warf ich ein. »Sobald ihr ihn oben habt, werde ich den Schlüssel zum Waffenschrank an mich bringen.«

»Das sollte kaum mehr als einen Augenblick dauern, Keetch«, drängte Zacharias. Keetch betrachtete seine Hände ausgiebig. »Es könnte gelingen.« Er blickte nach oben. »Was ist mit den anderen?«

»Du wirst die Nachricht verbreiten müssen, dass es der Kapitän war, der Mr. Hollybrass ermordet hat, und nicht ich«, sagte ihm Zacharias. »Und sie auch nicht.«

Keetch nickte. »Sie werden wissen wollen, was mit dem Schlüssel geschieht, wenn sie ihn an sich genommen hat«, sagte er.

Ich sah Zacharias an.

»Sie wird ihn mir geben«, sagte er. »Ich werde auf dem oberen Frachtdeck sein und auf sie warten. Und wenn ich ihn habe, dann ist es Zeit für uns beide . . .« Er stieß Keetch mit dem Ellenbogen an, »einen weiteren Aufstand anzuführen.«

Wieder warteten wir auf Keetch. An der Art, in der er herumzappelte, war leicht zu erkennen, wie nervös ihn unser Plan machte. Aber das war nur natürlich. Ich war ja auch nervös. Schließlich sagte er: »Das ist der einzige Weg. Dieses Mal muss es uns gelingen.«

Zacharias wandte sich mir zu. »Siehst du«, sagte er. »Wir machen's.« Dann gaben wir uns die Hände und schon bald war ich wieder allein in der Dunkelheit.

Es mag seltsam klingen, aber ich hatte keine Angst. Ich glaubte, dass unser Plan gelingen könnte. Oh, welch festen Glauben an die Gerechtigkeit ich damals noch hatte!

Nur noch einige Tage von Providence entfernt . . . Ich lächelte. Ich würde zu dem alten Leben mit meiner Familie zurückkehren; jetzt aber in Amerika, wo, wie man mir gesagt hatte, größere Freiheit herrschte. Ich verbrachte den größten Teil der folgenden Stunde damit, an die frohen Tage der Zukunft zu denken und nicht an das, was mir bevorstand.

Ein Geräusch ließ mich hochfahren. Ich starrte in die Dunkelheit. Zacharias erschien vor mir, ganz außer Atem. »Charlotte«, rief er. »Es ist so weit!« Ich kroch aus der Zelle. Zacharias hatte eine kleine, gut abgeschirmte Laterne gefunden. »Hier entlang«, flüsterte er, bevor ich Fragen stellen konnte.

Wir bewegten uns auf den zentralen Frachtraum und die Leiter zu. Ich sah nach oben. Dort war es vollkommen dunkel.

»Wie spät ist es?«, fragte ich plötzlich.

»Zwei Glasen der Mittelwache.«

An Land hieße das ein Uhr nachts!

»Könnten wir es nicht bei Tageslicht versuchen?«

»Charlotte, du sollst bei Tagesanbruch gehängt werden.«

Mir drehte sich der Magen um. Meine Knie wurden weich.

Zacharias legte mir die Hand auf den Arm, als hätte ihn selbst die Angst ergriffen. »Du schaffst das schon«, sagte er.

Er schloss den Schirm der Laterne bis auf einen kleinen Schlitz und stieg vor mir die Leiter hinauf. Ich folgte ihm, bis wir das obere Frachtdeck erreicht hatten. Dort angelangt bedeutete Zacharias mir zur hinteren Leiter zu kommen. Sie führte direkt ins Zwischendeck, vor die Tür der Kajüte des Kapitäns.

»Wo ist der Kapitän?«, flüsterte ich.

»Keetch hat mir gesagt, dass er sich am Ruder befindet«, erklärte Zacharias mit leiser Stimme. »Er hat es irgendwie geschafft, das Steuerrad zu verklemmen, und den Kapitän um Hilfe gebeten. Hat ihn aus dem Bett geholt.«

»Wie viel Zeit habe ich?«

»Mach so schnell wie möglich«, lautete seine Antwort.

»Und die anderen?«

»Sie sind alle informiert und warten. Geh jetzt. Ich warte hier auf dich.« Ich sah ihn an.

»Charlotte, es ist das hier oder die Royalrah.«

Ich kroch nach oben, stand schon bald im verlassenen Zwischendeck und lauschte. Das beständige Rauschen der Wellen, das Rollen und Stampfen des Schiffes, das Ächzen und Stöhnen der Balken – alles sagte mir, dass die *Seahawk* sich in einer frischen Brise Richtung Heimat bewegte. Zufällig stand die Tür meiner alten Kajüte offen. Sie schwang hin und her und schlug unregelmäßig zu. Die Scharniere knarrten. Wo hatte ich dieses Geräusch schon einmal gehört? Ich erinnerte mich an die erste Nacht an Bord des Schiffes, als ich auf meinem Bett lag und mich so einsam und verlassen fühlte. Wie sehr hatte ich mich damals gefürchtet und wie wenig gab es zu fürchten! Ich erinnerte mich sogar an die Stimmen, die ich damals vor meiner Tür gehört hatte. Wer hatte gesprochen?, fragte ich mich, als wolle ich mich jetzt vor dem Weitergehen drücken. Was war gesagt worden?

Nervös schaute ich über die Schulter durch die Luke des Zwischendecks. Obwohl ich nicht viel sehen konnte, lag doch ein schwaches Leuchten auf Deck, das mir sagte, dass wir Vollmond oder zumindest einen fast vollen Mond haben mussten. Ich war froh darüber. Es bedeutete, dass wenigstens etwas Licht in die Kajüte des Kapitäns fallen würde.

Doch unerklärlicherweise blieb ich stehen und verschwendete wertvolle Zeit damit, dem Schlagen und Knarren meiner alten Tür zu lauschen. Dabei versuchte ich meine Angst zu verdrängen, die wie ein schwerer Ballast in meiner Magengrube lag. Ich hatte das unbestimmte Gefühl, dass ich etwas an den Stimmen, die ich in der ersten Nacht gehört hatte, nicht bedacht hatte. Dieses Gefühl war wie ein unsichtbares Tau, das mich festhielt. Ich konnte machen, was ich wollte, ich konnte es nicht loswerden.

Ein tiefes Eintauchen des Schiffes rüttelte mich wach. Ich kontrollierte, ob die kleine Laterne gut abgeschirmt war, ging zur Tür, legte die Hand auf die Klinke und drückte sie herunter. Die Tür ließ sich leicht öffnen. Der Raum lag vor mir. Schwach konnte ich die schönen Möbel erkennen und sogar das Schachbrett mit den Figuren – genau so, wie ich sie bei meinem ersten Besuch gesehen hatte. Ich hielt die Laterne höher. Dort, am Tisch, saß Kapitän Jaggery. Seine Augen sahen mich an.

»Miss Doyle«, sagte er, »wie freundlich von Ihnen mich zu besuchen. Treten Sie bitte näher.«

21

Er hatte mich erwartet. Ich konnte ihn nur ungläubig anstarren.

»Bitte nehmen Sie Platz«, sagte der Kapitän. Er erhob sich und bot mir einen gepolsterten Stuhl an. Als die *Seahawk* erneut stampfte, schlug die Tür hinter mir zu. Das Geräusch schreckte mich auf.

»Sie wussten, dass ich komme«, flüsterte ich. Es war mir unmöglich, die Stimme zu heben.

»Selbstverständlich.«

»Woher?«

Ein Lächeln huschte über seine Lippen. Dann sagte er: »Mr. Keetch.«

»Keetch?«, wiederholte ich tonlos.

»Er hat mich von Anfang an bestens über die Mannschaft auf dem Laufenden gehalten: wie sie andere Matrosen davon abgehalten haben, anzuheuern; wie sie die Passagiere bedrohten, damit sie die Reise nicht antraten. Er informierte mich über Cranick und über Zacharias. Ja, Miss Doyle, ich weiß, dass Ihr Freund noch lebt und sich im Frachtraum versteckt. Ich bin froh, dass er mir nicht in die Quere kommt. Es wird keine Mordanklage gegen mich geben, nicht wahr? Aber zur Sache: Ich weiß, was Sie in meiner Kajüte suchen. Es ist die Pflicht eines Kapitäns, Miss Doyle, sein Schiff und seine Mannschaft zu kennen. Alles in Ordnung zu halten. Das habe ich Ihnen ja schon einmal gesagt. Offensichtlich überrascht es Sie immer noch.«

Ich stand starr und steif.

»Wollen Sie sich nicht setzen?«

»Was haben Sie mit mir vor?«, fragte ich.

»Sie haben Ihre Verhandlung gehabt. Wurde sie nicht ordnungsgemäß durchgeführt?«

»Ich habe Hollybrass nicht umgebracht.«

»War es eine ordnungsgemäße Verhandlung, Miss Doyle?«

»Sie haben ihn ermordet«, entfuhr es mir.

Er schwieg einige Zeit. Dann sagte er schließlich: »Wissen Sie, warum ich Sie verachte, Miss Doyle?« Er sagte es ruhig, ohne Gefühl. »Wissen Sie es?«

»Nein«, gestand ich.

»Die Welt an Bord, Miss Doyle, ist keine Welt

ohne Streit«, hob er an. »Oft ist es ein Kampf auf Leben und Tod. Aber es ist eine Welt, Miss Doyle, die nach ihren eigenen Gesetzen funktioniert. Wenn eine Fahrt beginnt, weiß jeder, dass ein Gleichgewicht zwischen Kommandierendem und Kommandierten bestehen muss. Ich kann mit den Matrosen umgehen, und sie mit mir. Ich brauche sie um die *Seahawk* zu segeln. Genau wie sie mich brauchen. Folglich leben wir auf Grundlage einer gegenseitigen Übereinkunft: sie da und ich hier. Als diese Reise begann, war ich voller Hoffnung, dass Sie mir mit Ihrem damenhaften Charme helfen würden, dass sich die Mannschaft an diese Ordnung hält. Aber Sie haben in die Ordnung eingegriffen. Sie haben es sich herausgenommen, in Dinge einzugreifen, die Sie nichts angehen. Schauen Sie nur, was Sie angerichtet haben! Wie Sie sich kleiden! Es liegt nicht daran, dass Sie anders sind, Miss Doyle. Bilden Sie sich nichts ein. Das Problem ist, dass Ihr Verhalten die Mannschaft dazu bringt, ihren Platz zu vergessen. Und meinen. Und damit auch die Ordnung der Dinge! Sie fragen mich, was ich mit Ihnen vorhabe. Ich beabsichtige –«

»Sie haben Hollybrass ermordet, nicht wahr?«, wollte ich wissen.

»Ja, das stimmt.«

»Warum?«

»Er hat mich bedroht«, sagte der Kapitän und schüttelte den Kopf. »Mitten im Hurrikan. Das konnte ich nicht durchgehen lassen.«

»Und dann haben Sie sich entschlossen mir den Mord anzulasten, damit ich nicht zu den Behörden gehen und die Wahrheit über Sie verraten kann.«

»Wer ist denn schuld an den Katastrophen dieser Reise?«, erwiderte er. »Ich bin es nicht, oder? Nein, jemand anders muss schuld sein. Das unnatürliche Mädchen. Um die Ordnung zu bewahren muss man Opfer bringen.«

»Bin ich das Opfer?«, wollte ich wissen.

»Um ehrlich zu sein, ich wünschte, Sie hätten sich in der Takelage oder auf dem Bugspriet den Hals gebrochen. So ist es leider nicht gekommen. Wie es aussieht, werden wir Providence in wenigen Tagen erreichen. Es ist wichtig, dass meine Rolle als Kapitän gefestigt ist, bevor wir an Land festmachen. Mr. Hollybrass musste sterben. Niemand würde glauben, dass ich so etwas tun konnte. Da Sie unnatürlich sind – und ich möchte Sie erinnern, dass alle anderen auch so denken –, werden Sie zur Verantwortung gezogen. Und so ist unsere Welt wieder in Ordnung gebracht.«

Ich hatte mich immer noch nicht bewegt.

Er begann einige Kerzen anzuzünden und beachtete mich gar nicht weiter. Ein weiches, gelbes Licht erfüllte den Raum.

»Schauen Sie«, sagte er dann.

Verwundert sah ich mich in der Kajüte um. Jetzt konnte ich sehen, was mir vorher im Mondlicht verborgen geblieben war: Fast die ganze Einrichtung war zerstört. Stuhl- und Tischbeine waren zerbrochen. Die Polster hatten Wasserflecken. Die Rahmen hingen schief an den Wänden. In einigen fehlten die Bilder. Die Seekarten und Papiere auf dem Tisch waren zerknittert oder zerrissen. Das Teeservice war verbeult und verschmutzt, obwohl alles ordentlich auf dem Tisch stand. Wie ich jetzt sehen konnte, waren die Schachfiguren in Wirklichkeit Salz- und Pfefferstreuer, zerbrochene Tassen, verbogene Kerzenständer. Ich blickte ihm wieder ins Gesicht. Er sah mich an, als wäre nichts geschehen.

»Der Orkan hat viel zerstört«, sagte er. »Ich habe lange gebraucht um die Kajüte wieder aufzuräumen. Ich habe gute Arbeit geleistet, nicht wahr? Ordnung, Miss Doyle, Ordnung ist alles. Löscht man das Licht, dann . . .« Er beugte sich vor und blies die Kerzen aus. »Sehen Sie – jetzt kann man den Unterschied nicht mehr erkennen. Alles scheint in Ordnung zu sein.«

»Sie sind . . . verrückt«, sagte ich.

»Ganz im Gegenteil, Miss Doyle, ich bin der reine Verstand. Und um Ihnen meinen klaren Verstand unter Beweis zu stellen werde ich Ihnen einige Angebote machen. Sie sind in meine Kajüte gekommen, Miss Doyle, um den Schlüssel zum Waffenschrank zu stehlen. Stimmt das nicht?« Ich wusste nicht, was ich sagen sollte. »Sie brauchen es nicht zuzugeben. Ich weiß es. Mr. Keetch hat mir alles verraten.« Während er sprach, griff er in seine Jackentasche und zog einen Schlüssel hervor.

»Hier ist der Schlüssel, den Sie haben wollten«, sagte er und warf ihn mir vor die Füße. »Heben Sie ihn auf, Miss Doyle«, sagte er. »Gehen Sie zum Waffenschrank. Nehmen Sie sich irgendeine Muskete heraus. Sie sind alle geladen. Ich bleibe hier sitzen. Sie können den Plan ausführen, den Sie mit Zacharias ausgeheckt haben. Sie können sicher sein, dass ich ermordet werde. Aber Sie können auch sicher sein, dass die Welt erfahren wird, welche Rolle Sie bei dieser Geschichte gespielt haben. Glauben Sie, dass die Matrosen nichts verraten werden? Nein. Öffnen Sie den Schrank dort und Sie werden einen Skandal auslösen. Schrecken. Ruin. Und nicht nur für Sie alleine, auch für Ihre Familie, Ihren Vater und seine Geschäfte. Also, bevor Sie dies tun, bedenken Sie mein anderes Angebot.« Er ging in die hintere Ecke seiner Kajüte und holte etwas hervor, das aussah wie ein Kleiderbündel. Er warf es mir vor die Füße. Im Licht der Laterne erkannte ich, dass es die Kleider waren, die ich vor Wochen – die mir wie Jahrzehnte vorkamen! – zur Seite gelegt hatte um saubere Kleidung zu haben, wenn wir in Providence anlegten. Weißes Kleid. Strümpfe. Handschuhe. Haube. Alles in makellosem Zustand.

»Ziehen Sie die Sachen wieder an, Miss Doyle«, sagte er. »Nehmen Sie Ihren standesgemäßen Platz wieder ein. Bereuen Sie öffentlich Ihre Verfehlungen. Bitten Sie mich vor versammelter Mannschaft um Vergebung und ich gebe Ihnen mein Wort, ich werde sie Ihnen gewähren. Dann ist alles wieder im rechten Lot. Wie die Einrichtung meiner Kajüte. Vielleicht ein wenig verbeult und zerrissen, aber im Dämmerlicht wird es keiner bemerken. Mein guter Ruf – und der Ihre – bleibt gewahrt. Natürlich gibt es noch eine dritte Möglichkeit. Sie haben Ihre Verhandlung gehabt. Ein Urteil ist gefällt worden. Sie haben das Urteil angenommen und werden gehängt. Ich werde eine Geschichte für Ihre Familie erfinden. Irgendeine . . . Krankheit. Oder ein Unfall. Der Hurrikan. Selbstverständlich steht es Ihnen auch frei, sich für den Strang zu entscheiden. Also, wofür entscheiden Sie sich?« Er setzte sich wieder in seinen Stuhl, faltete die Hände und wartete.

Oben an Deck wurde drei Glasen geschlagen.

»Und was ist, wenn ich keinen Ihrer Vorschläge akzeptiere?«

Er zögerte. »Miss Doyle, ich dachte, ich hätte klar gemacht, dass Ihnen keine andere Wahl bleibt.«

»Da irren Sie«, sagte ich, drehte mich um und rannte aus seiner Kajüte durch das Zwischendeck an Deck.

Es war tatsächlich Vollmond. Der Mond stand zwischen jagenden Wolkenfetzen hoch am tiefschwarzen Himmel. Die Segel des Fockmasts waren gebläht und flatterten in der steifen Brise. Die See rauschte um den Bug. Die *Seahawk* machte gute Fahrt.

Die Mannschaft stand in einer Linie auf dem Backdeck und blickte auf mich hinunter. Als ich mich dem Schanzdeck zuwandte, sah ich dort, nicht weit vom Stumpf des Großmastes, Keetch stehen. Neben ihm stand Zacharias. Seine Hände waren vor dem Bauch gefesselt. Ich brauchte nur einen Augenblick um zu erkennen, dass die Verschwörung verraten worden war und dass wir verloren hatten.

Ich machte einen Schritt nach vorne. Hinter mir hörte ich, dass Kapitän Jaggery seine Tür öffnete. Ich blickte kurz zu ihm hinüber; er hatte eine Pistole in der Hand. Als er an Deck trat, bewegte ich mich schnell zur anderen Seite.

Einen Moment standen alle still, als wartete jeder darauf, dass der andere die erste Bewegung machte.

Dann brach Kapitän Jaggery das Schweigen. »Da steht euer Mannschaftskamerad«, rief er der Mannschaft zu. »Sie hat sich in meine Kajüte geschlichen und hätte mich im Schlaf ermordet, wenn ich nicht aufgewacht wäre und ihr diese Pistole abgerungen hätte. Es genügte ihr nicht, Mr. Hollybrass umzubringen! Mich hätte sie auch ermordet. Ich sage euch, sie hätte euch alle ermordet!«

»Und Zacharias dort«, schrie der Kapitän weiter, »der sich versteckt und so getan hat, als wäre er verletzt, damit er nicht arbeiten muss – er hat sie befreit und zum Morden angestiftet. Sie hat ihre Verhandlung gehabt. Sie hat ihr Urteil gehört. Ihr alle habt ihm zugestimmt. Und gerade eben habe ich ihr noch einmal eine Gelegenheit gegeben dem Galgen zu entkommen. Ich bat sie, sich angemessene Kleidung anzulegen, und habe ihr gesagt, ich würde sie großzügig begnadigen. Das hat sie abgelehnt.«

»Er lügt!«, rief ich. »Er versucht seine Haut zu retten. Er hat Hollybrass umgebracht. Er hat es zugegeben.«

»Sie ist diejenige, die lügt!«, schrie der Kapitän und zielte mit seiner Pistole zunächst auf mich, dann auf die Mannschaft, die erschreckt in Deckung ging. »Die Wahrheit ist, dass sie das Schiff an sich bringen will. Genau das will sie. Würdet ihr das zulassen? Wollt ihr im Hafen einlaufen und wollt ihr, dass sie das Gerücht in Umlauf setzt, dass sie, ein Mädchen, das Kommando an Bord und über jeden Einzelnen von euch übernommen und euch Befehle erteilt hat? Ein Mädchen! Wärt ihr je wieder in der Lage mit erhobenem Kopf in irgendeinen Hafen dieser Welt einzulaufen? Denkt nur, welche Schande das wäre!«

Ich hatte mich langsam auf die Stufen des Backdecks zubewegt, da ich glaubte, die Männer dort würden hinter mir stehen. Aber während ich mich näherte, kam niemand auf mich zu. Ich blieb stehen.

»Ihr dürft ihm nicht glauben!«, flehte ich sie an.

»Habt keine Angst vor ihr«, schrie Kapitän Jaggery. »Seht sie an. Sie ist nur ein unnatürliches Mädchen, das versucht wie ein Mann zu handeln. Versucht ein Mann zu sein. Wenn sie lebt, bringt sie euch nur Unglück. Überlasst sie ihrer Strafe.«

Ich begann die Stufen zum Backdeck hinaufzusteigen. Die Männer zogen sich zurück. Erschrocken blieb ich stehen. Ich suchte nach Barlow. Ewing. Grimes. Fisk. Keiner von ihnen schien meinen Blick zu erwidern. Ich wandte mich ab.

Kapitän Jaggery winkte mit der Pistole. »Ergreift sie!«, befahl er.

Aber so weit wollten sie doch nicht gehen. Da der Kapitän dies erkannte, kam er jetzt selbst auf mich zu.

Ich zog mich zurück, bis ich auf dem Backdeck stand. Die Reihe, die die Mannschaft gebildet hatte, teilte sich. Die Männer standen jetzt rechts und links von mir. »Helft mir!«, flehte ich. Aber sie ignorierten sowohl Kapitän Jaggerys Befehle als auch meine Bitten.

Der Kapitän verfolgte mich vorsichtig. Langsam stieg er die Stufen zum Backdeck hinauf. Ich zog mich zum Bug zurück und ging am Spill vorbei bis auf Höhe des Ankerbalkens. Jaggery kam immer näher. Gegen das Mondlicht erschien er als gesichtsloser Schatten. Der einzige helle Fleck war das metallische Glitzern der Pistole, die das Licht des Mondes einfing. Mein Herz klopfte so wild, dass ich kaum atmen konnte. Ich suchte nach einem Fluchtweg, fand aber keinen. Der Bug tanzte unter meinen Füßen. Verzweifelt blickte ich hinter mich; es waren nur ein paar Fuß zwischen mir und der See.

Immer noch kam der Kapitän näher. Ich kletterte weiter hinauf bis auf die Vorpiek. Er blieb stehen, stellte sich breitbeinig hin und streckte seinen Arm mit der Pistole. Ich konnte sehen, dass sich seine Hand spannte. Der Bug tauchte ein. Das Deck hob sich. Er feuerte trotzdem. Der Schuss ging weit daneben. Wütend schleuderte er die Pistole in meine Richtung. Ich stolperte nach hinten, fiel. Er sprang auf mich zu. In Panik griff ich nach einem Stag um nicht herunterzufallen und kletterte auf den Bugspriet. Verzweifelt hielt ich mich an dem Stag fest und bewegte mich weiter auf den Bugspriet hinaus. Das Schiff tauchte wieder tief ein. Dabei behielt ich Kapitän Jaggery stets im Auge. Im nächsten Moment kletterte er mir hinterher. Ich drückte mich an den wogenden Segeln vorbei. Unter mir hob und senkte sich das Meer. Aus dem Augenwinkel sah ich, dass die Mannschaft nach vorne geeilt war um zu sehen, was geschah. Schließlich war das Stag, an dem ich mich festhielt, zu Ende. Der Kapitän kam mir immer näher. Offenbar wollte er mich hinunterstoßen. Nur wenige Fuß lagen noch zwischen uns. Mit einem Schrei warf er sich auf mich.

In diesem Augenblick tauchte die *Seahawk* wieder ein. Kapitän Jaggery verlor den Halt. Er streckte seine Arme aus. Aber er hatte das Gleichgewicht verloren und fiel. Verzweifelt streckte er seine Hand nach mir aus. Instinktiv sprang ich hin. Einen Moment lang konnte ich seine Finger festhalten. Dann tauchte das Schiff wieder ein und er wurde in die Wellen gerissen. Das Schiff schien sich aufzubäumen. Kapitän Jaggery wurde noch einmal aus dem Meer gehoben: Sein Arm hatte sich im schäumenden

Schnabel der Galionsfigur verfangen. Dann hob sich die *Seahawk*, als wolle sie ihn abwerfen. Kapitän Jaggery fiel in die tosende Gischt. Er verschwand unter dem Schiff und tauchte nicht wieder auf.

Zitternd und nass bis auf die Haut hangelte ich mich am Bugspriet zurück, bis ich auf die Vorpiek klettern konnte. Die Gruppe der Männer teilte sich vor mir. Keiner sagte ein Wort. Ich hielt inne und drehte mich um. »Gebt mir ein Messer«, sagte ich.

Grimes zog eins aus seiner Tasche. Ich eilte über das Deck dorthin, wo Zacharias immer noch stand. Keetch war nicht mehr da. Ich zerschnitt die Leine, mit der Zacharias gefesselt war. Wir umarmten einander. Schließlich gingen wir zur Reling des Schanzdecks.

»Wir müssen einen Kapitän haben«, sagte Zacharias. »Nicht Keetch, denn der hat uns verraten und gehört in die Zelle gesperrt. Aber Miss Doyle hier, die hat geschafft, was keiner von uns konnte. Von jetzt an soll sie unser Kapitän sein!«

22

Obwohl man mich »Kapitän« nannte, war ich es doch nur dem Namen nach. Es war mir nur allzu klar, dass ich noch viel lernen musste. Wie Zacharias später zugab, spielte bei meiner »Beförderung« zudem keine geringe Rolle, dass ich die Tochter eines Vorstandsmitglieds der Gesellschaft war, der die *Sea-*

hawk gehörte. Obwohl ich im Logbuch als Kapitän eingetragen wurde – ich schrieb es selbst hinein –, übernahm Zacharias das eigentliche Kommando. Ich bestand darauf und niemand hatte Einwände. Die Mannschaft wählte die Offiziere – Fisk und Barlow –, teilte sich selbst in Wachen ein und organisierte alles zufriedenstellend. Johnson war mehr als froh in die Back zurückkehren zu können.

Was Kapitän Jaggery betraf, so war der Eintrag einfach: Auf Drängen der Mannschaft schrieb ich, dass unser tapferer Kapitän während des Hurrikans seinen Posten am Ruder nicht verlassen hatte, dann aber in den letzten Stunden des Orkans von Bord gespült worden war. Mr. Hollybrass wurde ein ähnlicher Heldentod zugeschrieben. Seither habe ich die Geschichten verstorbener Helden immer mit großer Skepsis gelesen!

Obwohl Fisk und Barlow darauf bestanden, dass ich in die Kapitänskajüte umzog, tat ich weiterhin den normalen Dienst in meiner Wache. Zwischendurch schrieb ich ohne Unterlass an meinem Tagebuch, da ich alles festhalten wollte. Es schien mir, als könnte ich nur dann wirklich an das Geschehene glauben, wenn ich die Ereignisse in meinen eigenen Worten erneut durchlebte.

Innerhalb von vierundzwanzig Stunden nach Kapitän Jaggerys Tod warf Morgan das Lot, zog einen Klumpen schwarzen Sandes mit hoch, nahm etwas davon in den Mund und verkündete: »Block Island.« Wenn sich der Wind nicht drehte, konnten wir Providence in weniger als achtundvierzig Stunden erreichen. In der Tat sichteten wir zwölf Stunden später Festland: ein dünner, welliger, grüngrauer Streifen zwischen Meer und Himmel. Die Mannschaft freute sich sehr und schmiedete eifrig Pläne für ihren Landgang. Ich hingegen verfiel plötzlich in eine mir unerklärliche Melancholie.

»Was hat unser Kapitän Doyle?«, fragte Zacharias und benutzte den Titel, mit dem mich alle gerne aufzogen. Er hatte mich an der Vorpiek gefunden, wo ich verdrießlich aufs Meer schaute – und auf die Küste, der wir immer näher kamen. Ich schüttelte den Kopf.

»Es geschieht nicht oft«, erinnerte er mich, »dass ein Mädchen als Passagier an Bord eines Schiffes kommt und als Kapitän in den Hafen einfährt.«

»Zacharias, was soll aus mir werden?«, fragte ich.

»Also, jetzt würde ich mir keine Gedanken mehr darüber machen. Du hast mir erzählt, dass deine Familie wohlhabend ist. Ein schönes Leben erwartet dich. Charlotte, du hast dir die Freundschaft von manch einem hier an Bord erworben. Du hast Erfahrungen gemacht, über die wenige junge Leute verfügen. Es ist eine Fahrt gewesen, an die wir uns noch lange erinnern werden.«

»Wo bist du zu Hause?«, fragte ich ihn plötzlich.

»An der Ostküste Afrikas.«

»Warst du ein Sklave?«

»Nein, war ich nie«, sagte er stolz.

»Und wolltest du Matrose werden?«

Diese Frage beantwortete er nicht sofort. Aber als er antwortete, war sein Ton weniger fröhlich: »Ich bin von zu Hause weggelaufen«, sagte er.

»Warum?«

»Ich war jung. Die Welt war groß. Mein Zuhause war klein.«

»Bist du je zurückgekehrt?«

Er schüttelte den Kopf.

»Wolltest du nie zurück?«

»O ja, oft. Aber ich wusste nicht, ob ich willkommen war. Oder was ich vorfinden würde. Erinnerst du dich an das, was ich dir gesagt habe, als du gerade an Bord warst, Charlotte? Dass du, ein Mädchen, und ich, ein alter Schwarzer, einzigartig auf See wären?«

»Ja.«

»Mehr als das«, sagte er, »ich bin überall einzigartig.«

»Und ich?«

»Wer weiß das jetzt?«, antwortete er. »Ich kann dir nur so viel sagen, Charlotte: Ein Matrose wählt den Wind, der das Schiff aus dem sicheren Hafen herausführt. Ach ja, aber wenn man einmal an Bord ist, haben die Winde, die du erlebt hast, eigene Pläne. Sei vorsichtig, Charlotte, welchen Wind du wählst.«

»Wird niemand in Providence danach fragen, was geschehen ist?«, fragte ich.

»Wir erinnern die Eigner daran, dass wir die *Seahawk* heil und mit vollständiger Ladung in den Hafen gebracht haben. Es stimmt, wir haben den Kapitän und den Ersten Offizier verloren, aber sie starben in Erfüllung ihrer Pflicht«, erwiderte er.

»Wird Keetch nichts verraten?«

»Der ist nur zu dankbar, dass wir ihm das Leben geschenkt haben. Außerdem hatte Jaggery ihn irgendwie in der Hand. Hat ihn erpresst. Also ist Keetch jetzt auch frei.«

»Cranick?«

»War nie an Bord. Die Eigner werden über die großen Verluste trauern, aber ihre Tränen werden nicht dazu ausreichen, einen Hut zum Schwimmen zu bringen.«

Fast zwei Monate nachdem wir Liverpool verlassen hatten, fuhren wir in die Narraganset Bay ein und kreuzten langsam auf Providence zu. Und am Morgen des 17. August 1832 machten wir an den India-Docks fest. Als mir klar wurde, dass wir anlegten, ging ich in meine Kajüte und zog mir die Kleider an, die ich für diesen Anlass zurückgelegt hatte: die Haube über das gestutzte Haar. Ein ordentliches, wenn auch etwas zerschlissenes Kleid. Schuhe in einem noch schlechteren Zustand. Handschuhe mehr grau als weiß. Zu meinem Erstaunen fühlte ich mich so beengt und eingezwängt, dass mir das Atmen schwer fiel. Ich blickte auf meinen Seekoffer, in dem ich meine Matrosenkleider verstaut hatte. Einen Moment lang dachte ich daran, sie wieder anzulegen, sagte mir aber schnell, dass sie – von jetzt an – eine Erinnerung bleiben mussten.

Als die Leinen festgemacht waren, blickte ich auf den Kai und sah mit klopfendem Herzen meine Familie unter den dort Wartenden stehen. Da standen mein Vater und meine Mutter, mein Bruder und meine Schwester, und alle suchten nach mir. Sie sahen noch genauso aus, wie ich sie in Erinnerung hatte: trotz der Sommerhitze korrekt und elegant gekleidet. Meine Mutter trug ein langes, dunkelgrünes Kleid mit einem rötlich braunen Schal über den Schultern und eine Haube, die ihr streng gescheiteltes Haar fast vollständig bedeckte. Mein Vater, das Abbild eines wohlhabenden Mannes, trug einen Gehrock mit Weste und einen Zylinder über grau meliertem Backenbart. Meine Geschwister waren

Miniaturausgaben von ihnen. Ich freute mich wirklich sie zu sehen. Dennoch hatte ich plötzlich mit Tränen zu kämpfen.

Der Abschied von der Mannschaft war allzu kurz und sehr zurückhaltend. Wir hatten uns am Abend zuvor schon richtig verabschiedet. Es gab Tränen bei Barlow und eine raue Umarmung von Fisk. Ewing küsste mich auf die Wangen. »Jetzt bist du meine Meerjungfrau, Mädchen«, flüsterte er mit einem breiten Grinsen. Das Angebot eines Spleißmessers lehnte ich ab. Foleys Trinkspruch folgte eine Runde Rum, die mit dem dreimaligen »Hurra!« der Mannschaft endete.

Dann kam die letzte Mittelwache mit Zacharias, während der er meine Hand hielt. Ich war unfähig zu sprechen und hatte Mühe meine sich überschlagenden Gefühle unter Kontrolle zu halten.

Jetzt ging ich die Gangway hinab in die vorsichtigen Umarmungen meiner Eltern. Sogar mein Bruder Albert und meine Schwester Evelina gaben mir wenig mehr als leichte Küsse, die mein Gesicht kaum berührten.

Wir ließen uns in der Familienkutsche nieder.

»Warum ist Charlottes Kleid so zerschlissen?«, fragte Evelina.

»Es war eine lange, schwierige Reise, Liebes«, antwortete meine Mutter für mich.

»Und ihre Handschuhe sind so schmutzig«, warf Albert ein.

»Albert!«, wies Papa ihn zurecht.

Doch dann, nachdem wir einige Zeit schweigend gefahren waren, sagte meine Mutter: »Charlotte, dein Gesicht ist doch sehr gebräunt.«

»Die Sonne war heiß, Mama.«

»Ich hatte angenommen«, sagte sie kühl, »dass du dich in deiner Kajüte aufgehalten hättest um moralische Schriften zu lesen.«

Nur das Klappern der Pferdehufe war zu vernehmen. Ich spähte an der Kante meiner Haube vorbei. Die Augen meines Vaters sahen mich streng an, als wollten sie meine Geheimnisse lesen. Ich schlug meine Augen nieder.

»War es eine anstrengende Reise, mein Liebes?«, fragte er schließlich. »Ihr hattet einen Mastbruch.«

»Wir hatten einen schrecklichen Sturm, Papa«, sagte ich und flehte ihn mit den Augen an. »Sogar ... die Matrosen sagten, es wäre der schrecklichste Sturm gewesen, den sie je erlebt hätten. Wir haben den Kapitän verloren. Und den Obersteuermann.«

»Um Gottes willen ...«, hörte ich meine Mutter flüstern.

»Gewiss«, erwiderte mein Vater. »Aber wir müssen uns vor Übertreibung hüten, Charlotte. Es ist bekannt, dass Matrosen zu heilloser Übertreibung neigen. Ich hoffe, dass dein Tagebuch eine nüchterne Darstellung enthält. Du hast doch Tagebuch geführt, wie dir aufgetragen wurde, nicht wahr?«

»Ja, Papa.« Meine Stimmung sank. Ich hatte ganz vergessen, dass er lesen wollte, was ich aufgeschrieben hatte.

»Ich bin schon sehr gespannt darauf, es zu lesen.« Er drohte mir scherzhaft mit dem Finger. »Aber denke daran, ich werde Ausschau nach Rechtschreibfehlern halten!«

Dann bestanden Albert und Evelina Gott sei

Dank darauf, mir von unserem prachtvollen Haus an der Benevolent Street zu erzählen.

Es war größer als in meiner Erinnerung. Hohe Säulen umgaben den Eingang. Riesige Fenster mit schweren Vorhängen blickten wie Eulenaugen auf die Straße. Mit seinen drei hohen Etagen erinnerte es mich an eine englische Festung.

Dann waren wir sicher im Innern und standen in der großen Diele vor einer riesigen Treppe. Sie schien mir gewaltig. Und dunkel. Ich fühlte mich nach so langer Zeit auf See von Sonne und Luft abgeschnitten.

Mein Vater schaute zu, als meine Mutter vorsichtig meine Haube abnahm. Als sie mein gestutztes Haar erblickte, rang sie um Luft.

»Charlotte«, flüsterte sie. »Was ist passiert?«

»Läuse«, hörte ich mich sagen. Eine der wenigen Erklärungen, die ich mir vorher überlegt hatte.

Sie seufzte erneut, und bevor ich sie daran hindern konnte, ergriff sie meine Hände. »Du armes Kind«, flüsterte sie. »Wie furchtbar!« Während sie so dastand und meine Hände hielt, erschien ein seltsamer Ausdruck auf ihrem Gesicht. Langsam drehte sie meine Hände um, schaute die Handflächen an und berührte sie schließlich vorsichtig mit den Fingerspitzen. »Und deine Hände?«, fragte sie entsetzt. »Sie sind so . . . hart.«

»Ich . . . ich musste meine Wäsche selbst waschen, Mama.«

»Meine liebste Charlotte, es tut mir so schrecklich Leid!«

»Vielleicht sollten wir doch zuerst unser gemeinsames Frühstück einnehmen«, sagte mein Vater plötzlich. Er bot mir seinen Arm. Ich nahm ihn dankbar an. Wir gingen ins Esszimmer. Auf dem Tisch lag ein weißes Tischtuch, kostbares Porzellan und Silberbesteck waren aufgedeckt. Ich wollte mich setzen. »Erlaube deiner Mutter sich zuerst zu setzen, mein Liebes«, hörte ich meinen Vater murmeln.

Als wir zu essen begannen, sagte er: »Wenn ich es richtig verstehe, Charlotte, und wenn der Schiffsagent mich korrekt informiert hat, so haben die Familien, die versprochen hatten dich auf deiner Reise zu begleiten, ihr Versprechen nicht gehalten.«

»Nein, Papa«, antwortete ich. »Sie sind nicht an Bord erschienen.«

»Wie schrecklich einsam du gewesen sein musst«, sagte meine Mutter und schüttelte traurig den Kopf.

»Zwei Monate ohne einen Gesprächspartner!«, rief Evelina.

»Natürlich habe ich mit jemandem gesprochen, Dummchen.«

»Aber – mit wem denn?«, wollte Albert erstaunt wissen.

»Mit den Männern. Den Matrosen.«

»Mit den Männern, Charlotte?«, sagte meine Mutter und zog die Brauen hoch.

»Na ja, weißt du . . .«

»Du meinst mit dem Kapitän, nicht wahr, Charlotte«, versuchte mein Vater zu korrigieren.

»O nein, nicht nur mit ihm, Papa. Weißt du, ein Schiff ist so klein . . .« Plötzlich warf mein Vater ein: »Wir scheinen keine Butter mehr zu haben.«

»Ich hole welche!«, sagte ich und schob meinen Stuhl zurück.

»Man konnte kaum von mir erwarten . . .«

»Du musst erschöpft sein«, unterbrach er mich. »Ich glaube, etwas Ruhe wird dir gut tun.«

»Ich bin hellwach, Papa. Ich meine, ich habe mich an wenig Schlaf gewöhnt und . . .«

»Charlotte, du bist sehr müde und möchtest dich in dein Zimmer zurückziehen!«, sagte er.

»Aber . . .«

»Charlotte, du darfst deinem Vater nicht widersprechen«, flüsterte meine Mutter. Ich erhob mich von meinem Stuhl. »Ich weiß nicht, wo mein Zimmer ist«, sagte ich.

»Mary«, rief mein Vater. »Bitte Bridget herein.«

Mary kam nach kurzer Zeit mit einem anderen Dienstmädchen herein; einem Mädchen, das kaum älter war als ich.

»Bridget«, sagte mein Vater, »begleite Miss Charlotte auf ihr Zimmer. Hilf ihr beim Baden und beim Kleiderwechseln.«

»Jawohl, gnädiger Herr.«

Bridget führte mich. Mein Zimmer befand sich im rechten Flügel des Hauses auf der dritten Etage. Seine Fenster gingen auf den Garten hinaus, wo ein Rosenspalier in voller Blüte stand. Ich sah auf die Erde und die Blumen hinunter und sagte mir immer wieder: »Dies ist dein Zuhause. Dies ist dein Zuhause.« Dann vernahm ich ein Geräusch hinter mir. Ein Mann – ein weiterer Diener, wie ich vermutete – brachte meinen Seekoffer und öffnete ihn. Dann ging er.

Ich kehrte zum Fenster zurück und starrte wieder hinaus.

»Wenn Sie bitte kommen wollen, Miss«, hörte ich Bridget sagen. »Ihr Vater hat gesagt, ich soll Sie baden und ankleiden.«

»Bridget, ich heiße nicht Miss. Ich heiße Charlotte.«

»Ich möchte mir diese Freiheit nicht erlauben, Miss.«

Ich wandte mich um und sah ihr ins Gesicht. »Nicht einmal, wenn ich es so will?«

»Ich glaube nicht, dass es dem gnädigen Herrn gefallen würde, Miss.«

»Aber wenn ich dich darum bitten würde . . .«

»Ich möchte nicht unverschämt sein, Miss«, sagte Bridget mit fast lautloser Stimme, »aber der gnädige Herr zahlt meinen Lohn.«

Ich sah ihr in die Augen. Bridget blickte zu Boden. Ich fühlte, dass sich ein Schmerz um mein Herz legte. Es klopfte leise an der Tür.

»Soll ich öffnen, Miss?«, flüsterte Bridget.

»Ja, bitte«, sagte ich müde.

Bridget öffnete Mary, dem anderen Dienstmädchen, die Tür.

Mary trat ein und machte einen Knicks. »Miss«, sagte sie zu mir, »der gnädige Herr bittet darum, dass Bridget alle alten Kleider nimmt und sie wegwirft. Er bittet auch darum, dass ich Ihr Tagebuch zu ihm herunterbringe, Miss.«

Ich sah die beiden an: die Unterwürfigkeit in ihrer Haltung; ihre hilflosen Versuche mir nicht in die Augen zu schauen.

»Mary«, sagte ich. »So heißt du doch, nicht wahr?«

»Jawohl, Miss.«

»Würdest du mich Charlotte nennen, wenn ich dich darum bitte? Und meine Freundin werden?«

Mary warf Bridget einen nervösen Blick zu.

»Würdest du?«

»Ich glaube nicht, Miss.«

»Aber ... warum nicht?«, wollte ich verzweifelt wissen.

»Es würde dem gnädigen Herrn nicht gefallen, Miss. Er würde mich entlassen.« Ich konnte nicht antworten.

Nach einer Weile sagte Mary: »Ich wäre dankbar, wenn ich das Tagebuch jetzt nach unten bringen dürfte, Miss.«

»Soll ich es holen, Miss?«, fragte mich Bridget.

Ich ging zu meinem Koffer, fand das Buch und gab es Mary. Sie knickste, ging ohne ein weiteres Wort geräuschlos aus dem Zimmer und schloss die Tür hinter sich. Ich kehrte zum Fenster zurück.

»Darf ich davon ausgehen, dass alle Kleider im Koffer alte Kleider sind, Miss?«, fragte Bridget schließlich.

»Was geschieht mit ihnen?«

»Wir geben sie den Armen, denke ich, Miss. Die gnädige Frau ist sehr großzügig in diesen Dingen.«

»Da ist etwas, das ich behalten möchte«, fiel mir gerade noch rechtzeitig ein. Schnell nahm ich meine Matrosenkleider aus dem Koffer.

»Die wollen Sie behalten, Miss?«, fragte Bridget verwundert.

»Ich möchte sie meinen Eltern zeigen«, log ich.

»Wie Sie wünschen, Miss.«

Mein Koffer wurde ausgepackt. Ich badete. Wie seltsam das war! Der Schmutz schwamm förmlich davon. Ich kleidete mich an, wobei mir Bridget half – oder besser, wobei sie mich trotz meiner Proteste behinderte. Doch anstatt nach unten zu gehen schickte ich sie fort. Ich setzte mich auf mein Bett und war erstaunt, wie weich es war.

In Wahrheit versuchte ich mich zu fassen. Ich hatte Angst davor, nach unten zu gehen. Man würde bald, sehr bald, nach mir rufen. Doch während ich da saß, erinnerte ich mich an meine ersten Erlebnisse auf der *Seahawk*. Wie einsam ich mich damals gefühlt hatte. Wie einsam ich jetzt war! »Ach, Zacharias«, flüsterte ich. »Wo bist du? Warum holst du mich nicht!«

Mein Vater ließ mich rufen – aber erst nach zwei Stunden. Mary kehrte mit der Bitte zurück, dass ich sofort in den Salon kommen solle. Mit wild klopfendem Herzen machte ich mich auf den Weg; die breite, mit Teppich ausgelegte Treppe hinunter. Dabei berührte ich die polierte Balustrade mit den Fingern. Vor den schweren Türen des Zimmers hielt ich inne und holte tief Luft. Dann klopfte ich.

»Herein«, hörte ich meinen Vater sagen. Ich ging hinein.

Meine Mutter saß in einem Stuhl; mein Vater stand mit leicht gespreizten Beinen neben ihr, als ob er Haltung bewahren müsse. Mit einer Hand hielt er das Revers seines Jacketts. Die andere ruhte schützend auf der Schulter meiner Mutter. Sie hatte ihren Blick auf den Teppich gerichtet.

»Charlotte«, sagte mein Vater, »schließe bitte die Türe hinter dir.«

Ich schloss die Tür.

»Jetzt komm hierher und stelle dich vor uns.«

»Ja, Papa.« Ich ging an den Platz, auf den der ausgestreckte Finger meines Vaters deutete. Erst jetzt bemerkte ich, dass es selbst für einen Mittag im August sehr heiß in diesem Zimmer war. Ich blickte zum Kamin und sah zu meinem Erstaunen, dass dort ein Feuer brannte. Erst nach einem Moment wurde mir klar, dass es mein Tagebuch war, das von den Flammen verschlungen wurde. Ich wollte hineilen.

»Halt!«, rief mein Vater. »Lass es brennen.«

»Aber . . .«

»Zu Asche!«

Ungläubig wandte ich mich meinen Eltern zu.

»Charlotte«, begann mein Vater, »ich habe dein Tagebuch sorgfältig gelesen. Ich habe einiges daraus – nicht alles – deiner Mutter vorgelesen. Ich könnte viel dazu sagen, will aber nur wenig ansprechen. Wenn ich dies getan habe, werden wir nie wieder darüber reden. Hast du das verstanden?«

»Aber . . .«

»Es versteht sich von selbst, Charlotte!«

»Ja, Papa.«

»Als ich dich auf die Schule für höhere Töchter schickte, glaubte ich, dass man dir dort eine Erziehung angedeihen lassen würde, die deiner Stellung im Leben entspricht, um von deinen Ansprüchen und den unseren ganz zu schweigen. Doch irgendwie scheinen die Lehrer deinen Kopf mit einer unglücklichen Fähigkeit gefüllt zu haben – nämlich der, die verrücktesten, um nicht zu sagen, unnatürlichsten Geschichten zu erfinden!«

»Papa!«, versuchte ich einzuwenden.

»Ruhe!«, brüllte er.

Ich schloss meinen Mund.

»Was du geschrieben hast, ist Unfug gröbsten Ausmaßes. Material für Groschenhefte. Unter aller Kritik. Der Gerechtigkeit, Charlotte, ist kein guter Dienst erwiesen, wenn du geringschätzig über Menschen eines höheren Standes sprichst, wie jenem bedauernswerten Kapitän Jaggery. Darüber hinaus,

Charlotte, ist deine Rechtschreibung absolut unmöglich. Noch nie habe ich solche Scheußlichkeiten gesehen. Und die Grammatik . . . Sie ist ungeheuerlich! Ein amerikanischer Lehrer, mein Kind, wird etwas Ordnung in deinen Kopf bringen. Aber die Rechtschreibung, Charlotte, die Rechtschreibung . . .«

»Papa . . .«

»Das ist alles, was wir zu diesem Thema zu sagen haben, Charlotte. Alles, was wir je darüber sagen werden! Du darfst jetzt in dein Zimmer zurückkehren und wirst dort warten, bis man dich ruft.«

Ich wandte mich um und ging.

»Charlotte!«

Ich hielt inne, drehte mich aber nicht um.

»Es ist dir untersagt, mit deinen Geschwistern über deine Reise zu sprechen.«

Ich wartete lange darauf, gerufen zu werden. Die simple Wahrheit war, dass ich mein Zimmer nicht verlassen durfte. Alle Mahlzeiten wurden von Mary auf dem Tablett serviert. Ich durfte keinen Besuch empfangen, nicht einmal Albert oder Evelina. »Sie ist schwer krank«, sagte man den Leuten. Und gleich, was ich versuchte – Bridget, die einzige Person, die ich regelmäßig sah, wollte nicht meine Freundin werden.

Von meiner Mutter erhielt ich wenig Ermutigung, aber viele Tränen. Von meinem Vater viele Bücher, die seiner Meinung nach geeignet waren mich wieder für die Gesellschaft zurückzugewinnen. Kein Wort, keine Frage, die mich hätte beruhigen können.

Aber ich las nicht. Vielmehr benutzte ich die Bücher: Auf ihren unbedruckten Seiten, den Rändern, sogar den fast leeren Titelblättern schrieb ich heimlich auf, was während der Reise passiert war. Auf diese Weise merkte ich mir alle Einzelheiten auf das Genaueste und für immer. Eine Woche war so vergangen, als ich die Idee hatte Bridget um eine Zeitung zu bitten.

»Ich werde den gnädigen Herrn fragen müssen«, erwiderte sie.

»Für jeden Tag, an dem du mir eine Zeitung bringst ohne es meinem Vater zu sagen, gebe ich dir ein Geschenk«, sagte ich.

Bridget sah mich an. Nach kurzer Suche auf meiner Kommode fand ich eine mit einer Perle verzierte Haarnadel und hielt ihr diese hin. »Wie dieses hier«, sagte ich. Sie erfüllte meinen Wunsch. Innerhalb einer Woche fand ich, wonach ich gesucht hatte. In der Spalte »Abreisen nach Europa« stand:

> Brigg, *Seahawk*, segelt am 9. September mit der ersten Flut.
>
> Kapitän Roderick Fisk, Kommandant.

Während der folgenden Tage arbeitete ich so hart in meinen Büchern, dass man mir schließlich gestattete die Abendessen mit der Familie einzunehmen. Am 8. September, in meiner Erinnerung der längste Tag meines Lebens, bat ich die zu Tische Sitzenden mich zu entschuldigen, damit ich meine Studien, die mich so gefangen nahmen, fortsetzen könne.

»Was liest du denn, Liebes?«, fragte meine Mutter nervös.

»Dr. Dilliards Aufsatz über die Geduld, Mama.«

»Wie wunderbar«, sagte sie.

Später am Abend ließ man mich wissen, dass mein Vater mich in seinem Arbeitszimmer zu sehen wünsche. Ich ging hinunter und klopfte an seine Tür.

»Herein!«, rief er.

Er saß in seinem Lesestuhl, ein aufgeschlagenes Buch lag vor ihm. Er blickte auf, schloss das Buch und winkte mich mit einer sanften Geste seiner Hand zu sich.

»Du machst Fortschritte, Charlotte«, sagte er. »Ich möchte dich loben, wirklich.«

»Ich danke dir, Papa.«

»Du bist jung, Charlotte«, sagte er. »Junge Menschen sind im Stande viel Schockierendes durchzustehen und trotzdem ein . . .« Er suchte nach den richtigen Worten.

»Ein ordentliches Leben zu führen?«, half ich ihm.

Er lächelte. Das erste Lächeln, das ich seit langem gesehen hatte. »Ja, genau, Charlotte. Ordentlich. Du machst mir große Hoffnung. Du und ich, wir beide verstehen uns sehr gut. Gute Nacht, mein liebes Kind.« Er öffnete sein Buch wieder.

»Gute Nacht, Papa.«

Ich badete und ließ mich von Bridget ins Bett bringen.

Gegen zwei Uhr morgens war alles totenstill. Ich schlüpfte aus dem Bett und zog aus der untersten Schublade meines Schranks unter meinen in Papier eingeschlagenen Kleidern die Matrosenkleider hervor, die Zacharias für mich gemacht hatte. Ich zog sie an.

Ich öffnete ein Fenster meines Zimmers. Es war ein Kinderspiel, am Spalier hinabzuklettern. Ich lachte beinahe! Innerhalb einer halben Stunde stand ich auf dem Kai vor der *Seahawk*. Bis auf je eine Laterne am Bug und am Heck lag sie im Dunkel. Ein neuer Großmast war eingesetzt worden.

Während ich sie aus dem Schatten einiger Warenballen beobachtete, sah ich, dass die Deckswache über das Schanzdeck ging. Auf einem dieser Wege ging der Mann zur Schiffsglocke und schlug sie. Vier Glasen. Jeder Ton der Glocke jagte mir Schauer über den Rücken. Dann ging ich mutig die Gangway hoch.

»Wer ist da?«, wurde ich angerufen.

Ich sagte nichts.

»Wer ist da?«, wurde wieder gefragt. Jetzt erkannte ich die Stimme.

»Zacharias?«, rief ich und meine Stimme versagte.

»Charlotte!«

»Ich habe mich entschlossen nach Hause zu kommen.«

Mit der ersten Flut des Tages, bei südwestlichen Winden, segelte die *Seahawk* davon. Ich stand unter dem geblähten Groß-Royal und hielt mich an der Rah des Bramsegels fest. Etwas, das Zacharias gesagt hatte, ging mir durch den Kopf und ließ mein Herz höher schlagen: »Ein Matrose wählt den Wind, der ihn aus dem sicheren Hafen führt . . . aber Winde wehen, wohin sie wollen.«

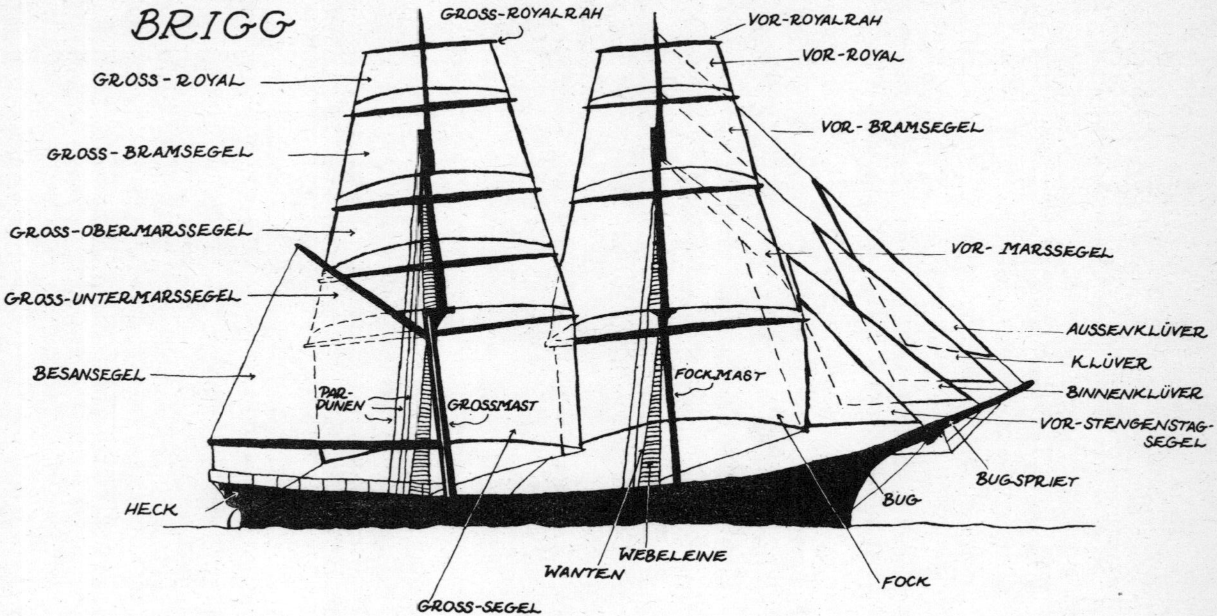
BRIGG
GROSS-ROYALRAH
VOR-ROYALRAH
GROSS-ROYAL
VOR-ROYAL
GROSS-BRAMSEGEL
VOR-BRAMSEGEL
GROSS-OBERMARSSEGEL
VOR-MARSSEGEL
GROSS-UNTERMARSSEGEL
AUSSENKLÜVER
KLÜVER
BESANSEGEL
FOCKMAST
BINNENKLÜVER
PAR-DUNEN
GROSSMAST
VOR-STENGENSTAG-SEGEL
BUGSPRIET
HECK
BUG
WEBELEINE
WANTEN
FOCK
GROSS-SEGEL

DECK

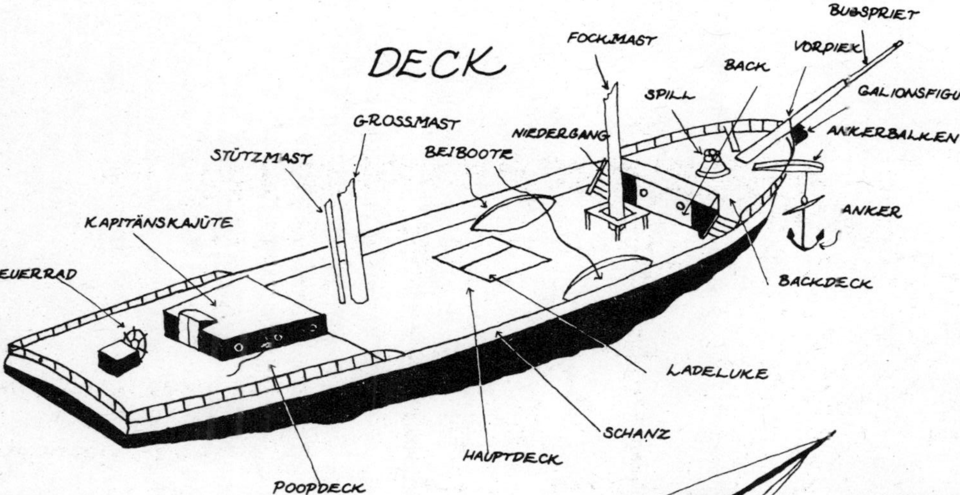

BUGSPRIET

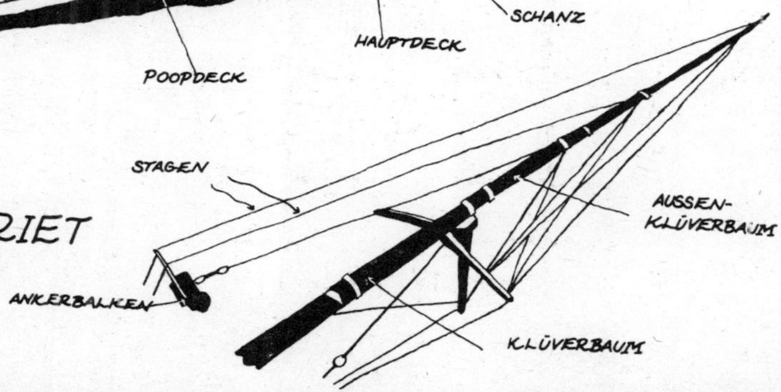

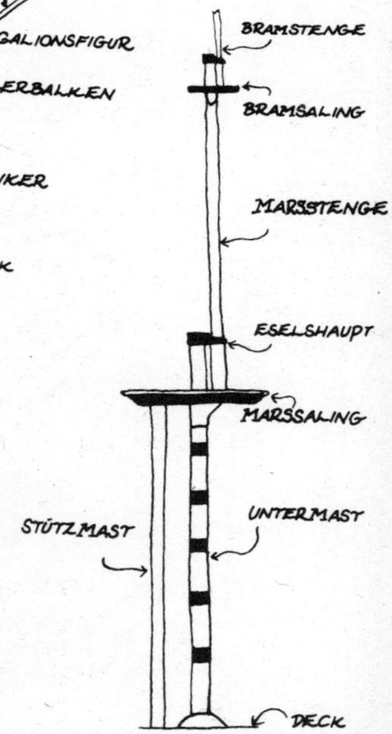

GROSSMAST